Maja Haderlap

NACHTFRAUEN

Roman

Suhrkamp

Die Arbeit am vorliegenden Buch wurde
vom Deutschen Literaturfonds e.V. gefördert.

2. Auflage 2025

Erste Auflage 2024
suhrkamp taschenbuch 5454

Umschlaggestaltung: Anzinger und Rasp, München
Umschlagabbildung: Justina Gvaizdikaitė, *Games to Play*, 2001,
Acryl und Öl auf Leinwand, 60 x 80 cm
Druck und Bindung: CPI books GmbH, Leck
Printed in Germany
ISBN 978-3-518-47454-9

Suhrkamp Verlag GmbH
Torstraße 44, 10119 Berlin
info@suhrkamp.de
www.suhrkamp.de

NACHTFRAUEN

TEIL I

Mira zögerte, bevor sie den Koffer aus dem Abstellraum holte. Mit der Kaffeetasse in der Hand blickte sie fast trotzig aus dem Fenster in den Innenhof ihrer Wiener Wohnung, um sich etwas Zeit zu gönnen, in der nichts geschah, in der sie nichts entscheiden musste.

Im Schlafzimmer warf sie den Koffer auf das Bett, klappte die Hälften auseinander und begann, die vorbereitete Kleidung in die Gepäckschalen zu schlichten. Die Unterwäsche, die Strümpfe und Socken hatte sie in Stoffsäcke gelegt, damit sie nicht ungeordnet herumlagen. Im Laufe der Jahre hatte Mira eine eigene Technik des Packens entwickelt, nach der sie ihre Garderobe in durchdachter Reihenfolge in den Koffer legte. Diesmal musste sie nicht lange überlegen, sie würde nur Bequemes für zu Hause mitnehmen, keine eleganten Schuhe oder schwarzes, modisches Zeug, das Mutter nicht mochte.

Den Laptop hatte sie schon am Vorabend in den Rucksack geschoben, in dem sie auch ein paar Bücher verstaut hatte, die sie für die Erschließung durchsehen wollte. Seit sie einmal vergessen hatte, ihre Medikamente einzupacken, und daraufhin in Paris in Panik geraten war, achtete sie darauf, dass sich ihre Tabletten und Globuli immer griffbereit in den Seitenfächern des Reisegepäcks befanden.

Martin hatte schon vor ihr gefrühstückt und das Geschirr in die Spülmaschine geräumt. Er hatte sie auf die Stirn geküsst, bevor er die Wohnung verließ. Schöne Zeit, hatte er gesagt, fahr vorsichtig. Was soll das, dachte Mira, aber Martin glaubte wohl, etwas Aufmunterndes sagen zu müssen. Mira ärgerte sich darüber, dass sie sich ärgerte.

Die Garagentür hob sich rasselnd, draußen eilten Passanten vorbei, die Sonne schien, immerhin war das Wetter auf ihrer Seite. Sie war froh, nicht bei Regen unterwegs sein zu müssen, und wunderte sich über die Selbstverständlichkeit, mit der sie in der Tiefgarage des Wohnblocks in ein Auto stieg und losfuhr.

Die frühmorgendlichen Staus hatten sich aufgelöst, ohne Verzögerung erreichte sie die Stadtgrenze und fuhr auf die Südautobahn. Auf der rechten Fahrspur drängten sich die Lastwagen. Mira trat aufs Gas, um den massigen Transportern zu entkommen, was ihr nur für Minuten gelang.

Stankos Stimme am Telefon fiel ihr ein, seltsam tonlos. Er schien sich nur mit Mühe zu beherrschen. Mira war darauf gefasst gewesen, dass er ihr alle verschuldeten und nichtverschuldeten Versäumnisse vorwerfen würde, aber offenbar fand er in der Kürze keinen Weg, all das loszuwerden, was sich in ihm aufgestaut hatte. Du wirst dich um Mutter kümmern müssen, hatte er gesagt. Wenn er nur an die Kellertreppe denke, die Mutter hinabstürzen könnte. Ich weiß, sagte Mira. Wann kommst du? In zwei Tagen. Stanko legte auf.

Seit langem fiel Mira das Verreisen schwer. Die Leichtigkeit, mit der sie einmal ihre Koffer gepackt hatte, hatte sich inzwischen in etwas Umständliches, Lähmendes verwandelt. Vorbei die Zeit, in der sie kurzentschlossen ihre Siebensachen in eine Tasche gestopft hatte, um mit Martin aufs Land, auf die Rax oder in eine europäische Hauptstadt aufzubrechen. In letzter Zeit achtete Mira darauf, ihr Zeug aufgeräumt und geordnet zurückzulassen, für den Fall, dass ihr etwas zustoßen sollte. Sie wusste nicht, woher dieser Impuls kam, und ging der Sache auch nicht nach. Sie räumte, bevor sie wegfuhr, ihren Schreibtisch auf, schlichtete die Arbeitsunterlagen aufeinander und platzierte die Dokumentenmappe mit den Versicherungspolizzen gut sichtbar im Ablagenschrank.

Die regelmäßigen Besuche im heimatlichen Süden strapazierten sie mehr, als sie zugeben wollte. Obwohl sie es seit Jahrzehnten gewohnt war, dorthin zu fahren, brachten sie die Wechsel aus der städtischen in die dörfliche Welt in Bedrängnis. Nach außen hin waren ihre Ausflüge ohnehin nicht als Reisen erkennbar. Es waren gewissermaßen Expeditionen im eigenen Land, Reisen ins Innere ihrer Kindheit, die Mira mehr anstrengten als längere Aufenthalte im Ausland oder tagelange Fußmärsche mit schwerem Gepäck. Sie konnte nicht einmal behaupten, in die Fremde zu reisen, wenn sie nach Hause fuhr, das würde ihr niemand glauben.

Sie redete sich ein, mit dem Kofferpacken einen Teil ihrer städtischen Existenz ablegen zu müssen. Niemand hatte das ausdrücklich von ihr verlangt, und doch gab sie einem diffusen Gefühl nach, das es ihr nahelegte. Während sie auf der einen Bettseite Wäsche und Kleidung für zu Hause stapelte, streifte sie auf der anderen einen Teil ihrer Person ab, ihr tägliches Hasten in die Bibliothek, ihre Gespräche und Diskussionen, ihre Shoppinglaunen und Ausflüchte, die abendliche Müdigkeit, das Gefühl, es trotzdem nicht geschafft zu haben. Die befüllten Gepäckschalen gemahnten sie an den Aufbruch. Bevor Mira die Wohnungstür abschloss, sperrte sie ihre Wiener Existenz in den Kleiderschrank. Das schien ihr vernünftig.

Am Wechsel schob sie eine John-Coltrane-CD in den Player. Das gedämpfte Spiel des Saxophonisten lockerte ihre Anspannung. Sie reagierte willig auf seine Musik, wie auf einen Menschen, der ihr mit eleganter Geste das Reisegepäck aus der Hand nahm, um es für sie zu tragen.

Stankos Anruf hatte sie nicht überrascht. Insgeheim hatte sie auf den Augenblick gewartet, an dem eine Entscheidung getroffen werden musste, denn ihre Mutter Anni wurde von Monat zu Monat gebrechlicher. Zudem hatte ihr Stanko eröffnet, dass ihr Cousin Franz, der das Häuschen geerbt hatte, eigene Pläne damit hatte, man werde für Mutter eine andere Unterkunft suchen müssen. Mira wollte den Moment des Abschieds hinauszögern, solange es ging, auch, um weiterhin mit den alten, etwas abstrusen Erwartungen nach Hause zu fahren. Mit Bedürfnissen, die sich für einen Menschen, dessen Haare ergraut waren, nicht mehr ziemten. Sie bemitleidete sich im Stillen, als wäre sie immer noch eine Heranwachsende, obwohl ihr bewusst war, dass der Moment gekommen war, in dem sie für Mutter mehr Verantwortung würde übernehmen müssen.

Der Verkehr hatte sich beruhigt, Mira fuhr zügig, aber ohne Hast. Die Wälder auf dem Wechsel waren ihr in all den Jahren, in denen sie über den Pass fuhr, zu einer Wiederholungsschleife geraten, vertraut und eintönig. Manchmal zählte Mira die Brücken und Radarboxen, die sie passierte, oder sie drehte die Musik so laut auf, dass sie glaubte, in einem Strom aus Tönen zu treiben und nicht auf einer Autobahn zu fahren.

Sie hatte sich vorgenommen, zwei Wochen in Jaundorf zu bleiben. Sie wollte Mutter nicht zu einer Entscheidung drängen. Nein, drängen wollte sie Mutter nicht, aber vielleicht ihr den Gedanken an eine Veränderung nahebringen. Wie sollte man einem alten Menschen erklären, dass er in naher Zukunft, genau genommen demnächst, in Bälde, würde ausziehen müssen. Es war, als wollte man ihn ins Sterbezimmer abschieben, auf die letzte Station einer langen Reise.

Das kann ich Mutter nicht antun, dachte Mira. Sie würde noch einmal mit Franz reden, obwohl sie sich ausgerechnet über dieses Thema nie offen mit ihm oder gar mit Stanko unterhalten konnte. Immer drucksten ihr Cousin und ihr Bruder um eine Antwort herum oder fragten, wenn ihnen nichts anderes einfiel, ob sie denn nie daran gedacht hätte, zurück in den Süden zu ziehen, in die Nähe der betagten Mutter. Als wäre ihr Leben in der Stadt eine Existenz auf Abruf, gewissermaßen eine Leihgabe. In den Augen der Verwandtschaft galt Mira als Stadtmensch. Ein Stadtmensch, sagten sie, womit sie meinten, ein Mensch ohne Zugehörigkeit, der vorgab, etwas Besseres zu sein, und in Wirklichkeit kaum mehr als eine Abtrünnige war.

Nach mehr als drei Jahrzehnten in Wien fühlte sich Mira im Gewühl einer Stadt genauso wohl wie auf einem einsamen Feldweg. Dass sie vom Land kam, verriet nur ihre Angewohnheit, sich selbst als Stadtmensch zu bezeichnen. Kein echter Stadtmensch hatte das Bedürfnis, sich so oft zu verorten, wie Mira glaubte, von Jaundorf abrücken zu müssen.

Hingegen das Dorf ließ nicht von ihr ab. Es klammerte sich regelrecht an sie. Mira hatte zwar gehofft, dass mit der Zeit die Distanz zwischen ihr und dem Dorf größer würde, aber es erwies sich als hartnäckig. Es gab vor, ein Gedächtnis, mehr noch, ein Gewissen zu haben. Es wurde von Miras Mutter Anni verkörpert. Sie war sein lautstarkes Sprachrohr. Das Dorf glaubte sich unentwegt gegen die Städterin behaupten zu müssen. Es begehrte auf gegen die Wichtigtuerei der Weggegangenen. Wir hier, sprach Anni, haben auch was zu sagen, wir sind nicht so sehr auf den Kopf gefallen, wie du glaubst. Wir machen uns auch Gedanken über Gott und die Welt, obwohl wir wissen, dass unser Dorf nicht viel taugt. Was ist denn so schön daran, wegzugehen? Weggehen kann jeder. Das Schwierige ist doch, zu bleiben, auch wenn die Mehrzahl der Bewohner das Weite gesucht hat.

Seit das Dorf in die Jahre gekommen war, glaubte Mira, nachsichtiger mit ihm sein zu müssen. Sie rang sich insgeheim zu einem Kompromiss durch, indem sie sich gestattete, ein etwas geschöntes Bild über die Vorlage zu legen. Dabei gerieten ihr die Hofnamen und Himmelsrichtungen durcheinander, sie sah Gebäude und Ställe, wo in Wahrheit nie welche gestanden hatten. Manche Weiler und Städtchen in der Nachbarschaft versetzte sie in eine andere Gegend. Weit entfernte dagegen beförderte sie in den näheren Umkreis des Dorfes. Zuweilen geschah es, dass ihr Fantasiedorf über seine Ränder rutschte, sich ungehörig aufbauschte oder in sich zusammenfiel. Bevor ihr alles durcheinandergeriet, telefonierte sie mit Anni und fragte sie ausführlich nach den Dörflern aus. Sie versprach, bald wiederzukommen, demnächst, in den Ferien, sehr bald.

In ihren depressiven Phasen erfand Mira ein Stadt-Land-Pendelspiel, bei dem sie sich, sobald es in der Bibliothek zu Konflikten kam, in ihr imaginäres Dorf zurückziehen konnte. Das half ihr, sich gedanklich so weit von ihrem Arbeitsplatz zu entfernen, dass sie die Streitereien nur am Rande betrafen. Ihr wisst nicht, woher ich komme und welche Erfahrungen ich gemacht habe, redete sie sich ein, als wäre ihr wegen des Aufwachsens in einem Dorf eine tiefere Wahrheit, eine größere Klarsicht zuteilgeworden, was natürlich Unsinn war, aber die Vorstellung, dass es so sein könnte, behagte ihr trotzdem.

Das Dorf beanspruchte seinen Platz. Es bestand darauf, sich zwischen Miras Erinnerungen zu schieben, es wuchs und schrumpfte, es glühte und dunkelte. Es gehörte zu Miras Gesicht und alterte mit ihr. Zuweilen erschien es ihr fern wie ein Himmelskörper und ließ sie doch in den Nächten nicht schlafen.

Mira stemmte sich mit ausgestreckten Armen gegen die Rückenlehne. Der Abschnitt der Südautobahn, über den sie jetzt fuhr, zog sich hin. Wiederholt wurden größere Waldparzellen von kahlen, welligen Äckern unterbrochen, auf denen später Mais oder Raps gedeihen würden. Dem fahlen Sonnenlicht gelang es zwar, die Silhouette der Landschaft hervortreten zu lassen, aber der Feinstaubschleier, der über der Autobahn lag, weichte sie wieder auf.

Zeit, die CD zu wechseln, dachte Mira. Wieder zog sie eine Jazzeinspielung aus dem Seitenfach, die sie lange nicht gehört hatte. Sie mochte die elegischen, getragenen Soulmelodien, die sie entspannten und in eine Stimmung der Melancholie versetzten. Selten geschah es, dass eine Textpassage aus einem Roman oder gar ein Gedicht eine derart intensive Empfindung in ihr auslösten, wie es die Musik vermochte, sodass sie Mira als eigentliche Sprache empfand und mehr liebte als alle Wörter zusammen. Manchmal summte sie die Melodien mit unsicherer Stimme mit oder stimmte in einzelne Liedzeilen ein, auch wenn sie ihr zumindest in Teilen unverständlich blieben.

Nina Simone sang Beautiful Land, als wäre das Leben ein Kinderspiel, herausgeputzt mit Schwermut und Vergänglichkeit. Irgendwann klang die Musik aus. Auf dem kleinen Display zeigte sich eine durchbrochene Linie.

Mira war müde geworden und fuhr zu einer Raststätte, um einen Kaffee zu trinken. Der größere Teil der Strecke lag bereits hinter ihr. Im ausladend dekorierten Restaurant nahm sie in einer schwach ausgeleuchteten Ecke Platz. Die Sprachen der Reisenden vermischten sich mit den Schlagern aus den Lautsprechern zu einem klebrigen Klangfluss. Mira blätterte lustlos in der bebilderten Menükarte und bestellte einen Apfelstrudel zum Kaffee. Nach kurzer Rast brach sie wieder auf.

Sobald sie über den Packsattel fuhr, rückte auch das heimatliche Jaundorf näher. Es schälte sich aus Miras Gedanken und wirkte zunächst noch lieblich und vertraut. Für Augenblicke kam es ihr vor, als könnte man sein Abbild als Souvenir in der Raststätte verkaufen. Aber mit jedem weiteren Kilometer, den sie hinter sich brachte, traten die Ecken und Kanten des Bauerndorfes schärfer zutage. Sie wuchsen in die Höhe oder breiteten sich aus. Sogar die Erinnerungen an die Ausdünstungen der aufgelassenen Jauchengruben und an den Duft der feuchten, etwas modrigen Holzbretter stellten sich ein. Zu ihrer Verblüffung hatte Mira immer noch eine Andeutung von trockenem Stroh und würzigen Heuaromen in der Nase, obwohl längst die Silageballen mit ihren feuchtsauren Ausdünstungen den Heuduft verdrängt hatten.

Im Süden leuchteten die Karawanken. In der Nacht musste es geregnet haben, denn ihre hellen Spitzen trugen einen grauen Rand. Die markante Bergkette präsentierte sich stets in einem anderen Licht, einmal schroff umrissen, dann wieder sanft und in die Breite gezogen, ein Schattenkonglomerat, das aus der Ebene emporwuchs. Die Berge als Synonym für das Beständige sind in Wirklichkeit wandelbar, dachte Mira, als wäre ihnen ein besonderer Mechanismus eigen, der sie von innen formte.

Der Himmel erschien ihr stets um eine Nuance heller, sobald sie, aus Nordosten kommend, die letzten Tunnel hinter sich gelassen hatte. Das Tageslicht war weicher, mit einer weißlichen und hellblauen Farbbeimengung. Vielleicht liegt es an den Reflexionen des hellen Kalkgesteins, dachte sie und glitt mit dem Blick den Horizont entlang. Im Geist memorierte sie die Namen der Gipfel und Kuppen, eine Angewohnheit, von der sie nicht wusste, ob sie sie selbst entwickelt oder von Martin übernommen hatte.

Bei Völkermarkt verließ sie die Autobahn, um über die Drau Richtung Jaundorf zu fahren, einer Ansammlung von bewaldeten Kuppen entgegen, die die Jauntalebene im Süden abschlossen.

Jaundorf hatte sich in den vergangenen Jahrzehnten kaum vergrößert. Es gehörte fünf Bauern, die ihre Felder und Äcker bewirtschafteten, sowie ein paar Arbeitern und Angestellten, deren Häuser sich zwischen die größeren Anwesen schoben. Wenige Gebäude waren im Lauf der Jahre hinzugekommen, sei es, dass jemand einen Stall erneuert und ausgebaut oder den Holzschuppen aufgestockt hatte, sei es, dass man ein neues Haus für die Jungen errichtet hatte und das alte als Auszugshäuschen für die Eltern oder Großeltern nutzte. Am hässlichsten ragte ein Futtersiloturm in die Höhe, der im Herbst, wenn die Sonne niedrig stand, seinen Schatten über das Dorf warf.

Das Dorf hatte kein Zentrum, obwohl in seiner Mitte eine Linde stand, direkt neben der asphaltierten Straße, die im angemessenen Abstand an den Gebäuden vorbeiführte. In den Erzählungen versammelten sich die Dörfler zu allen möglichen Anlässen unter der Linde, aber Mira konnte sich an keine einzige Zusammenkunft dieser Art erinnern. In den siebziger Jahren, als ihre Familie zugezogen war, waren allenfalls die Alten vor den Häusern gesessen und hatten sich von Zeit zu Zeit etwas zugerufen. Aber auch diese Angewohnheit war in Vergessenheit geraten, seit das Fernsehen den Rhythmus der Abende bestimmte.

Mira fuhr in direkter Linie auf Jaundorf zu, aber die schmale Landstraße bog kurz vor dem Ortsschild noch einmal ab und führte an den Häusern vorbei. Erst am westlichen Ende des Dorfes konnte man die Richtung ändern und in den Ort einfahren. Sie bog in die schmale Hofeinfahrt und brachte das Auto neben dem Aufgang zur Tenne zum Stehen. Im Zwerchfell verspürte sie einen leichten Schmerz. Nach dem Aussteigen lockerte sie ihren verspannten Nacken und ließ die Autotür zufallen. Die Tür des Häuschens, in dem ihre Mutter lebte, war nur angelehnt. Im Flur roch es unbestimmt nach Kraut und Speck.

Anni lag in der Küche auf dem verschlissenen Diwan und schlief. Sie hatte ihren Kopf auf den Arm gebettet und atmete mit offenem Mund. Als ihr Mira die Hand auf die Schulter legte, öffnete sie die Augen.

Dober dan, sagte Mira und lächelte. Anni wirkte etwas desorientiert.

Ich hab dich erst am Abend erwartet.

Ich bin schon da, sem že prišva, sagte Mira.

Die ersten slowenischen Worte kratzten in ihrem Hals. Mira räusperte sich, denn die Stimme, mit der sie sprach, klang ihr selbst einigermaßen fremd. Sobald sie Slowenisch sprach, erwachte in ihrem Kehlkopf ein tieferer Sprechton, der sie stets von neuem überraschte. Sie unterhielt sich mit Anni gewöhnlich im Dialekt, in einer Sprache, die sie im Nu in eine andere Haltung zwang. Der slowenische Dialekt war das Tor, durch das sie eine abgeschlossene, scheinbar zurückgelassene Welt betrat, die von Menschen bevölkert wurde, von Lebenden und Toten, die etwas von ihr wollten. Etwas, nach dem sich Mira sehnte, das sie zugleich aber auch ablehnte. Es war ein Sprechen, das Vertrautheit bewirken wollte. Man stimmte ein und stimmte zu, man hinterfragte nicht. Der Dialekt glich einer Tracht, mit der man in einer unüberschaubaren Menge erkennbar blieb und nicht verlorengehen konnte, es war eine Sprache, die vorgab, ein rettendes Ufer zu sein, wo man ankommen und verschnaufen konnte. Miras Kindheit hatte in dieser Sprache stattgefunden, der slowenische Dialekt war ihre Spielzeugkiste gewesen, in der sie alle ihre Wünsche, ihre frühen Ängste und Einsichten verstaut hatte. Überall sonst war sie von dieser Sprache getrennt, sie ruhte, einem Geheimnis gleich, in ihr, sie barg die Geschichte ihrer Vorfahren. Es war eine Sprache der Kindheit, aber auch die Sprache ihrer Verluste, über die sich Mira selbst nicht recht im Klaren war.

Anni fuhr sich mit einem Taschentuch über die Stirn und den Mund.

Hast du schon gegessen? Es gibt Endiviensalat und Erdäpfel, magst was?

Ja, gern!

Anni humpelte zur Kredenz. Sie zog das linke Bein nach und stemmte ihre Arme in die Hüften.

Hast du Schmerzen?

Ein wenig, sagte Anni und griff nach einer grellgrünen Plastikschüssel, in der sie den Salat vorbereitet hatte.

Mira schmunzelte, als sie die gebratenen Speckstreifen im Endiviensalat entdeckte.

Das schmeckt gut!

Wie lange bleibst du?

Ich habe Zeit, sagte Mira und wunderte sich über ihre Unbekümmertheit.

In der Nacht schlief sie schlecht. Sie konnte sich an ihr altes Bett nicht gewöhnen. Alles störte sie, die durchgelegene Matratze, die Bettwäsche, die etwas muffig roch, die kalten Wände. So rasch sie sich im heimischen Dialekt einrichten konnte, im Wissen, dass der Sprachumzug nur ein paar Tage dauern würde, so schwer fiel es ihr, sich in ihrem ehemaligen Schlafzimmer zu Hause zu fühlen. Sie hatte irgendwann aufgehört, diesen Raum zu erneuern, und alles beim Alten gelassen. Kein Möbelstück war hinzugekommen, auch wenn sie sich, sobald sie das Zimmer betrat, ärgerte, dass es ihr nicht gelungen war, ein schickes Accessoire oder ein ausreichend breites Bett zu kaufen, so dass Martin stets auf dem Sofa neben dem Schrank schlafen musste.

Sie hatte ihr Jugendzimmer aufgegeben, wie man einen Lebensabschnitt fallen lässt, an den man sich nicht mehr erinnern möchte. Der kaum bewohnte Raum wurde deswegen von Anni als Abstellzimmer genutzt. Eine Schachtel mit einem Multi-Zerkleinerer und zwei Vasen standen auf dem Schreibtisch. Ein verdorrter Kaktus steckte in einem scheußlichen gelben Übertopf. Wieso habe ich ihn nicht gleich entsorgt, überlegte Mira, als hätte der Kaktus Einfluss auf ihre Schlaflosigkeit.

Es gab keine andere Tageszeit, in der sie sich so eingesperrt fühlte wie in der Nacht. Immer wenn sie nicht einschlafen konnte, sah sie sich mit ihren mühsam getarnten Ängsten konfrontiert. Dieser Zustand machte sie nervös und reizbar. In der Stadt konnte sie zur Not aufstehen, sich ins Wohnzimmer vor den Fernseher setzen, aber hier würde die Trostlosigkeit nur zunehmen, wenn sie begänne, im Zimmer auf und ab zu gehen. Alle Versäumnisse würden ihr ins Auge springen, jeder Fleck an der Wand, der Staub auf dem Bücherregal, der abgenutzte

Fichtenholzschrank und seine klemmende Schiebetür. Sie würde die Vergeblichkeit ihrer Bemühungen spüren, die unterschiedlichen Lebensabschnitte miteinander zu verknüpfen. Vielleicht aber, dachte Mira, hatte ihr altes Zimmer auch sie vergessen und war in eine Art Erstarrung gefallen, die der gegenseitigen Entfremdung nachfolgte.

Sie dachte an Martin, der ihr, bevor sie sich schlafen gelegt hatte, am Telefon berichtete, dass es in der Lehrerkonferenz zum Streit mit einem Kollegen gekommen war, der eskaliert sei. Sie hatte versucht, ihn zu beruhigen, aber Martin war immer noch außer sich. Du mit deinen psychologischen Erklärungen, fuhr er sie an. Das war eine untragbare Aussage, stell dir vor, er verlangte, dass ich aufhören solle, die Euthanasiegeschichte an die große Glocke zu hängen. Er hat das tatsächlich im Konferenzzimmer gesagt, aber die Kollegen nehmen ihn offenbar nicht ernst.

Rede in einer ruhigen Minute mit ihm, schlug Mira vor.

Das mach ich sicher nicht, sagte Martin, und als Mira schwieg, fragte er nach Mutter. Kann sie allein gehen?

Ja, aber sie ist wackelig. Ihren Rollator hat sie im Flur stehen.

Hast du sie von mir gegrüßt?

Aber ja.

Ich muss noch arbeiten, die Tests vorbereiten.

Hab einen schönen Abend, sagte Mira und stutzte. Gerade hatte sie Martins nichtssagende, wenn auch freundliche Verabschiedung von heute Morgen wiederholt.

Sie streifte sich einen Pullover über und trat vor die

Haustür. Es war kalt, obwohl die Wiesen zu grünen begannen und die Narzissen unter den Obstbäumen büschelweise blühten.

Eigentlich mochte es Mira, in die dörfliche Nacht hinauszutreten, die wie geschaffen war, ohne Menschen auszukommen. Die Verhältnisse im Dorf waren dann außer Kraft gesetzt, es herrschte eine andere Ordnung, eine Ordnung der Stille und des Einhalts. Man konnte sich getrost dieser Stimmung hingeben und musste nicht ständig darauf gefasst sein, dass sie jemand wichtigtuerisch ruinierte. Mira spürte die Gegenwart des Dorfes, auch wenn sich die Gehöfte nur als Schatten zeigten. Endlich konnten sich die Nachttiere bewegen, endlich ihre Jagdreviere oder das Freie aufsuchen, aber heute raschelte nichts, nichts huschte an Mira vorbei. Es war noch zu früh, um die ersten Vögel zu hören, und es war kalt. Das Dunkel im Dorf drängte Mira ins Haus zurück. Sie überlegte noch, Tee aufzusetzen, aber dann legte sie sich ins Bett und schlief endlich ein.

Als sie aufstand, war Anni schon aus dem Haus gegangen. Die Kaffeemaschine fauchte. Im Kühlschrank lagerten bräunliche Nudeln und welke Karotten. Eine angeschnittene Streichwurst trocknete vor sich hin, neben verpackten Käsescheiben lag eine Zitronenhälfte, die auch nicht mehr frisch wirkte. Mira roch an der Milch und stellte Butter und Marmelade auf den Tisch. Sie ärgerte sich über die Haushaltshilfe, die sich offenbar daran hielt, nur einzukaufen, was Anni ihr auftrug. Ich hätte etwas mitbringen sollen, dachte Mira, denn sie wusste, dass Anni abgelaufene Lebensmittel hortete. Es regte sie stets auf, wenn Mira oder Martin den Kühlschrank inspizierten und frische Esswaren hineinstellten. Darin war Anni unbelehrbar. Wenn das Brot und die Semmeln zu schimmeln anfingen, trug sie sie zum Nachbarn, damit er sie an die Schweine verfütterte.

Mira hörte Schritte hinter dem Haus und sah, wie Anni, auf einen Stock gestützt, um die Ecke hinkte. Ihr Schnaufen hörte sich besorgniserregend an.

Du solltest nicht allein herumgehen, sagte sie, als Anni in die Küche trat.

Warum besorgst du mir nicht eine richtige Pflegerin? Ich wäre einverstanden, dass eine kommt, aber Slowenisch muss sie können, damit ich mich ungezwungen mit ihr unterhalten kann, sagte Anni.

Das kann doch nicht wahr sein, dachte Mira. Stanko hatte Mutter also nichts gesagt. Offenbar kein Wort, der Feigling. Jetzt blieb alles an ihr hängen.

Anni schaltete das Radio ein, der Regionalsender war eingestellt. Ein deutscher Schlager lärmte los, Mira verzog das Gesicht. Ist es zu laut?, fragte Anni.

Nein, nein, es geht schon. Ich werde mich etwas nützlich machen, sagte Mira.

Nach dem Frühstück öffnete sie die Fenster und wischte den Staub von den Möbeln und Gegenständen in ihrem Zimmer. Der Raum hatte sich mittlerweile etwas erwärmt. Anni vergaß, in den Zimmern, die nicht bewohnt waren, zu heizen. Gewöhnlich dauerte es zwei Tage, bis man es etwas gemütlicher hatte.

Mira räumte ihre Kleider in den Schrank und trug die Vasen in die Küche.

Wieso hast du alle Fenster aufgerissen?, fragte Anni, ich heize ja nicht, um die Wärme wieder hinauszulassen.

Mira schloss die Fenster und stellte die Orchideen, die Anni in der Küche auf den Fensterbänken stehen hatte, wieder an ihren Platz.

Wir müssen über deine Zukunft reden, Mama.

Was gibt es da zu reden? Viel Zeit bleibt mir sowieso nicht mehr.

Franz will mit seiner Familie auf den Hof zurück, begann Mira.

Ah, ja? Anni blickte erstaunt.

Er möchte unser Häuschen abreißen und eine Werkstatt an dieser Stelle bauen.

Das Haus abreißen? Ihr spinnt! Eine Tischler-Werkstatt bauen, im Dorf? Anni konnte es nicht glauben.

Stanko hat es mir erzählt.

Anni kramte in der Küchenkredenz, als würde sie nach etwas Wichtigem suchen.

Stanko hat mir ein Taschentelefon geschenkt. Es ist schon seit Tagen tot. Was soll ich mit diesem Gerät?

Er hat dir ein Handy geschenkt?

Ich soll es immer bei mir tragen, falls ich einmal stürze, damit ich ihn anrufen kann.

Anni legte das Handy und ein Bündel Postkarten auf den Tisch.

Schau, die habe ich aufgehoben. Die Postkarten, die du und Stanko mir aus allen möglichen Ländern geschickt habt. Damals habt ihr noch geschrieben. Jetzt hört man nichts mehr von euch.

Wir müssen miteinander reden, Mama, versuchte es Mira erneut.

Nicht jetzt, sagte Anni.

Die Postkarten lagen wie ein ungehörter Appell auf dem Küchentisch. Sie wurden von einem Gummiband zusammengehalten. An den Rändern waren sie gelbbraun, die dünne Pappe aufgeweicht. Mira löste das Band. Sogar der Gummi war in die Jahre gekommen und brüchig. Sie hatte völlig vergessen, dass sie am Beginn des Studiums noch Postkarten aus Wien geschrieben hatte, und erkannte ihre Schrift auch auf den Karten aus Rom, Venedig, Genua und Lissabon. Die Welt, die sie in der Hand hielt, war eine Welt der Fantasiebilder, der Projektionen, eine Welt aus der Mottenkiste, wie ihr schien, voller künstlicher Paradiese, mit Palmen und Kirchen vor leeren Stränden und architektonischen Sehenswürdigkeiten. Die Städte und Strände waren vergilbt, die Farben, soweit sie erkennbar waren, noch unwirklicher als vormals.

Am liebsten hätte Mira die Karten wieder in die Kredenz zurückgelegt, aber sie zögerte. Auf dem Tisch breitete sich ein merkwürdiger Geruch nach Talg und verwelkenden Blumen aus. Sie wusste nicht, ob die Postkarten diesen Duft verströmten oder ob er aus dem Flur kam, in den alle Ausdünstungen des Hauses mündeten.

Sie trug die Postkarten in ihr Zimmer und legte sie auf das Nachtkästchen. Dann holte sie den Staubsauger und begann, in den Räumen zu saugen. Sie wusste, dass sie Anni damit nervös machte, weil sie befürchtete, dass ihr Mira die Ordnung durcheinanderbringen könnte.

So dreckig habe ich es nicht, wie du tust, sagte Anni. Saj nisem šlampasta.

Mit ruckartigen Bewegungen zerrte Mira den Sauger hinter sich her und rieb in den Zimmern, im Flur und in der Küche mit der Bürste kräftig über den Boden. Den Saugschlauch stieß sie in alle Ecken. Im Flur stand eine schmale Kommode, auf der das alte Telefon mit Wählscheibe stand. Auf dem Rest der Ablagefläche hatte Anni bestickte Deckchen ausgebreitet und eine Vase mit bunten Stoffblumen abgestellt. Mira hatte große Lust, die Deckchen zu entfernen und zu waschen, aber sie hielt sich zurück. Sogar die Küchenkredenz hatte Anni mit Souvenirs geschmückt, die sie von ihren Reisen mit dem Seniorenbund mitgebracht hatte.

Im Dachzimmer, das ehemals Stanko bewohnt hatte, fielen Mira Schimmelflecken an den Wänden auf. Du solltest öfters lüften, rief sie Anni zu, die ihr bis unter die Stiege gefolgt war.

Bring nicht alles durcheinander, sagte Anni, wie soll ich denn meine Sachen wiederfinden.

Zuletzt saugte Mira Annis Schlafzimmer, einen Raum, den man nie grundlos betreten durfte. Er lag an der Ostseite des Hauses, und die Fenster öffneten sich auf eine weitläufige Wiese. Noch immer stand das Doppelbett, das sich Anni in den achtziger Jahren angeschafft hatte, an seinem Platz. Damals rätselten alle, ob Anni nicht doch einen Geliebten hatte, den sie allen verheimlichte, aber Anni behauptete, dass die zweite Betthälfte dazu da sei, die Erinnerung daran wachzuhalten, dass an der Seite eines Menschen immer noch Platz für einen Geist bliebe. Nun hatte sie eine Häkeldecke über das Bett gebreitet, zusammengenäht aus Sechsecken, deren bunte Kontrastfarben den ganzen Raum dominierten.

An die Wand zwischen den Schlafzimmerfenstern hatte Anni einen Tisch geschoben, über den ein Tuch ausgebreitet war. Es war an den Rändern mit Nelkenmotiven bestickt. Auf dem Tisch lagen Jahresalmanache, zusammengefaltete Wochenzeitungen und Bücher, die Anni gelesen hatte oder immer noch las. Sie las, was ihr in die Hände fiel oder was die jährlichen Buchpakete der slowenischen Verlage enthielten. Ganz oben auf einem Bücherstapel lagen ein Bildband über Gambia und zwei dunkle Steine mit ockergelben Kristallen, von denen Mira wusste, dass sie Anni stets an unterschiedlichen Stellen im Raum platzierte. Die Kristalle verbreiteten zuweilen einen mysteriösen Schimmer, der sogar zwischen Annis Devotionalien hervorstach.

Unterstützt du eine Mission in Gambia?, wollte Mira wissen.

Ich spende für Uganda, sagte Anni. Lass die Sachen in Ruhe, rühr nichts an!

Auf Annis Nachtkästchen herrschte ein kunterbuntes Durcheinander. Neben einer kleinen Madonnenstatue aus fluoreszierendem Kunststoff stand ein größeres Bildnis der Gottesmutter aus Fiberglas. In einem Porzellanschüsselchen hatte Anni ein paar aus hellen und dunklen Perlen geknüpfte Rosenkränze gesammelt. Daneben lagen, gefaltet und gestapelt, abgegriffene Gebetsbildchen. Jeder noch so kleine Schlüssel, der in einem Schlüsselloch am Kleiderschrank oder an den Schubläden des Nachtkästchens steckte, war mit einer Quaste aus Wolle versehen. An der Wand zwischen den beiden Fenstern hatte Anni ihr Hochzeitsfoto aufgehängt. Über dem Kopfende des Bettes war das Bildnis der Heiligen Familie angebracht, in einer Reproduktion, die schon das ehemalige Schlafzimmer der Eltern in Bela geschmückt hatte. Das

Bild zeigte die Heilige Familie in völliger Eintracht. Das Gotteskind sitzt auf dem Schoß Mariens und füttert ein Lamm mit einem grünen Ölzweig. Daneben steht Josef mit einem Holzbrett in der Hand, das er gerade gehobelt hat, und beobachtet die Idylle, deren Teil er zugleich ist. Das obligate Kreuz mit dem sterbenden Jesus hatte Anni über dem Türstock angebracht.

Mira hatte sich an Annis Zimmergestaltung längst gewöhnt, aber auf Martin hatte das Schlafzimmer, als er es das erste Mal betreten hatte, geradezu grotesk gewirkt. Es sehe aus wie das Spielzimmer eines Mädchens vor der Pubertät, hatte er damals gemeint. Es würde jeden erwachsenen Mann in die Flucht schlagen, und Mira fand, dass er recht hatte. Sie schmunzelte, aber es fiel ihr auch auf, dass Mutters Zimmer in der Zwischenzeit weniger überladen wirkte als ehedem. Die Vorhänge aus festem, ungebleichtem Leinenstoff gefielen ihr sehr, und Mutters Bücherstapel war inzwischen ansehnlich geworden. Mira fuhr nur vorsichtig mit der Staubsaugerbürste darüber und ließ alles andere unberührt.

Wie es aussah, hatte Franz Wind davon bekommen, dass sie sich im Dorf aufhielt, denn er fuhr am frühen Abend mit seinem schwarzen BMW auf den Hof. Er überragte Mira um einen Kopf und genoss es sichtlich, in jedem Raum mehr Platz und Aufmerksamkeit zu beanspruchen als alle anderen. Er trat zuerst ans Haupthaus, das seit dem Tod seiner Eltern leer stand, und maß mit einem Zollstock die Eingangstür ab.

Mira war ihrem Cousin, seit er zu seiner Partnerin nach Völkermarkt gezogen war, nur mehr selten begegnet.

Franz hielt zwar das Anwesen instand, aber er hatte offenbar kein Interesse daran, neben seiner Arbeit als Tischler eine Landwirtschaft zu betreiben. Die wenigen Wiesen und Äcker, die zum Hof gehörten, hatte er an die Nachbarn verpachtet. Nun wollte er sich selbstständig machen, das Elternhaus renovieren und das Auszugshäuschen, in dem Mira und Stanko mit ihrer Mutter aufgewachsen waren, abreißen lassen.

Gibt es denn keine andere Möglichkeit?, fragte Mira, nachdem Franz seine Beine unter dem Küchentisch ausgestreckt hatte. Was hast du mit dem Stall vor?

Den Stall werde er zu einem Depot umfunktionieren, und die Tenne eigne sich als Aufbewahrungsort für das Werkholz, sagte Franz. Eine Baugenehmigung für die Werkstatt bekomme er nur, wenn er sie an der Stelle errichte, an der sich das Häuschen befinde. Seit neuestem stünden die Bürgermeister bei Baugenehmigungen auf der Bremse. Es tue ihm sehr leid, aber mit Tante Anni könne es sowieso nicht ewig so weitergehen.

Das Gerümpel auf der Tenne kommt auch weg, Tante, hörst du?

Wann willst du mit dem Abriss beginnen?

Im Herbst. Die Pläne sind eingereicht.

Das geht aber schnell!

Anni stand in der Mitte des Raumes. Weit ist es gekommen, sagte sie mit weinerlicher Stimme. Jetzt wirft mich der Sohn meines Bruders aus dem Haus!

Franz machte eine abwehrende Handbewegung und räusperte sich. Es tue ihm leid, aber was solle er machen. Das Leben müsse weitergehen, und dem Dorf würde es auch guttun, wenn die Menschen wieder zurückkehren.

Sie habe ja noch etwas Zeit, sich mit der Situation anzufreunden. Angeblich habe sich Stanko im Altenheim erkundigt, im Winter soll ein Platz frei werden, es sehe nicht schlecht für Anni aus. Worauf Franz es eilig hatte, sich zu verabschieden und die Küche zu verlassen.

Den Auszug werde ich nicht mehr erleben, sagte Anni nach einer Weile. Von mir aus soll mich der Tod holen.

Red nicht so, Mama!

Mira berührte Mutters Hand, die auf dem Tisch lag. Sie erschrak, wie zart sich der Handrücken anfühlte. Ich habe ihn ganz anders in Erinnerung, unnahbar und kalt, dachte sie.

In der Nacht ließ Mira noch lange das Licht brennen. Sie hörte, wie Anni in ihrem Zimmer die Schranktüren öffnete und herumkramte. Das Bett knarrte, wenn sie sich hinsetzte, sein Kopfende stieß gegen die Wand. Mira meinte ein Murmeln zu vernehmen. Erst gegen Mitternacht verstummten die Geräusche aus Mutters Zimmer.

Auf dem Nachtkästchen lagen die abgegriffenen Postkarten, ganz oben im Bündel Karten aus Wien. Damals hatte sie noch Ansichtskarten geschrieben, womöglich weil sie sich wie eine Touristin vorkam und von der Stadt überwältigt gewesen war, die sie vorher noch nie besucht hatte. Beim Überfliegen der Karten fiel Mira auf, dass sie in ihren kurzen Berichten kein Wort über ihre eigenen Verunsicherungen verloren hatte. Ihre knappen Sätze waren nur von der Sorge um Mutter bestimmt, wie es ihr wohl gehe, ob zu Hause alles in Ordnung sei, ob Anni immer noch Schmerzen in den Handgelenken habe.

Eine Ansichtskarte aus Venedig versetzte Mira in Aufregung. Sie wies dunkelgelbe Flecken auf, als hätte man Tee über sie gegossen. Mira starrte auf die Karte. Schlagartig konnte sie sich wieder an den Ort erinnern, an dem sie sie geschrieben hatte, auf dem Boden sitzend, den Rücken an die Wand der Fondazione Vedova gelehnt, während sie auf die Lichter über dem Giudeccakanal blickte. Das Flimmern und Leuchten auf dem von den Booten aufgewühlten Wasser, das Säuseln des Windes, das Aufschlagen der Wellen an den Kanalmauern, die ganze Stadt fächerte sich vor Miras Augen auf. Sie hätte sich noch einmal auf den warmen, staubigen Steinboden setzen und die Beine anwinkeln können. Sie hätte noch einmal mit der Hand die Zigarettenkippen und die vertrockneten Algenreste wegwischen können.

Mira presste die Karte an die Brust. Lange hatte sie nicht mehr daran gedacht, dass eine ihrer ersten Liebschaften ausgerechnet in Venedig zu Bruch gegangen war, in der Jugendherberge auf der Giudecca, wo sie sich geweigert hatte, im Mehrbettzimmer, unter fremden Menschen, mit ihrem Begleiter, an dessen Name sie sich nicht mehr erinnern wollte, zu schlafen. Es war ihr peinlich gewesen. Sie ließ ihn mit steifem Glied im Bett zurück, flüchtete in die Nacht, irrte die Fondamenta San Biagio auf und ab. Sie wusste nicht, wie sie sich ihm erklären sollte.

Er hatte nicht nach ihr gesucht, war einfach im Stockbett liegen geblieben und stellte sich schlafend, als sie zurückkam. Am nächsten Tag benahm er sich so distanziert, als wären sie nicht gemeinsam mit dem Zug nach Venedig gereist.

Mira knipste die Nachttischlampe aus und starrte ins

Dunkel. Der Schlaf wollte sich nicht einstellen. Er war kaum mehr als ein Einnicken aus Übermüdung, das in etwas Überreiztes, Banges mündete. Sie glitt an der harten Oberfläche des Schlafes entlang, ohne dass er sich öffnete und sie aufnahm. Sie lag vor seiner Tür, oder träumte sie nur davon, auf etwas Hartem, Unnachgiebigem zu liegen und nicht eingelassen zu werden? Erst als es langsam hell wurde, schlief sie ein und träumte, dass sie nach Bela gekommen war. An der Stelle, wo sich einstmals der Ort befand, erstreckte sich eine Vorstadt, die an den Ozean grenzte. Die Uferpromenade war betoniert worden und die Häuser kaum wiederzuerkennen. Das Tageslicht erschien angegraut. Sie wusste, dass es gewöhnlich kaum heller würde, dass diese Vorstadt immer zur Dunkelheit neigte. Sogar die Menschen waren in fremdartige Körper geschlüpft und unterhielten sich im Präteritum, es war.

Nach dem Aufwachen war Mira so zerschlagen, als hätte sie nach stundenlangem Schwimmen in einem schweren, dunklen Wasser mit letzter Anstrengung das Ufer erreicht.

Anni saß mit eingefallenem, grauem Gesicht am Küchentisch. Sie hatte sich einen Buchweizensterz zubereitet und goss löffelweise warme Milch darüber. Sie habe die halbe Nacht gebetet, damit sie vor dem Umzug sterbe. Nočem več vandrati, wiederholte sie, als hätte man sie zeit ihres Lebens von einer Wohnung in die andere gehetzt, als wäre sie sich ihres Lebens nicht mehr sicher. Mira fand das übertrieben und dramatisch, obwohl ihr nicht entging, dass sich hinter Annis Angst ein wirklicher Schmerz verbarg. Mira zögerte, sie konnte sich nicht überwinden,

Mutter zu trösten oder zu umarmen, sie rang nach Worten und mit sich.

In ihrer Familie war man mit dem Äußern von Gefühlen nie zurechtgekommen, denn es lag, seit Mira denken konnte, eine Art Schweigegebot über allem, was man gerne, von sich aus, unbeschwert oder geradeheraus, von Herzen, sagen wollte. Die einfachsten Sätze waren mit einem unausgesprochenen Verbot belegt, als könnte man mit Zärtlichkeitsbekundungen alle in Gefahr bringen. Man unterließ es, etwas zu sagen, denn die unterdrückten Empfindungen muteten, sobald sie ausgesprochen wurden, einen selbst fremd und hinterfragbar an, man machte sich allenfalls verwundbar.

Mit den Worten, die man füreinander fand, war man ständig unzufrieden, denn sie offenbarten einen Mangel, an dem die Angehörigen ihrer Familie lange herumkauten. Gelang es einem doch, im richtigen Moment etwas zu sagen oder gar seine Zuneigung auszudrücken, war man stets peinlich berührt. Erst später, im Nachsinnen, ließ man die herzwarmen Worte an sich heran und kostete etwas von der vermeintlich unverdienten Süße, die sich darin verbarg, um sie gleich wieder abzuwehren. Nichts Schlimmeres, als zu verweichlichen.

In Miras Familie vertraute man den spröden Tönen, denn sie waren allen am geläufigsten. Sie hatten die längste Tradition und hielten sich über Generationen, sie waren so gebräuchlich, dass man etwas vermisste, wenn diese Worte einmal ausblieben. Mit dieser Sprache war Mira aufgewachsen, es war ihre eigentliche Muttersprache, ruppig und auf das Notwendigste reduziert, eine Sprache, die Mira geformt hatte, gegen die sie sich anders nicht zur Wehr setzen konnte, als sie von sich fernzuhalten, sich von ihr zu distanzieren.

Ach, Mama, sagte Mira, bevor sie den Raum verließ, so kannst du doch nicht reden, das hilft niemandem, weißt du.

In der Umgebung des Holzschopfs herrschten inzwischen angenehme Temperaturen. Die Sonne hatte seit den Morgenstunden das hölzerne Gebäude erwärmt und würde noch bis Mittag darauf scheinen. Kein Wunder, dass Frieda und Paul an dieser Stelle einen Gemüsegarten angelegt hatten, der jetzt verwildert und unbestellt aussah. Mira stand mit dem Rücken zur Holzwand und blickte auf den Innenhof des Gehöfts, wo schon lange keine Tiere mehr herumstrichen, keine Hühner, keine Kaninchen, weder Katzen noch Gänse. Das ebenerdige, schlanke Stallgebäude wirkte zwar gepflegt, aber unbelebt. Früher hatte der Stall zu jeder Tages- und Nachtzeit Geräusche von sich gegeben, die Nutztiere hatten geraschelt, gegrunzt und gemuht, man glaubte einem Riesenbauch beim Verdauen zuzuhören.

Auf dem Holzgeländer der Auffahrtsbrücke zur Tenne, die aus dicken Lärchenbrettern gezimmert war, hatte jemand eine Wolldecke zum Trocknen ausgebreitet. Mira löste sich von der Mauer und spähte durch das seifige, matte Fenster in den Stall. Sie öffnete die Tür und blickte hinüber zu den ausgetrockneten Standplätzen, wo ehemals zwei Kühe eingestellt waren. Heute war der Stall ein Abstellraum für Werkzeug und fleckige Blechkanister. Es roch nach Stroh und Maschinenöl, nicht mehr nach Dung und Urin. Sogar die kotbespritzten Stallwände hatte man geweißt. Auf den betonierten Fenstersimsen überwinterten Pelargonien in grünen Plastiktrögen.

Das Haus von Paul und Frieda, das wenige Schritte vom Stall entfernt stand, wirkte in sich gekehrt, kühl und verschlossen. Die Erkaltung des Hauses hatte mit Pauls Erkrankung eingesetzt. Frieda hatte ihren Mann bis zu seinem Tod gepflegt. Nachdem er gegangen war, wollte auch sie nicht mehr bleiben. Sie starb ein knappes Jahr nach ihm, an Erschöpfung, wie Mira schien, denn sie hatte sich von der kraftraubenden, monatelangen Krankenpflege nie wieder erholt. Sie hatte davon geträumt, zu verreisen, besonders das Meer hätte sie gerne noch einmal gesehen. Aber der Wunsch war nur ein letztes Aufbäumen vor dem endgültigen Nachgeben.

Als Frieda und Paul noch gelebt hatten, war auf dem Platz zwischen den Gebäuden immer etwas los gewesen. Stets trat jemand aus einer Tür und überquerte den Hof, ein Hinaus und Hinein, ein Hin und Her, die Menschen drängte es ins Freie, stets musste etwas abgestellt, geholt oder weggetragen werden, erinnerte sich Mira. Kleine Missgeschicke wurden inszeniert, seht her, was gerade passiert ist, der Melkeimer ist umgefallen. Seht her, wie ich ausschaue, Onkel Paul tritt mit ausgestreckten Armen aus dem Holzschopf, sein Gesicht übersät mit Ölspritzern, nachdem er versucht hat, die Motorsäge zu reparieren. Das angebrannte Gulasch, das man zum Auskühlen ins Freie stellen musste, die frischgelegten Eier, die einem auf den Boden fielen, weil man der Meinung war, sie mit einer Hand aus dem Nest fischen und in die Küche tragen zu müssen. Waren einmal im Hof keine Menschen zu sehen, scharrten dort die Hühner oder ließen sich vom Hahn bezirzen, der sie mit gespreizten Flügeln umkreiste.

Das Haus von Paul und Frieda war ein Magnet, es zog alle an, die sich in seiner Nähe aufhielten, man ging hinein, um etwas zu essen, um zu tratschen oder um etwas abzugeben, was man aus der Stadt mitgebracht hatte. Binnen kurzer Zeit machte auch das Auszugshäuschen etwas her, denn Anni war es gelungen, ihre Pelargonien und Nelken zum Dorfgespräch werden zu lassen. Sie habe eine grüne Hand, hieß es, wirklich schön, diese Blumen, viel schöner als die grellfarbige Sonnenliege, die sich Anni von ihrem ersten Urlaubsgeld gekauft hatte und über die im Dorf gelästert wurde. Muss das sein, so eine Liege auf einem Bauernhof, die sollte man woanders hinstellen, am besten hinter das Haus, wo sie keiner sieht, meinte Frieda.

Anni stand mit dem Rollator in der Haustür und blinzelte gegen die Sonne. Könntest du heute die Pelargonienkästen aus dem Stall auf die Fensterbänke stellen?

Mach ich später, ich gehe jetzt einkaufen, sagte Mira, was soll ich dir mitbringen?

Was du magst. Eigentlich ist genug da.

Auf dem Parkplatz vor dem Supermarkt verstaute Mira die Tragtaschen im Kofferraum des Autos und ging dann zu Fuß über den Hauptplatz von Eisenmarkt. Am liebsten wäre sie mit einer Hand an den Mauern der Häuser entlanggefahren, um sich zu vergewissern, dass sie immer noch in Reih und Glied standen und nicht zu einer Fata Morgana geworden waren. Die Fassaden der spätbarocken Häuser waren frisch gestrichen, die Gegend putzte sich heraus, seit sich ein paar Unternehmen in der Umgebung angesiedelt hatten. Zugleich zeugten die blinden Schaufenster in der Innenstadt von der Abwanderung der kleinen Läden und Handwerksbetriebe an die Peripherie. Das geschäftige Alltagsleben hatte sich an die Stadtgrenze verlagert, die mitten durch vormalige Ackerflächen und Grünland verlief. Auch einzelne Dörfer in der Nachbarschaft verkümmerten im Kern, während sich entlang der Feldwege oder auf sonnseitigen Hängen Neubauten breitmachten, mit grellfarbigem Außenputz und allerlei modischen Ausschmückungen, die dem wechselnden Angebot der Baumärkte geschuldet waren. Diese Dörfer bildeten kein Ensemble mehr, die Häuser standen zusammenhanglos im Raum, fand Mira.

Im kleinen Kaffeehaus am Platz blätterte sie in den regionalen Tageszeitungen. Das Übliche, Unfälle, Todesanzeigen, Bankenkrise, Grundstücksverkäufe, aufgelassene Liegenschaften, Chorkonzerte, entlaufene Katzen und Hunde, bienenstockplündernde Bären, aggressive Grünspechte, Salamiwochen, Kirchtag, Hadnfeste, Kreisverkehr und Blasmusik. In der Bezirksbeilage wurde ein Manager eines global agierenden Konzerns vorgestellt, der in der Grenzregion große Waldflächen und mehrere Anwesen gekauft hatte. Er behauptete, seinen Lebensabend in der Einschicht, in Ruhe und Entschleunigung verbringen zu wollen, wenn auch mit Swimmingpool, Jagd und einem Landeplatz für den eigenen Helikopter.

An den Nebentischen wurde Slowenisch gesprochen, was Mira behagte. Sie konnte sich noch an die Jahre erinnern, in denen man in der Öffentlichkeit in dieser Sprache nur geflüstert hatte, um kein Aufsehen zu erregen. In Kärnten konnte man sich nach den beiden Weltkriegen nur schwer mit der Existenz der slowenischen Volksgruppe abfinden und empfand es als besondere Zumutung, der Minderheit die ihnen zustehenden und zugesagten Schutzrechte zu gewähren. Deutschnationalistische Gruppierungen und Verbände machten erfolgreich Druck auf die Politik, um die Assimilation der Slowenen in Kärnten zu beschleunigen. Die Zweisprachigkeit der Region galt als Makel.

Vielleicht, dachte Mira, sollte ich meine Slowenisch-Kenntnisse auffrischen. Es fielen ihr nur verschlissene Gründe ein, warum sie diese Sprache so lange hatte brachliegen lassen. Natürlich gab sich Mira selbst die Schuld an der Entfremdung. Niemand hatte ihr explizit verboten, Slowenisch zu sprechen. Aber seit sie denken konnte, lag etwas in der Luft, das sie verunsicherte. Es hatte mit Stimmungen und Beklemmungen zu tun, mit Selbstbildern und Fremdbildern, was wenig erklärte und eher ihrer soziologischen Ausbildung geschuldet war. In der fünften Klasse des Gymnasiums hatte sie sich aus Trotz vom nachmittäglichen slowenischen Sprachunterricht abgemeldet. Es erschien ihr damals logisch, und doch geschah es aus Angst, sich mit dieser Sprache verdächtig zu machen. Sie wollte darin ein Zeichen des Protests gegen ihre Mutter sehen, aber handelte im Einvernehmen mit der damals vorherrschenden politischen Stimmung. Das Slowenische war eine Sprache des Bekenntnisses, ein Politikum, das die erwünschte deutsche Identität des Landes in Frage stellte. Jeder, der den Unterricht besuchte, fiel auf, ob in der Schule oder an der Haltestelle, wo er außerhalb der üblichen Unterrichtszeiten auf den Bus wartete.

Mira aber wollte nicht auffallen, sie wollte unsichtbar bleiben.

Niemand hatte sie damals ernsthaft unter Druck gesetzt, außer ihr Geschichtelehrer Plautz, der ihr nahegelegt hatte, sich von den Slowenen nicht vereinnahmen zu lassen. Es reiche ja, wenn sie zu Hause mit ihrer Mutter im Dialekt spreche, meinte er. Sie sei ein gescheites Mädchen und eine gute Schülerin. Sie solle an sich denken und sich nicht in politische Konflikte verwickeln lassen, das würde ihr nur schaden.

Mira zahlte und verabschiedete sich auf Slowenisch. Auf dem Hauptplatz kam ihr ein Mann entgegen, der sie unverhohlen anstarrte. Bist du es?, fragte er und blieb stehen. Mira blickte in ein Gesicht, das ihr bekannt vorkam, aber das sie im ersten Moment nicht zuordnen konnte.

Jurij!, rief sie aus, entschuldige bitte! Ich hätte dich fast nicht erkannt.

Ich dich schon, lachte Jurij.

Was machst du in der Stadt?

Ich wohne seit zwei Monaten hier. Und du? Wieder einmal auf Besuch?

Ich war einkaufen, für Mutter. Lebst du jetzt in Eisenmarkt?

An den Wochenenden, ja, nickte Jurij. Er habe eine Wohnung gefunden, groß genug für sich und in guter Lage. Eigentlich sei er auf der Suche nach einem alten Bauernhaus, das er gerne renovieren würde, aber das sei Zukunftsmusik. Jedenfalls wolle er wieder nach Kärnten zurück, nachdem er sich so lange in der Welt herumgetrieben habe.

Wo arbeitest du?

In Slowenien, im Transportgewerbe.

Das ist schon erstaunlich, sagte Mira, das hätten wir uns damals nicht vorstellen können, in Slowenien zu arbeiten.

Das waren andere Zeiten, sagte Jurij. Gehen wir einmal was trinken?

Sehr gern, rief Mira aus. Wann und wo treffen wir uns?

In der alten Brauerei? Morgen oder übermorgen?, schlug Jurij vor. Ich geb dir noch Bescheid.

Mira fühlte sich von der unerwarteten Begegnung mit Jurij so überrumpelt, dass sie sich mit dem Hinweis auf ihre Mutter rasch verabschiedete und davonging.

Unweit des Supermarkts fuhr sie von der Hauptstraße ab und lenkte ihr Auto auf einen Zubringerweg, der über Felder und Wiesen in die benachbarten Dörfer führte. Sie wollte Zeit zum Nachdenken haben, denn die Begegnung mit Jurij hatte sie aufgewühlt.

Was für ein Zufall, die Jugendliebe zu treffen. Jugendliebe, Jugendliebe, ging ihr durch den Kopf, so was würde sie nie laut sagen. Aber wie bezeichnete man eine Liebe, die aus Unsicherheit zu früh in die Knie gegangen war, noch bevor sie sich im Klaren darüber war, was aus ihr hätte werden können.

Mira fuhr gemächlich die Äcker und Weideflächen entlang, die ihren ursprünglichen kleinbäuerlichen Charakter bewahrt hatten und von Hecken und Sträuchern gesäumt waren. Jetzt erst hatte sie das Gefühl, in ihrer Geschichte angelangt zu sein. Fast hätte sie sich damals wegen Jurij als Kärntner Slowenin bekannt, wenn sie nicht irgendetwas, das sie nicht zur Gänze entschlüsseln konnte, davongetrieben hätte. Es hatte mit Jurij zu tun, mit seinem politischen Engagement, das wusste Mira, und doch war das nur ein Teil des Konflikts, den sie nicht benennen konnte. Es war ihr, als müsste sie tief unter dem Schutt und der Asche des Zweiten Weltkrieges nach etwas graben, was damals zerstört werden sollte und doch am Leben geblieben war. Die wenigen Male, die Mira versucht hatte, bis zu diesem Kern vorzudringen, war sie in eine Angststarre verfallen, die sie für eine Art Depression hielt, deren Ursprünge sie anderswo vermutete.

Der Tag hatte eine unverhoffte Wendung genommen, sodass Mira einen leichten Schwindel verspürte, der sich immer dann einstellte, wenn ihr Alltag aus der Routine kippte. Auf einer Erhebung zwischen zwei frisch aufgebrochenen Äckern thronte an der Straßengabelung, an der sie nach Jaundorf abbiegen musste, eine majestätische Eberesche. Vielleicht hängt alles mit allem zusammen, dachte Mira und ließ das Auto im Leerlauf das schwache Gefälle hinunterrollen.

Anni wartete vor dem Stall auf sie. Wo bleibst du! Ich muss dir unbedingt etwas zeigen. Ich will nicht, dass alles weggeworfen wird. Bevor ich ausziehe, muss man einen Platz für die Sammlung finden.

Sie hakte sich bei Mira ein und wies mit dem Stock Richtung Tenne.

Mira drückte die Schiebetür am Ende der Holzbrücke zur Seite. Auf dem Tennenboden und unter dem Satteldach roch es nach Heu, obwohl seit mehr als einem Jahrzehnt nichts mehr eingebracht worden war. Wie Spinnweben klebten trockene, verstaubte Gräser an den

Bretterwänden. An der Längsseite der Tenne, wo sich früher das Heu getürmt hatte, standen ein schön gearbeiteter alter Leiterwagen und ein Hakenpflug aus Eisen, die Mira an dieser Stelle noch nie gesehen hatte. Zwei hölzerne Dreschflegel, Heugabeln und Sensen lehnten an der Wand. Ein Joch für Zugtiere, eine Kuhglocke und Zaumzeug lagerten in einer hölzernen Futterschneidemaschine. In Annis Gartenkorb lagen rostige Steigeisen und Riffel zum Schwarzbeerklauben.

Woher hast du das alles?, fragte Mira.

Von den Bauern, ich habe so lange gebettelt, bis man mir das ausgediente Werkzeug überlassen hat.

Aber so was liegt doch nur herum und verstaubt.

Ich will den Jungen zeigen, womit man früher gearbeitet hat, sagte Anni. Wir haben das Werkzeug hochgehalten, und jetzt weiß niemand mehr, wie es ausgesehen hat.

Das hat doch keinen Sinn, fand Mira.

Ich habe sogar Kasserollen und Backformen geschenkt bekommen, lagert alles dort drüben. Anni wies auf eine Bauerntruhe, die an der rückwärtigen Wand im Halbdunkel stand. Auf ihrem mit Ornamenten bemalten Deckel lag eine dicke Staubschicht.

Die Truhe hat deiner Großmutter Agnes gehört, fuhr Anni fort. Sie ist das Einzige, was sie mir vererbt hat. Eine Truhe mit Bettwäsche, die sie für meine Brautausstattung genäht und bestickt hat.

Warum stellst du die Truhe nicht ins Haus?

Weil der Deckel gesprungen ist, er hat einen Riss, und ich finde niemanden, der mir die Malereien ausbessert, außer ich mache das selbst.

Mira hob vorsichtig den Deckel der Truhe. Neben

den Kasserollen aus glasiertem Ton lagerte das ausgediente braunfarbige Emailgeschirr, das Anni aus Bela mitgebracht hatte.

Diese Schüsseln hättest du längst wegwerfen sollen, sie sind nicht mehr schön.

Sie gehören dazu, lass nur, sagte Anni.

Mira schloss den Deckel und wischte mit der Hand über die Truhe. Unter der Staubschmiere schimmerte immer noch weich und satt die Farbe der roten Nelken. Die gemalten Blumen standen in einer grauen Vase, jeweils links und rechts auf der Frontseite, und waren besser erhalten als die Malerei auf dem Mittelteil, wo unschwer erkennbar eine junge Frau vor dem Bildnis der Muttergottes kniete. Der Kopf der Madonna war zerstört, die Farben abgeblättert oder fleckig.

Mira hätte Mutter diese Sammelwut nicht zugetraut. Natürlich kannte sie Annis Gewohnheit, alles aufzuheben, was sie an eine Begebenheit in ihrem Leben erinnerte, aber dieser systematische Eifer verblüffte sie dann doch.

So viel hast du zusammengetragen und mir nichts gesagt.

Du hättest mich nur ausgelacht, meinte Anni.

Mira führte sie die Brücke hinunter und versprach, sich zu erkundigen, ob jemand an der Sammlung interessiert sei. Noch immer klebte der Staub an ihren Händen.

Wie lange hast du diese Sachen zusammengetragen?

Ein paar Jahre, sagte Anni und stieß mit dem Stock gegen einen Stein, der vom geschotterten Vorplatz auf den Rasen gerollt war. Mehr brachte Mira nicht mehr aus ihr heraus.

Martin grantelte am Telefon. Warum fragst du, was ich davon halte, wenn es dich gar nicht interessiert. Er sprach mit einem belehrenden Unterton, den Mira nicht ausstehen konnte.

Du kommandierst mich herum. Ich will nicht sofort entscheiden, was ich mit dem Werkzeug mache.

Das hab ich doch gar nicht verlangt. Was hast du denn?, fragte Martin.

Du lässt mich nicht ausreden.

Was ist so schlimm daran, wenn ich einen Vorschlag mache?

Gar nichts ist schlimm, sagte Mira. Ich hätte gerne länger darüber nachgedacht, schließlich geht es um meine Mutter.

Was habe ich jetzt wieder Falsches gesagt?

Lass nur!

Ich gebe dir einen Rat, und du bist beleidigt, schimpfte Martin, aber Mira drückte ihn kurzentschlossen weg.

Solcherart Streitereien beschämten sie, denn sie entwickelten sich innerhalb von Sekunden. Mira zitterte vor Empörung, und doch wusste sie nicht, worum es eigentlich ging. Sie hätte vor Wut schreien können, was sie noch mehr verstörte, denn Martin konnte sie für gewöhnlich beruhigen. Anfangs war es gerade seine Nüchternheit gewesen, die sie fasziniert und angezogen hatte. Sie hatte Martins Sinn fürs Praktische bewundert. Er wusste sich dem Anschein nach stets zu helfen, verlor nie die Nerven und kannte sich mit handwerklichen Dingen aus. In der Zeit der Verliebtheit erschien er ihr irrsinnig souverän, sie hatte damals tatsächlich dieses Adjektiv gebraucht, irrsinnig, obwohl sie es, sobald andere etwas irrsinnig gut fanden, missbilligte. Martin behauptete, in Lösungen zu denken, was Mira inzwischen lächerlich fand. Bei jeder sich bietenden Gelegenheit hob er hervor, der Sohn eines Arbeiters zu sein. Er habe sich mit Fleiß, Disziplin und einem gewissen Maß an Genügsamkeit hochgearbeitet und dabei einen Überlebensinstinkt entwickelt, der ihm helfe, die Schwächen der anderen aufzuspüren und für sich zu nützen.

Sein Vater war Stahlarbeiter bei der VÖEST in Linz gewesen und Martin ein Vorstadtkind, das es zum verbeamteten Mittelschullehrer gebracht hatte, das Höchste, was man in den Augen seiner Mutter werden konnte. Martins Vater hatte den Aufstieg des Sohnes nicht mehr erlebt, da er wie viele seiner Genossen früh gestorben war. Martin hatte ihn als Menschen geschildert, der hart zu sich und zu seiner Familie gewesen war, besonders zum Sohn, der den guten Ruf der Familie weitertragen sollte. Den hatte er nach Ansicht des Vaters aufs Spiel gesetzt, als er die Haare lang trug und an einer Demonstration gegen die Politik der Regierung Bruno Kreiskys teilnahm. Seine Regierung, empörte sich Vater, wie konnte sich Martin gegen Kreisky stellen, das würde er ihm nie verzeihen.

Die Kärntner Slowenen seien im Übrigen schuld daran, dass er sich mit seinem Vater zerstritten habe, behauptete Martin, und in gewisser Weise hatten sie auch Mira und Martin zusammengebracht. Sie waren einander im Lesesaal der Arbeiterkammerbibliothek begegnet, genaugenommen im anliegenden Garten, wo sie zu rauchen pflegten. Mira schrieb an ihrer Abschlussarbeit und recherchierte dafür in der sozialwissenschaftlichen Sammlung der Bibliothek. Martin kam meistens nachmittags und blätterte die Tageszeitungen durch, bevor er die Schulhefte und Bücher auf dem Lesetisch auftürmte. Er wirkte mürrisch und abweisend. Mira hatte ihn anfänglich für einen eigenbrötlerischen Wissenschaftler gehalten. Erst nach Wochen kamen sie ins Plaudern. Sie erzählte dem Oberösterreicher, dass sie aus dem slowenischsprachigen Teil Kärntens komme, und Martin fing gleich damit an, sie auszufragen. Er erkundigte sich, wie sie damals im Herbst 1972 den Ortstafelsturm erlebt habe, als die in Slowenisch und Deutsch beschrifteten Ortsschilder von einem nationalistischen Mob demoliert worden waren. Sie musste doch etwas davon mitbekommen haben, auch wenn sie noch ein Kind gewesen sei.

Mira kam die Frage provokant vor, sie wusste nicht, was sie antworten sollte. In Bela sei das nicht so schlimm gewesen, behauptete sie. Nur in Jaundorf, hatte ihr Onkel Paul erzählt, sei in jener Oktobernacht eine Kolonne hupender Autos durchs Dorf gefahren. Der Onkel habe eine Heidenangst gehabt und daran gedacht, sich im Keller zu verstecken. Aber das war alles, was Mira bereit war, zu erzählen.

Nach langem Hin und Her verabredeten sie sich zu einem Kaffee. Ihre Gespräche kamen nur langsam vom Fleck, da Martin schüchterner war, als Mira ursprünglich angenommen hatte. Vielleicht aber war Martins vorgebliche Schüchternheit nichts anderes als eine Form der Vorsicht gewesen, da er keine Fehler machen und nichts übereilen wollte, dachte Mira heute. Wiederholt hatte er von seinen Eltern gesprochen, eigentlich fortwährend, und sinniert, wie schwierig es für sie gewesen sein musste, zwei Söhnen das Studium zu finanzieren. Er hätte genauso gut Stahlarbeiter werden können, aber er sei froh, in einer Zeit groß geworden zu sein, in der Kinder aus der Arbeiterklasse aufsteigen konnten.

Mira hatte sich im tiefsten Herzen verstanden gefühlt und ihm von ihrer Mutter Anni erzählt und dass sie als Hilfsköchin ihren Kindern eine Ausbildung ermöglichte, die für sie selbst nie erreichbar gewesen wäre. Sie denke viel über ihre Mutter nach und darüber, was sie, Mira, ihrem Onkel Paul und ihrer Tante Frieda verdanke. Die beiden hatten sich der Kinder angenommen, damit Anni einer Erwerbsarbeit nachgehen und als alleinstehende Frau ihre Tochter und ihren Sohn durchbringen konnte. Paul leiste immer noch Fahrdienste und bei Tante Frieda habe es nach der Schule stets ein warmes Essen gegeben und ein freundliches, spöttisches Wort als Beigabe.

An dem Tag, als Mira und Martin das erste Mal miteinander geschlafen hatten, gestand er ihr, dass er in einer Beziehung lebe. Er denke schon lange Zeit an Trennung, denn seine Partnerin habe große materielle Ansprüche, er aber wolle sich nicht dem Mehren von Besitz verschreiben. Ihm genüge die schöne Mietwohnung, außerdem möchte er zurzeit keine Kinder, er wisse nicht warum, vermutlich habe es mit seiner Lebensgefährtin zu tun, die ihn für einen verklemmten Provinzler halte. Sie sei Wienerin und ihre Eltern wären sogar bereit, für das Paar eine Wohnung zu kaufen, aber er wolle sich nicht binden, sagte Martin.

Mira hätte Martin damals am liebsten aus dem Zimmer geworfen, es aber dann doch nicht getan, weil sie sich ihm verbunden fühlte. Sie hätte weinen können, stattdessen hatte sie tapfer über ihre Verletztheit hinweggelächelt. Dennoch trennten sich nach dieser Nacht vorerst ihre Wege.

Die föhnige Frühlingsnacht drückte auf Miras Gemüt, sodass sie bei Tagesanbruch beschloss, zur Gradnikhöhe zu wandern, um den Kopf freizubekommen. Anni war noch nicht aufgestanden, als Mira den Frühstückstisch deckte und sich ein Butterbrot mit Honig bestrich. Nachdem sich die morgendlichen Nebelschleier gelichtet hatten, brach sie auf. Die feuchten Äcker glänzten grau und braunschwarz, die Wiesen waren spärlich mit frischem, sprießendem Gras bewachsen. Das Tiefgrün der Fichtenwälder hob sich davon ab, aber nicht satt wie im Sommer, sondern fahl, was auf die lange Dürreperiode in den vergangenen Wintermonaten zurückzuführen war.

Mira ließ das Dorf hinter sich. Am Beginn des Feldweges stieß sie auf eine Müllinsel, auf Container, die überfüllt waren mit Sperrmüll und Glasflaschen. Jemand musste sie widerrechtlich hier abgeladen haben. Ein aufgeweichter Feldweg, von Erdwülsten durchzogen, führte sie an einem Bildstock vorbei, dessen Verputz abblätterte. Der Weg mündete in eine Forststraße, die sanft ansteigend und in weitläufigen Kehren an Höhe gewann.

In Mira herrschte eine Art Windstille, wie kurz nach einem Aufprall, wenn man noch nicht begreift, was gerade geschehen war. Sie ging zügig und konzentriert, wollte herausfinden, warum sie sich in den Auseinandersetzungen mit Martin derart verstrickte, warum sie sich in ihren eigenen Sätzen verhedderte, und ertappte sich dennoch dabei, dass ihre Gedanken zu Jurij abschweiften.

Das beständige, gleichmäßige Gehen im heimatlichen

Gelände besänftigte gewöhnlich ihre Grübeleien. Nach einer gewissen Zeit stellte sich eine Art Balance zwischen Miras Körper und ihren Gedanken ein. Zunächst übernahm der Körper die Führung, und sobald er der Aufmerksamkeit der Gehenden nicht mehr bedurfte, konnte Mira auch in ihren Gedanken einen Rundweg einschlagen. Sie bewegte sich in die Gegend hinein und war zugleich in ihrem Inneren unterwegs, sodass sich das Innere wie eine Landschaft öffnete. Wie vorhin der Körper, begannen nunmehr die Gedanken zu leiten, zu drängen, sich selbst zu tragen, aus dem Nichts aufzusteigen, sich zu behaupten. Die Sätze, die sich formten, erschienen fassbar und klar. Sie waren auf etwas Zukünftiges gerichtet, obgleich sie die längste Zeit die Vergangenheit durchkämmten.

Mira hatte ständig an Jurij gedacht, als sie begann, in Wien zu leben. Wahrscheinlich war er überzeugt davon gewesen, dass sie ihn aus Geringschätzung verlassen hatte, denn er rief nicht mehr an, und auch sie vermied es, ihn zu kontaktieren, da sie ihn überstürzt und in einer für ihn schwierigen Lage alleingelassen hatte.

Bevor sie zum Studium nach Wien gezogen war, galten sie als Paar und waren es in gewisser Weise auch. Sie trafen sich bei Veranstaltungen des slowenischen Kulturvereins, gingen zusammen ins Kino. Manchmal wartete Jurij im Dorfgasthaus auf sie, in dem Mira aushilfsweise kellnerte. Sie schmusten im Auto oder im Halbdunkel auf der Hinterseite des Kulturhauses. Mira hatte große Skrupel, mit Jurij ins Bett zu gehen, und wehrte jede Gelegenheit ab, die sich ihnen bot. Sie redete sich auf die unmögliche Situation hinaus, auf die unbequemen Autositze, auf ihre

Mutter, die es sofort bemerken würde, wenn sie jemand ins Zimmer mitnähme. Mutter würde im Nu vor dem Bett stehen und fragen, was wir hier tun, sie würde dich aus dem Haus werfen, erklärte sie Jurij. Aber den eigentlichen Grund für ihre Scham hätte sie weder ihm noch sich selbst begreiflich machen können. Erst später wurde ihr klar, dass sie um jeden Preis vor Jurij verbergen wollte, wie es wirklich um sie stand, dass sie glaubte, in einem zerfallenden Körper zu leben und von etwas Hässlichem, Bestürzendem besetzt zu sein.

Im Wald war es kühl. Sie ging einen Hohlweg hinauf, in dem sich bei Regengüssen das Wasser sammelte und den Boden immer tiefer ausspülte. Höher oben, nach dem Steilstück, verlief der Weg wieder eben und folgte der sanften Windung eines Hügelrückens. In diesem Wegabschnitt ging der Nadelwald in einen Mischwald über. Die hochgewachsenen Buchen und Ahornbäume spendeten im Sommer viel Schatten, aber jetzt fiel das Sonnenlicht auf den Boden, da das Laub noch nicht ausgetrieben hatte. Zwischen den Bäumen blitzte die Talebene tiefer unten auf, der weiche Waldboden hatte etwas Tröstliches, Langmütiges.

Mira hielt inne und atmete tief ein. Sie dachte an das Jahrmarktwochenende damals im September, kurz bevor ihr letztes Schuljahr begann, an das Bierzelt, in dem sie Jurij begegnet war. Sie hatte gekellnert und in einer Woche so viel verdient, dass sie Mutter lange nicht um Geld anbetteln musste. Schwer zu sagen, warum ihr Jurij auf Anhieb gefiel, es mag an seiner lässigen Art gelegen haben, wie er Bier und ein Gulasch bestellte. Er saß neben ihrer Freundin Sonja in einer größeren Runde von Vereinsleuten und hatte aus irgendeinem Grund ihre ganze Aufmerksamkeit. Man hörte und sah ihm zu, er sprach lebhaft und gestikulierte. Mira behielt ihn im Auge, als er aufstand und zum Nebentisch trat, sich mit den Armen aufstützte und der versammelten Tischrunde etwas zurief. Im Zelt war es heiß und schwül. Das Publikum klatschte zu den polternden Melodien, die Musikkapelle steigerte den Lärmpegel an die Grenze des Erträglichen. Mira hatte von Sonja erfahren, dass Jurij als Bühnentechniker bei dem Theaterstück mitwirkte, das sie gerade im Kulturhaus probten. Von da an begleitete Mira Sonja zu den Proben und saß im Hintergrund des Zuschauerraumes, von wo aus sie Jurij dabei zusehen konnte, wie er die Scheinwerfer einrichtete. Er tat es von einem kleinen Beleuchterpult aus, das am Seitenausgang der Bühne montiert war. Für Mira war Jurij der eigentliche Hauptdarsteller. Sie wartete auf seine Auftritte, bei denen er auf der Bühne eine Stehleiter aufstellte und hinaufstieg, um den Winkel der Beleuchtungskörper zu justieren. Er musste bemerkt haben, dass sie ihn beobachtete, obwohl sie, wenn er mit ihr sprach, so tat, als wäre sie nur wegen Sonja gekommen. Nach der Premierenfeier brachte er sie im Auto seines Vaters nach Hause, sie küssten sich, und Mira kam aus dem inneren Jubel nicht heraus. Sie lag die ganze Nacht mit aufgerissenen Augen im Bett und starrte ins Halbdunkel.

Nach dem Waldabschnitt gelangte Mira auf eine Magerwiese. Der Waldsteig ging in einen Feldweg über, der einen Holzzaun entlang verlief. Die Sicht auf die Ebene weitete sich. Am Wegrand wuchsen verwilderte Obstbäume, Denkmäler ihrer selbst, mit flechtenbewachsenen Ästen.

Auf dem Hügelrücken vor ihr, an einer flachen Stelle, stand eine jener Filialkirchen, die eine nahezu magnetische Wirkung auf Mira ausübten. In dieser Gegend gab es ein paar davon, sie waren romanischen oder frühgotischen Ursprungs und verfügten über eine hölzerne oder gemauerte Laube. Die Kirchlein standen an entlegenen Orten, lagen an alten Verbindungswegen, die allesamt in Vergessenheit geraten waren.

Mira bog in eine schmale Schotterstraße ein, die zum Kirchenvorplatz führte. Das Kirchengebäude passte sich in seiner Größe dem Landstrich an, kein Prunkbau, sondern ein bescheiden wirkendes Gotteshaus, das man vermutlich zum Schutz der Gemeinde vor durchziehenden Plündierertruppen errichtet hatte. Diese Kirchlein mit ihrem Sammelsurium an Heiligenfiguren, die Erhabenheit ausstrahlen sollten, erweckten den Eindruck, von Laien erbaut worden zu sein, und erzählten mit ihrer Schar an Engeln, Nothelfern, Heiligen und Märtyrern, mit ihren Blütenranken und Tierdarstellungen von einem kindlichen Glauben, der Mira schlagartig in eine heitere Stimmung versetzte.

Sie blickte durch ein vergittertes kleines Fenster ins Innere. Vom hellblau bemalten Untergrund der Holzdecke hoben sich Ornamente und Engel ab. Die Engel hatten immer noch weiße, alte Gesichter, während das Antlitz Gottes und die Köpfe der Evangelisten geschwärzt waren vom Kondenswasser, das sich an der Decke sammelte. Die Heiligenscheine über ihren Häuptern sahen wie Wölkchen aus. Die Engel hatten schwarze und graue

Flügel, manche glichen Schwalben mit menschlichen Gesichtern, die sich in barocken Blumenornamenten verfangen hatten.

Vor dieser Kirche war es vor vielen Jahren bei einem gemeinsamen Spaziergang mit Anni zu einem heftigen Streit gekommen. Mira studierte damals im dritten Semester und versuchte, ihrer Mutter den Alltag einer Studentin zu erklären. Sie erzählte, welche Lehrveranstaltungen sie besuchte und wie sich der Unterricht an der Universität von dem am Gymnasium unterscheide. Anni war noch nie in Wien gewesen und hatte auch noch nie eine Universität von innen gesehen. Insgeheim wollte Mira bewundert werden, aber Anni schien ihr nicht zuzuhören. Sie wollte nur in Erfahrung bringen, ob Mira an Sonntagen die Messe besuchte. Mira fühlte sich brüskiert. Zudem hatte sie seit ein paar Tagen die Gewissheit, schwanger zu sein. Sie konnte es selbst kaum fassen, aus Leichtsinn und Überforderung schwanger geworden zu sein von einem verheirateten Mann, der nie daran gedacht hatte, wegen einer Affäre mit einer Studentin sein Leben zu ändern. Mira hatte das Gefühl, mit niemandem darüber reden zu können, am wenigsten mit Anni, der sie ihre Situation verheimlichen musste.

Dann geschah etwas Merkwürdiges. Anni fing plötzlich an, vom Martyrium der heiligen Margaretha zu erzählen, der Beschützerin aller Schwangeren und Gebärenden. Mira fand nie heraus, ob es ein Zufall gewesen war oder ob ihre Mutter eine Art Abrechnung mit ihr geplant hatte. Sie hörte ihr mit wachsendem Befremden zu. Anni schilderte Margarethas Martyrium in schillernden Farben, als wäre ihr die Geschichte vertraut wie ein altes, böses Märchen. Sie sprach davon, wie sich Margaretha als Tochter eines heidnischen Priesters zum christlichen Glauben hingezogen fühlte, wie sie den ungeliebten Stadtpräfekten, der sie begehrte, zurückwies und im Kerker mit eisernen Kämmen und Fackeln gefoltert wurde. Auf dem Weg zur Hinrichtung habe Margaretha für ihre Verfolger gebetet, vor allem aber für die Schwangeren und Gebärenden, hob Anni hervor.

Mira wusste nicht, ob ihre Mutter damit etwas andeuten wollte, und fing an, sie lauthals zu beschimpfen, sie sei eine kalte Mutter, die sich ihre Gefühle von der Kirche vorschreiben lasse, sie habe kein Herz, man könne mit ihr nicht sprechen.

Anni starrte Mira mit verständnislos geweiteten Augen an. Du kapierst nichts, sagte Mira, du hast noch nie etwas verstanden. Dann stieß sie ihre Mutter zur Seite und ging davon, ohne sich noch einmal umzudrehen. Anni rief ihr etwas hinterher, Gott habe sich längst von ihr abgewandt, und dass sie für ihn verloren sei, aber Mira war das in diesem Augenblick egal. Sie wollte am Wegrand niedersinken und sterben, ja, sterben, das wäre das Beste, hatte sie damals gedacht, nahe am Nervenzusammenbruch.

In der Laube hielt Mira ihr Gesicht in den leichten Wind, der in der Zwischenzeit aufgekommen war. Sie lauschte, ob sich auch kein Mensch und kein Fahrzeug dem Kirchlein näherten. Nichts rührte sich, nur das Wasser tropfte aus den Löchern einer blechernen Dachrinne. Aus dem Tal hörte man in Abständen ein entferntes Krachen und das verhaltene Brummen des Verkehrs, das Donnern der Bagger aus einer in der Nähe gelegenen Kiesgrube war hingegen verstummt. Mira lehnte sich an die Kirchenmauer und schloss die Augen. Es war, als kreisten kleine Luftblasen um sie, die lautlos platzten.

Sie erschrak über ihre Bereitschaft, in allem ein Mysterium zu suchen, wenn sie allein unterwegs war. Sie wollte an etwas glauben, war der Glaube auch noch so leichtgläubig. Wie alle Weggegangenen neigte sie dazu, die Herkunftsgegend zu verklären, als läge ein Versprechen in ihr, das man erst entdecken müsste. Sie hoffte auf ein Zeichen, auf einen vermeintlich mit Bedeutung aufgeladenen Fund. Meistens stieß sie auf etwas, auf einen Stein mit besonderer Maserung, auf hohe, schilfartige Gräser, die hinter ihr raschelten. Eine Feder schwebte vom Himmel, für sie allein und nur für sie, ein Vogel sang weit weg im Rohr, eine Wasseroberfläche glänzte so ruhig und dunkel, dass es ihr fast den Atem verschlug. Heimlich umgab sie sich mit diesen unscheinbaren Mitbringseln, die sie auf ihrem Schreibtisch abzulegen pflegte oder zwischen die Buchseiten schob. Vielleicht ähnelte sie darin, mehr als sie zugeben wollte, ihrer Mutter, die sich die Legenden zurechtlegte, wie es ihr gerade in den Sinn kam.

Mira befürchtete, dass ihr an diesem Tag kein Omen zufallen würde. Der Gedanke, dass Jurij anrufen könnte, trieb sie ins Dorf zurück. Sie konnte sich nicht daran erinnern, ihm ihre Handynummer gegeben zu haben, und ging davon aus, dass er Mutters Festnetznummer wählen würde. Die Ebene blitzte diesmal hinter ihrer rechten Schulter auf. Am Himmel zeichneten sich die Kondensstreifen der Flugzeuge wie wolkige Leitschienen auf einer vielbefahrenen Autobahn ab.

Jurij hatte sich bereits gemeldet. Hier, seine Telefonnummer, sagte Anni und drückte ihr einen Zettel in die Hand. Mira überlegte noch, ob sie vorher Martin anrufen sollte, aber dann gab sie den Gedanken auf und wählte Jurijs Nummer. Sehen wir uns heute, hast du Zeit?, fragte Jurij. Er würde nach Eisenmarkt kommen. Sie freue sich, antwortete Mira und war selbst überrascht, wie hell ihre Stimme klang, außerdem habe sie Hunger, richtigen Hunger. Dann kann nichts mehr schiefgehen, scherzte Jurij. Er habe schon Angst gehabt, dass sie es sich anders überlegt haben könnte.

Mira duschte und bat Mutter, Martin zu sagen, dass sie eine Bekannte träfe, falls er sie hier zu erreichen versuche. Anni nickte und schaute dabei so verschmitzt, dass sich Mira ertappt fühlte.

Vor dem Eingang der Brauerei war Jurij nicht zu übersehen. Er trug ein dunkles Hemd zur Lederjacke, die ihm gut zu Gesicht stand. Seine Haare waren graumeliert und etwas schütter geworden, alles in allem ein gutaussehender Mann, stellte Mira fest, obwohl sie ihn neulich wegen seines veränderten Aussehens kaum erkannt hatte. Seine vormals hagere Gestalt war fülliger geworden, ein leichtes Doppelkinn deutete sich an. Er trug eine Designerbrille, die von seinen Augen ablenkte. Sein Schmunzeln dagegen schien unverändert, belustigt und aufgeräumt zugleich. Sie gaben sich die Hand, und Mira verkniff sich den Wangenkuss, mit dem sie ihn eigentlich begrüßen wollte.

In der Gaststube setzten sie sich an einen Tisch abseits der Theke, an der ein paar jüngere Männer standen. Hier können wir ungestört reden, sagte Jurij und stützte seine

Unterarme auf den Tisch. Er beugte sich zu Mira. Da wären wir also, nach so langer Zeit.

Grau bist du geworden, sagte Mira.

Du hast mich nicht erkannt, gell? Habe ich mich so verändert? Jurij legte die Brille ab. Seine Augen waren leicht gerötet und wirkten müde.

Nein, nein. Ich war nicht gefasst darauf, dich zu treffen, und mit den Gedanken woanders.

So, so! Jurij schien amüsiert.

Sie bestellten Bier und zwei Wienerschnitzel.

Er sei direkt vom Zollamt gekommen, fuhr Jurij fort, er musste dort etwas abgeben. Und du?

Mira erzählte ihm von der Wanderung auf die Gradnikhöhe, und dass das Haus in Jaundorf geräumt werden müsse. Es sei schwer, sich mit dem Gedanken abzufinden, dass etwas zu Ende gehe. Es bedeute einen radikalen Schnitt, auch für sie, nicht nur für Mutter, die sich gar nicht damit abfinden könne.

Jurij nickte. Er habe schon davon gehört, sagte er, aber er bekomme nicht alle Geschichten mit, er sei noch nicht wieder heimisch geworden.

Ich glaube, ich könnte nicht mehr hier leben, sagte Mira.

Warum nicht?, fragte Jurij.

Weil ich sofort Fluchtgedanken habe.

Jurij lehnte sich zurück und schien zu überlegen. Bist du verheiratet?

Mira nickte. Und du?

Gerade frisch getrennt. Aber ich war verheiratet, habe einen erwachsenen Sohn und aus der letzten Beziehung zwei Mädchen, Nachzüglerinnen sozusagen.

Die Schnitzel wurden serviert und Mira war froh, sich dem Essen widmen zu können. Die Frage nach dem Familienstand hatte sie in Bedrängnis gebracht. Sie hasste es, Auskünfte zu ihrem Privatleben zu geben. Man war etwas und war es gleichzeitig nicht, stets gab es etwas zu berichtigen, wegzulassen oder hinzuzufügen. Sie aß langsam und kaute mit Bedacht an den Bissen, während Jurij mit Appetit zulangte und das Schnitzel mit dem Salat bald aufgegessen hatte.

Ich habe keine Kinder, räumte Mira nach einer Pause ein und wehrte sich mit ganzer Kraft gegen die Traurigkeit, die sie jäh erfasste. Sie kämpfte mit den Tränen. Am liebsten wäre sie sofort aufgestanden und gegangen, aber es war unmöglich. Sie war von der Gefühlswoge so überrascht, dass sie betreten den Kopf senkte.

Was ist los, dachte sie, was mache ich bloß!

Entschuldige bitte, flüsterte sie.

Kein Problem, meinte Jurij, ist kein Problem. Dann schwieg er.

Mira glaubte, seine Augen auf sich zu spüren, aber vielleicht bildete sie sich das nur ein. Sie zerteilte das Schnitzel in zu große Bissen. Dann entschied sie, den Rest stehen zu lassen. In ihrem Hals steckte ein Kloß, sodass sie fürchtete, Schluckauf zu bekommen. Sie legte das Besteck ab.

Weil Jurij immer noch nichts sagte und auch keine Anstalten machte, etwas zu unternehmen, beruhigte sie sich allmählich. Wie peinlich, dachte sie, meine Betroffenheit.

Ein Kellner trat an den Tisch und räumte die Teller ab. Er fragte, ob sie noch eine Nachspeise wünschten. Jurij beugte sich noch einmal zu Mira. Kinder machen doch nur Sorgen, sagte er, da gibt es nichts zu romantisieren. Oder habe ich was Falsches gesagt?

Überhaupt nicht, erwiderte Mira. Ich weiß nicht, was mit mir los ist, es ist mir unerklärlich.

Darf ich fragen, ob du unglücklich bist? Jurij lächelte nicht mehr, sondern blickte ernst, beinahe abweisend.

Manchmal schon, von Zeit zu Zeit, vielleicht. Langsam gewann Mira ihre Fassung zurück. Was genau arbeitest du, fragte sie.

Ich bin Teilhaber einer Spedition, wir haben einen Fuhrpark in Celje. Ein Joint-Venture-Projekt, in das ich vor Jahren eingestiegen bin. Das Geschäft läuft gut. Und du?

Sie habe, wie er vielleicht wisse, Soziologie studiert, mit Unterbrechungen. Später habe sie eine Anstellung in der Bibliothek der Arbeiterkammer gefunden, wo sie immer noch arbeite, mittlerweile als Fachreferentin für Bildungs- und Frauenfragen, erzählte Mira. Sie sei über Umwege und Zusatzausbildungen in diese Arbeit hineingerutscht. Ihre Tätigkeit habe sich infolge der Digitalisierung so stark verändert, dass sie mittlerweile glaube, nur noch wenig zu verstehen. Sie übertreibe natürlich, aber wenn sie daran denke, wie sich in den vergangenen Jahrzehnten die Bibliothek neu erfinden musste, könne sie nicht aufhören, sich zu wundern. Ihr Mann unterrichte an einem Gymnasium, so habe sich alles gefügt.

Jurij hörte zu und veränderte zwischendurch seine Sitzposition. Seine Augen wanderten nachdenklich von Mira in den Raum, zur Theke und wieder zurück. Er fragte, ob sie einen Wein trinken sollten, und Mira war einverstanden.

Sie sei in Wien ein paarmal umgezogen, fuhr sie fort. Beim letzten Mal habe sie ein Umzugsunternehmen beauftragt, im Lauf der Jahre sammele sich so viel Zeug an. Wenn sie gewusst hätte, dass er eine Spedition betreibe, hätte sie ihn kontaktiert. Was sie sagte, erschien Mira so lächerlich, dass sie gleich hinzufügte, nun müsse sie ihr Jugendzimmer in Jaundorf räumen. Sie werde sich von allem trennen. Im Alter solle man leichter werden, findest du nicht?

Jurij blickte in Miras Augen und wich ihnen für einen Moment nicht aus. Miras Redefluss brach ab.

Das ist schon komisch. Ich wollte nicht …, fing Jurij an.

Du wolltest was nicht?

Weiß nicht.

Was wolltest du sagen? Dass ich nicht mehr traurig bin, meinst du das?

Du musst doch wissen, ob du traurig bist.

Die Wahrheit ist, dass ich darüber nicht reden möchte. Mira entzog sich Jurijs Blicken.

Er sei heute auch niedergeschlagen, meinte Jurij. Ein langjähriger Fahrer des Unternehmens, ein Bosnier, der im Jugoslawienkrieg mit seiner Frau und zwei kleinen Kindern nach Slowenien geflüchtet war, sei seit einiger Zeit schon krank. Die letzte Diagnose sei niederschmetternd, der Lungenkrebs habe gestreut, es sei nichts mehr zu machen. Heute, bevor er losfuhr, erzählte Jurij, sei Esad in Begleitung seiner Frau ins Büro gekommen und habe ihm mitgeteilt, dass er aufhören müsse. Die Chemotherapien hätten ihn so geschwächt, dass er sich kaum auf den Beinen halten könne. Das habe ihn sehr getroffen, sagte Jurij, außerdem sei Esad sein zuverlässigster Fahrer gewesen, besonnen und engagiert. Einmal habe er ihm seine Fluchtgeschichte geschildert und was ihm in Tuzla widerfahren war, furchtbar, unvorstellbar, und jetzt das. Er sei im Übrigen überzeugt, dass der Krieg metastasiere. Aber lassen wir das, schloss Jurij.

Es muss furchtbar gewesen sein, ja, murmelte Mira. Dieser Krieg habe sie zur Pessimistin gemacht, sie könne ihn bis heute nicht verstehen.

Jurij trank den Wein aus und bestellte ein weiteres Glas.

Sie schwiegen. Mira dachte daran, aufzustehen und zu gehen. Sie hielt sich mit Mühe zurück. Dann kamen ihr wieder die Tränen.

Es tue ihm leid, wenn er sie verstört habe, sagte Jurij. Weinende Frauen machten ihn hilflos.

Sie wisse auch nicht, warum sie weine.

Damals habe ich dich für berechnend gehalten, sagte Jurij. Und jetzt sitzt du neben mir und weinst Rotz und Wasser.

Blöd, ich weiß, sagte Mira und musste fast schon wieder lachen, so absurd kam ihr die Situation vor. Heute geht es mir bedeutend besser als damals, auch wenn es nicht danach aussieht.

Ein komisches Mädchen warst du. Ich wusste aber auch nicht, was ich wollte, und war auf dem besten Weg, mir beträchtliche Schwierigkeiten einzuhandeln, sagte Jurij. Die Geschichte mit dem Sprengstoff hat mein Leben verändert. Ich habe tatsächlich geglaubt, dass man mit etwas Radau die internationale Öffentlichkeit auf das Problem in Kärnten aufmerksam machen könnte. Darüber haben wir nie gesprochen. Wenn ich heute daran denke, kommt mir das Grausen. Wegen Beihilfe zum Sprengstoffanschlag auf eine Stromleitung haben sie mich sofort aus dem Wehrdienst entlassen, das weißt du ja, wegen Spionagegefahr, so stand ich da, und du bist auf und davon, nach Wien. Ich habe gewusst, dass ich auch weggehen muss, aber studieren wollte ich nicht, also stieg ich in die Tourismusbranche ein. Ich war Saisonnier, habe alles gemacht, sogar Harmonika gespielt in Après-Ski-Lokalen, ich kannte die Skigebiete in Tirol und Vorarlberg wie meine Westentasche. Dann hat mir mein Vater finanziell ausgeholfen, und ich konnte ein Restaurant pachten. Auf uns! Jurij hob das Glas.

Der Wein erschien Mira weicher und geschmeidiger, je mehr sie davon trank. Sie hörte Jurij zu, ohne Bedürfnis, Fragen zu stellen. Er erzählte von seinem erfolgreichen Versuch als Restaurantbesitzer, von seiner ersten Frau und dem gemeinsamen Sohn, von seinem Leben als Wahltiroler. Irgendwann fühlte sich Mira stark genug, Jurij wieder in die Augen zu blicken. Er wirkte abwartend, geradezu streng. Mira spürte den Impuls, ihre Hand auf seine Finger zu legen, aber sie zögerte, denn dieser Wunsch irritierte sie genauso wie ihre tiefe Traurigkeit vorhin. Ein unsinniges Durcheinander, dachte sie und lächelte, ohne etwas zu wollen, sie fühlte sich erleichtert, ohne zu wissen wovon.

Die Männerrunde an der Theke begann ein Volkslied zu singen, zabučale gore, zašumeli lesi, über die verlorene Jugend, die wie ein Stein im Nu im Wasser versinke. Sie hatten weiche, natürliche Stimmen, die trotz Verhaltenheit einen klaren Klang behielten. Nachdem sie verstummt waren, klatschte Jurij. Seine Züge waren jetzt hell und offen, er schien sich zu freuen.

Weißt du, dass ich lange davon geträumt habe, in einem Chor zu singen? Aber ich habe mich für diesen Wunsch geschämt, er kam mir so reaktionär vor, obwohl ich finde, dass wir damals im Verein gute Arbeit geleistet haben.

Vielleicht kannst du das nachholen, jetzt, wo du wieder in Eisenmarkt bist.

Dafür ist zu wenig Zeit. Schade eigentlich.

Sollen wir gehen?, fragte Mira. Sie konnte sich nicht entschließen, noch ein Glas Wein zu bestellen.

Ihre Augen begegneten sich, und diesmal erwiderte Mira Jurijs Blick. Schön, dass wir uns über den Weg gelaufen sind, sagte Mira. Schön, so ein Zufall.

Es gibt keine Zufälle! Jurij zahlte und verabschiedete sich von den Bekannten an der Theke. Mira folgte ihm wortlos zum Ausgang.

Draußen war es Nacht geworden. Das Wasser im Brunnen auf dem Hauptplatz stürzte in durchsichtigen Fontänen ins Steinbecken. Die Straßenlampen warfen ein verhaltenes oranges Licht auf das menschenleere Trottoir und die parkenden Autos. An der Ecke der Brauerei blieben sie stehen. Jurij zog Mira an sich. Kommst du mit?

Es ging Mira zu schnell, sie war nicht gefasst darauf, andererseits, was schwebte ihr vor? Sie legte den Kopf auf Jurijs Schulter und lehnte sich mit dem ganzen Gewicht an ihn, wie um zu prüfen, ob er sie aushalte. Sie hatte vergessen, wie es war, haltlos auf einen Menschen zuzusteuern.

Bei mir sieht es schrecklich aus, flüsterte Jurij.

Ist es weit?

Um die Ecke, nach rechts und nach links, ein paar Schritte geradeaus, über die Straße, an der Mauer entlang, ein paar Stufen hinauf … Das Licht im Stiegenhaus ging an, kalt und unbehaglich, die Holzdielen knarrten.

Jurijs Wohnung war kleiner, als Mira gedacht hatte. Die Möbel provisorisch aufgestellt, ein Wirrwarr, wie nach einer Flucht, irgendwie trostlos.

Tut mir leid, sagte Jurij, ich hatte keine Zeit aufzuräumen.

Diese Unordnung, dachte Mira, er hat sich nicht im Griff, er schläft schlecht. Ich sollte gehen.

Jetzt schaust du wie damals, als ob ich etwas verpatzt hätte, flüsterte Jurij.

Nein, nein. Es ist nur, es geht so schnell …

Ist es so besser? Juri strich mit beiden Daumen über ihre Stirn, die Schläfen, er küsste ihr Gesicht. Miras Anspannung ließ nach, ihre Schultern senkten sich, die Angst, die für Sekunden in ihr aufgestiegen war, verflog, als wäre sie nie da gewesen. Sie legte die Arme um Jurijs Hals. Ihr Nachgeben war gleichzeitig ein Aufatmen, ein tiefes Aufatmen.

Weit nach Mitternacht erhob sich Mira aus dem Bett. Ihre nackte Silhouette spiegelte sich im Fenster, sodass sie ins Halbdunkel des Zimmers zurückwich. Die abgestreiften Kleider lagen übereinandergeworfen auf der Couch. Sie rochen nach Wirtshaus, als sie Mira aufhob und ordnete. Am liebsten wäre sie nicht mehr hineingeschlüpft, so fremd war ihr der Geruch der Wäsche. Ihre Haut verströmte hingegen den Duft von Vanille oder Milch? Als Jurj hinter sie trat und sie umfasste, glaubte sie Spuren von Baumrinde zu riechen, vielleicht auch nur Tabak, oder gar Quitten?

Irgendwo in der Nachbarschaft ließ jemand einen Motor aufheulen. Mira schreckte aus dem leichten Schlaf hoch. Der jaulende Motor hatte etwas Aufrührerisches, Provokantes, sodass sie zornig das Laken zurückwarf.

Anni stand schon im Flur. Das ist Starman, sagte sie. Da kann man nichts machen.

In diesem Moment fuhr Starman mit seinem neuen Traktor auf den Hof. Das Gefährt hatte eine riesige Kabine, Starman sah darin klein und drall aus. Er bremste abrupt ab und kletterte aus der Glaskoje.

Servus, du, begrüßte er Mira, die vor die Haustür getreten war. Ich musste ihn auf Touren bringen, er ist noch nicht eingefahren.

Einen schönen Traktor hast du da, fast so groß wie dein Haus.

Und du, wieder einmal zu Hause? Ist es gestern spät geworden?

Wieso?, fragte Mira.

Du siehst aus, als hättest du kaum geschlafen. Raus aus den Federn, es wird bald Mittag! Starman hüstelte und tätschelte die Motorhaube. Er verbreitete eine Geschäftigkeit wie ein Kaufmann, der landwirtschaftliche Maschinen vertreibt, und trat von einem Bein auf das andere. In seiner Anwesenheit wurde man unweigerlich nervös.

Du prosperierst also, stellte Mira fest.

Man tut, was man kann. Dann drehte sich Starman zu Anni um. Ich kann es nicht oft genug betonen, es ist gut, dass Franz wieder zurückkommt. Ich werde ihm mein Holz verkaufen.

Ja, ja, macht nur eure Geschäfte, sagte Anni und ging zurück ins Haus.

Starman kletterte auf den Traktor, grinste verwegen und fuhr im Rückwärtsgang vom Hof.

Mira ließ unter der Dusche lange das Wasser über ihren Körper laufen, als müsste sie ihr Vorleben abwaschen. Beim Abtrocknen musterte sie das Geflecht feiner Blutgefäße, das sich über ihre Beine zog. An der Innenseite der Oberarme zeigten sich fingerkuppengroße Druckstellen. Dass die Liebe gleich ihre Abdrücke hinterlassen muss, dachte sie. Wenigstens wusste sie, woher die zarten Veilchen kamen.

Du riechst, als wärst du in einen Parfumtiegel gefallen, sagte Anni. Hast du dich mit Jurij eingelassen, was?

So schnell, wie du glaubst, geht das nicht, sagte Mira und stellte einen Teller und zwei Kaffeetassen auf den Tisch.

Ihr Handy summte. Jurij rief an, er sei schon im Büro. Er wolle nur hören, ob sie gut nach Hause gekommen sei. Seine Stimme klang zärtlich, sodass Mira am liebsten laut geseufzt hätte, aber sie hielt sich zurück. Lass uns später telefonieren, bat sie. Als Jurij das Gespräch beendete, ärgerte sie sich über ihre Bereitschaft, sich verlassen zu fühlen.

Gleichzeitig, und das war merkwürdig, dachte sie an Martin, vielmehr an das Ritual, mit dem sie gewöhnlich den Tag begannen, die vertrauten Abfolgen im Bad und in der Küche, das Auf- und Zuschrauben der Zahnpastatube, Martins schaumverklebten Rasierpinsel im Halter, das Auf und Zu der Kühlschranktür, die kleinen und großen Ärgernisse beim Zeitunglesen, den Austausch über die Vorkommnisse in der Stadt und in der Welt. Mira vermisste die eingeübte Distanz, die Martin und sie zueinander wahrten, die ihr eine Form von Sicherheit gab.

Auf Annis Wunsch brachen sie wenig später nach Bela auf, um auf den Familiengräbern Blumen zu pflanzen. Mira stellte einen Plastikkübel und Pflanzwerkzeug in den Kofferraum und half ihrer Mutter, sich zurechtzumachen, schließlich wollte Anni im Sonntagsgewand zu den verstorbenen Verwandten fahren. Im Auto nutzte sie die Gelegenheit, ihrer Tochter zu erklären, wie sie sich die eigene Grabstätte vorstellte.

Am besten, ihr legt eine Marmorplatte auf das Grab, damit es nicht unbestellt aussieht, sagte sie, denn sie gehe davon aus, dass sich niemand darum kümmern werde. Stanko und Nadine nicht, und du kommst viel zu selten nach Hause. Außerdem hast du kein Händchen für Blumen.

Wieso?, fragte Mira.

In eurer Wohnung blüht nichts, sagte Anni. Wenigstens auf dem Balkon hättet ihr Petunien pflanzen können. Aber was habt ihr, Sträucher oder was weiß ich.

Mutter, das sieht doch spießig aus. In der Stadt pflanzt man andere Blumen.

Das japanische Zeug, das ihr auf dem Balkon stehen habt, gefällt mir überhaupt nicht. Ich möchte, wenn schon ein Fleckchen Erde über meinen sterblichen Überresten zur Verfügung steht, ein bestelltes Beet haben, mit wechselnden Blumen, der Jahreszeit entsprechend. Wenn das nicht möglich ist, dann solltet ihr wenigstens Bodendecker oder Immergrün einpflanzen, sagte Anni.

In der Gartenabteilung des Baumarkts am Stadtrand von Eisenmarkt griff Anni unweigerlich nach Violen und

Hauswurz und legte sie zu einem Sack Blumenerde in den Einkaufswagen. Sie gestikulierte lebhaft und erzählte jedem Bekannten, der stehenblieb, dass sie mit Mira zu den Gräbern fahre. Mira war das peinlich, aber Anni genoss es sichtlich, mit einem ihrer Kinder unterwegs zu sein.

Die Umfahrungsstraße nach Bela führte am städtischen Altenheim vorbei. Anni würdigte das Gebäude mit keinem Blick. Sie schüttelte den Kopf und meinte, das sei ein Lagerplatz für Alte und Gebrechliche, den man lebend nicht mehr verlassen würde. Vor nicht allzu langer Zeit sei sie beim Begräbnis einer Frau gewesen, die im Altenheim gestorben sei. Es war das traurigste Begräbnis, das sie je gesehen habe. Nur zehn Leute seien dabei gewesen, also so gut wie niemand. Das habe sie traurig gemacht. Man lebt und bemüht sich, und am Ende finden die Verwandten und Bekannten keinen Grund, deinem Sarg zu folgen. Bei meiner Beerdigung soll nicht gespart werden, nur dass du das weißt! Die Trauergemeinde muss mit einem guten und reichlichen Essen belohnt werden. Ich werde von oben oder von unten zuschauen und kontrollieren, was auf die Teller kommt.

Mira musste lachen, verkniff sich aber die Frage, ob Mutter schon wisse, welche Speisen beim Leichenschmaus aufgetragen werden sollen. Das wäre zu viel an Galgenhumor, dachte sie, obwohl Anni dazu neigte, bereitwillig und geradezu unbekümmert über den eigenen Tod und die eigene Beisetzung zu schwadronieren.

Allmählich hellte sich der Himmel auf und die Sonne kam durch die Wolken. Das Licht kitzelte in der Nase und tanzte über die Frontscheibe, in der sich flüchtig die Baumschatten spiegelten. Mira lenkte das Auto in die Talenge, an deren Auslauf das Dorf Bela lag, das seit Jahrhunderten davon träumte, ein Städtchen zu werden, aber nie über seine Kleinheit hinauswachsen konnte. Im Ortskern teilte eine Durchfahrtstraße zwei Häuserreihen, hinter denen sich kleine Gärten erstreckten, für mehr gab es an dieser Stelle keinen Platz.

Mira blickte unverwandt auf die Straße. Sie war auf einmal voller Schlaf, in dem verschwommen ihre Kindheit lag, verstellt von den Jahren, die sich dazwischengeschoben hatten. Sie wartete darauf, dass sich der Wald, durch den sie jetzt fuhren, um sie schloss. Dort lag etwas dunkel und undurchdringlich, sodass sie ständig bemüht war, die Augen weit offen zu halten.

Nach einer kurzen felsigen Schlucht weitete sich das Tal, oder weitete sich der Himmel über dem Tal? In den höheren Lagen der baumbewachsenen Hügelkuppen traten stellenweise kalkige Felsschichtungen zutage oder schoben sich als helle Kieselzungen bis zum Bachufer neben der Straße hinunter. Mira war es, als glitte sie in einen Traum, den sie stets von neuem träumte, in der Hoffnung, dass er endlich aufhörte.

Am Ortsrand von Bela stand die Pfarrkirche auf einer Erhebung am oberen Ende des Friedhofs. Die Gräber drängten sich um sie, und es ließ sich nicht sagen, ob die Kirche die Toten bewachte oder die Toten auf die Kirche achtgaben. In dieser Gegend erwies man den Verstorbenen die Ehre, indem man sie neben der Ortseinfahrt begrub. An ihnen führte kein Weg vorbei. Hätte man den Friedhof an einer anderen Stelle errichtet, hätten sie sich dagegen gewehrt, glaubte Mira. Sie würden in ihren Gräbern gegen die Unsichtbarkeit protestieren, sie würden zu Wiedergängern werden und den Hinterbliebenen mit ihrer Auflehnung zusetzen. Wo käme man hin, wenn die Toten nach einem Leben voller Mühen mir nichts, dir nichts aus dem Bewusstsein verschwänden. Aus den Augen, aus dem Sinn, das würden sie niemals akzeptieren.

Die Verstorbenen lagen folglich an einer exponierten Stelle unter der Erde, über ihnen das kleine Gedenkgärtchen, von einer Marmoreinfassung umrahmt. Den Lebenden fiel die Aufgabe zu, darüber zu wachen, dass die Grabblumen gegossen und gepflegt und die leeren Kerzenhülsen entsorgt wurden. Blieb ein Grab ungeschmückt, zupften und rupften die Dörfler das überschießende Gras aus, damit der Schandfleck nicht so ins Auge stach.

Anni freute sich auf den Friedhof wie auf einen Verwandtenbesuch. Sie achtete darauf, dass Mira die Blumen sorgsam genug aus dem Kofferraum hob, und nahm den Eimer mit der Pflanzkelle, der Sichel und der kleinen Harke an sich.

Auf dem Weg durch den Friedhof hielt Anni an einzelnen Gräbern inne und sprach die Toten an, wie man Schlafende weckt, behutsam und heiter, damit sie nicht erschrecken. Wie geht es dir heute, oder, du bist aber auch schon lange unter der Erde. Andere begrüßte sie mit dober dan, jetzt bin ich wieder da. Lange hat es gedauert, was soll man machen. Schön habt ihr es, stellte sie an einem üppig bepflanzten Familiengrab fest. Man schaut auf euch, hat euch nicht vergessen.

Zu jedem Grab gehörte eine Geschichte, die Anni vorgab, zu kennen, wer wen geheiratet hatte, in welchem

Graben wer gelebt hatte, wer im Krieg an der Front oder bei den Partisanen gefallen war. Der Simon, schau, der hat die Magda geheiratet und hat dann seinen Hof verkauft. Der Fridi war ein Säufer, arbeitete in der Spanplattenfabrik, bis ihn der Lungenkrebs davonraffte. Die Magda hat dem Simon vier Kinder geboren, alles brave Leute, sagte Anni und zeigte mit dem Stock auf Simons Grabstein. Sie fasste die Lebensgeschichten der Menschen in Zeitwörtern zusammen, geboren, geheiratet, gearbeitet, gestorben.

An der östlichen Friedhofsmauer befand sich das Grab von Großmutter Agnes. Auf dem Grabstein waren auch die Namen des Großvaters Jaki und der Urgroßeltern Katharina und Pavel mit Geburtsdatum und dem vermuteten Todesmonat eingraviert. Ihre Namenszüge waren verblasst. Unter den Namen der Urgroßeltern prangten deren Sterbeorte Lublin und Stein an der Donau. Ein Geistergrab, wie Mira fand, denn in der Erde lagen nur die sterblichen Überreste der Großmutter. Die Urgroßeltern hatten die Nazis verbrannt oder in einem Massengrab verscharrt, und Großvater Jaki hatte seine letzte Ruhestätte in Narvik gefunden.

Eine schmale Marmoreinfassung umschloss den erdigen Fleck, der von nassem, braunem Gras und Sternwurz überwachsen war. Der Marmor musste früher einmal hell gewesen sein, jetzt war er fleckig und schwärzlich. Anni bekreuzigte sich und begann laut zu beten. Zdrava Marija, milosti polna, gospod je s teboj, blagoslovljena si med ženami in blagoslovljen je sad tvojega telesa, Jezus.

Mira beugte sich über das Grab, um den harten Erdboden aufzulockern. Sie hatte sich bislang dagegen gewehrt, dem Sterben ihrer Urgroßeltern nachzuforschen, weil sie Angst hatte, sich entscheiden zu müssen, und sei es nur für die Geschichte ihrer Vorfahren. Sie wusste, sie würde sich im Zuge der Beschäftigung mit deren gewaltsamem Tod unwiderruflich in eine Betroffene verwandeln, mit allen Pflichten der Erinnerung, was ihr schmerzlich widerstrebte. Sie befürchtete, sich als Nachfahrin von Gewaltopfern nicht mehr von den Verstrickungen befreien und niemandem erklären zu können, warum sie sich nicht als Slowenin sehe. Mit dieser Geschichte würde man ein für alle Mal zugeordnet, wie in einer Gerichtsverhandlung, in der man nichts zu sagen hat, dachte Mira und wusste zugleich, dass das Maß ihrer Furchtsamkeit verstiegen und unangebracht war. Während sie die Violen einpflanzte, spürte sie ein Würgen im Hals. Sie stampfte mit den Füßen die Erde um die frisch gepflanzten Blumen fest und stellte sich neben Anni, die das Gebet abschloss und sich bekreuzigte.

Mamica, mamica, was hattest du für ein schweres Leben, dass du auf diese Weise von uns gegangen bist, seufzte Anni. Ich kann nicht genug für meine Mutter beten, aber manchmal vergesse ich sie. Als Kind habe ich mich für meine Mutter geschämt und mir nie verziehen, dass ich ihr nicht helfen konnte.

Vom Jäten und Einpflanzen war Mira außer Atem gekommen. Du kannst nichts dafür, sagte sie und fürchtete, dass Mutter anfangen könnte, über die Frage der Schuld an Großmutter Agnes' rätselhaftem Tod zu spekulieren, was in dieser Gegend stets mit Akribie und Ausdauer betrieben wurde. Brachte sich jemand um oder starb ein Mensch einsam und vergessen in irgendeinem gottverlassenen Winkel, wurde endlos darüber geredet, wer ihn auf dem Gewissen haben könnte. Man erging sich in Verurteilungen, trug Gerüchte weiter und grub sich immer tiefer in eine fremde Geschichte ein, während man, solange die betreffende Person noch am Leben war, kaum Interesse an ihr gezeigt hatte. An diesem Tag hatte Mira jedenfalls keine Lust auf ein solches heilloses Exerzitium.

Gehen wir, sagte sie, ich will nicht den ganzen Tag auf dem Friedhof verbringen.

Sie hob den Sack mit der Blumenerde auf und klemmte sich den Karton mit den restlichen Pflanzen unter den Arm. Wäre sie allein hier, würde sie länger am Grab der Großmutter bleiben, aber sie wollte nicht dabei beobachtet werden, wie sie stumm vor sich hinstarrte und darüber nachdachte, ob sich die Depressionen ihrer Ahnin auf sie übertragen haben könnten, ob ihre eigenen Ängste etwas mit der unseligen Nazizeit zu tun hatten, als eine Spätfolge, die sich von Generation zu Generation übertrug.

Sie riss sich vom Grab los, denn der nächste Tote wartete auf ihr Kommen. Der entscheidende Tote. Mira war froh, nicht allein über den Friedhof gehen zu müssen. Als Kind hatte ihr vor den Verstorbenen gegraut, die hier begraben lagen, weil sie geglaubt hatte, dass manche nur oberflächlich verscharrt waren und unter der Erde auf ihren Besuch warteten, um sie mit Schuld und Angst zu beladen.

Nach Vaters Begräbnis hatte die Mutter sie wiederholt mit einer Kerze zum Grab geschickt. Sie solle für Vater beten. Den Gang durch Bela zum Friedhof hatte Mira als öffentlichen Bußgang empfunden. Sie stahl sich an den

Häusern vorbei und wäre am liebsten im Boden versunken, denn die Bilder des sterbenden Vaters traten jedes Mal aufs Neue vor ihr Auge. Nie konnte sie an seinem Grab stehen, ohne an sein Sterben zu denken, es war, als ob die Erinnerungen an Vater nicht nur aus dem Grab, sondern aus den Wäldern rund um Bela drängten, als rotteten sie sich zusammen und umkreisten Mira wie ein Wolfsrudel. Die Geisterwölfe kläfften nicht, sie bewegten sich lautlos, man konnte ihre Anwesenheit spüren.

Mira biss die Zähne zusammen. Stets musste sie an die immer gleiche Abfolge des Unglücks denken. Wie sie Vater an jenem Vormittag eine Jause in den Wald gebracht hatte, wo er für einen Nachbarn das Holz schlägerte. Wie sie dem Heulen der Motorsäge nachgegangen war, weil sie Vater nicht finden konnte. Sie hielt das Päckchen mit der Salami und dem Brot in die Höhe und fuchtelte damit in der Luft. Ati, rief sie wiederholt, Ati, kje si, wo bist du? Irgendwann, nachdem er mehrmals das Sägen unterbrochen hatte, musste er Miras Rufen gehört haben, geh weg, schrie er, der Baum wird gleich fallen. Wo bist du? Ich bin hier, schrie Mira, hier bin ich! Dann hörte sie etwas splittern, ein spitzer Knall, begleitet von einem Sausen, Bersten und Stürzen, dann Vaters Schrei, kurz, grell, aufleuchtend, sogleich verstummend. Dann Stille, eine Stille, in der sich die Fichten und Buchen um die Lichtung im Einklang bewegten. Das ohrenbetäubende Säuseln der Stille, die sich zu Boden senkte, dann das Summen einer Fliege, oder war es eine Biene. Mira hätte jedes Insekt hören können, jeden Schmetterlingsflügelschlag, nur ihren Vater vernahm sie nicht mehr. Sie hörte sich schreien und in die Richtung des gefallenen Baumes hasten. Sie keuchte, während sich ihr Kopf und ihr Körper mit dem Atem vermischten, alles ein einziges pochendes Gemisch, dann Vaters Bein, das unter dem Stamm hervorlugte, neben seinem Kopf das Ende eines dicken Astes oder war es der Stamm, Vaters blutiges Gesicht, der offene Mund. Sie zog an seiner Hand, sie rief seinen Namen, dann drehte sie sich um und rannte zum Haus hinunter, rannte um Vaters Leben. Ein Baum ist auf Ati gefallen, schrie sie Mutter ins fassungslose Gesicht, dort oben, im Wald.

Anni rannte den Zubringerweg hinter dem Haus hinauf und schrie, Hilfe, holt Hilfe, der Kori ist verletzt, holt Hilfe. Mira hatte keine Erinnerung daran, wer die Rettung rief, nur zwei der Nachbarn hatten ein Telefon. Die rennenden Leute, das Keuchen und Hasten, sie blieb, wo sie war. Sie blieb im Flur stehen oder kauerte sich auf den Boden. Stand sie auf der Schwelle des Hauses und wies mit der Hand in den Wald hinauf, in den Schlag, wo Vater lag?

Man hatte sie vergessen an diesem Tag, als man Vater auf dem Anhänger eines Traktors bis vor die Haustür brachte und ihn mit einer hellbraunen Wolldecke zugedeckt in die Stube trug. Mira stand in der Nähe. Irgendjemand sagte, dass es vielleicht besser wäre, wenn Kori in der Halle am Friedhof aufgebahrt würde und nicht zu Hause. Er müsse gekühlt werden, die Stube sei zu klein, da könne man nicht beten. Mira hörte Mutter schluchzen und die heilige Maria anrufen, sie hörte Mutters Klage und wagte nicht, in die Stube zu treten. Sie wagte nicht, zu den weinenden Menschen zu gehen, die aus der Küche ins Freie oder in die Stube hasteten. Sie saß oder stand vor der Tür, bis der Arzt kam und aus dem Auto stieg. Er grüßte kurz und trat ins Haus. Sie hätte weglaufen können, aber gerade als sie sich entschloss, zum Bach hinunterzugehen, zu ihrem alten Spielplatz am kalten Bach, trat ein Nachbar zu ihr. Jetzt hast du keinen Vater mehr, sagte er. Wie ist denn das passiert?

Die Worte, die aus Mira herauskamen, taten weh, als hätte sie sich die Eingeweide ausgerissen, jedes kleine Wort zerstückelt, oder sollte sie sagen, aus dem Fleisch geschnitten. Ich habe ihm die Jause in den Schlag getragen und nach ihm gerufen, dann ist der Baum gefallen. Armes Mädchen, sagte Miha und trat wieder ins Haus. Im Flur hörte sie ihn sagen, das Mädchen hat Kori gerufen, wahrscheinlich ist er für einen Moment unaufmerksam gewesen, dann war es zu spät. Tragisch, sehr tragisch, sagte Ria, jetzt ist Anni allein mit den Kindern.

In Mira brach etwas ein, es begrub sie unter sich. Ein Teil von ihr krachte zusammen. Langsam ging sie den Weg hinunter zum Bach. Sie überquerte die Straße, stapfte durch das hohe Gras, vorbei an wuchtigen Alpendoststauden. Sie war nicht mehr klein, vielmehr großgewachsen, man hätte sie ohne weiteres bemerken können, sie vielleicht zurückrufen können. Aber niemand rief nach ihr. Sie fürchtete sich, weil das Hirn gegen ihre Schädeldecke drückte. Es bewegte sich als eine mit Flüssigkeit gefüllte Blase hin und her. Es krampfte sich zusammen, als wäre es ein Bauch, Wasser drängte sich von oben in Miras Augen. Bitte, nimm mich mit, Vater, wo immer du bist, flehte Mira. Als sie den Bach erreicht hatte, wurde das Wasser im Kopf zu Eis. Hilfe, dachte Mira, warum hilft mir denn keiner, ich habe einen Menschen auf dem

Gewissen, ohne mich würde er noch leben. Warum hilft mir denn niemand?

Sie stand bis zu den Knien im Bach, sie fror und wäre vielleicht in das kalte, sprudelnde, klare Wasser gesunken, wenn der Bach an dieser Stelle tiefer gewesen wäre. So aber blieb sie stehen. Nach langer Zeit, sie wusste nicht, ob es nur Minuten oder vielleicht Stunden waren, glaubte sie ihren Namen zu hören. Sie glaubte zu träumen, so sehr hatte sie sich aus dieser Welt gewünscht. Was tust du da unten?, fragte die Stimme, die Ria gehörte. Jetzt komm schon aus dem Wasser, du armes Kind, sagte Ria, und machte ein paar weite Schritte am Bachufer entlang. Komm aus dem Wasser, du wirst dich erkälten, du zitterst ja, komm schon! Ria streckte die Hand aus und wartete, bis Mira bereit war, aus dem Bach zu steigen. Sie fasste nach Rias Hand und schämte sich. In diesem Zustand sollte sie niemand sehen. Ria begleitete sie bis zum Hauseingang, vor dem noch immer das Auto des Arztes stand. Ein paar andere parkten in der Wiese. Die Tür war sperrangelweit offen, Mutters Schluchzen war nicht mehr zu hören. Ria schob Mira in die Küche, in der Mutter neben dem Herd saß. Ihre Augenlider waren aufgequollen, sie wirkte ratlos. Wo warst du?, fragte sie. Im Wasser, sagte Ria, sie wird sich verkühlt haben, sie muss sich umziehen. Geh, und zieh dich um, sagte Anni, ich muss mit dir reden.

Ich habe Ati nicht gesehen, ich habe nur gerufen, dann ist der Baum gefallen, stammelte Mira. Anni begann wieder zu weinen, lieber Gott, hilf mir, heilige Mutter Gottes, hilf uns. Sie schluchzte, aber in Miras Ohren klang es, als brüllte ein Tier.

Könntest du mit der Sichel den Efeu zurechtstutzen, bat Anni. Mira blickte auf die Steinmauer, die hinter Vaters Grab errichtet worden war, um die Hangterrasse zu stabilisieren. Die Mauer war vom Efeu überwachsen.

Das sieht doch gut aus, ich schneide von der Kletterpflanze nichts weg.

Wie du meinst, entgegnete Anni. Du pflanzt die Blumen ein, ich bete.

Sie murmelte ein Gebet, zündete eine Kerze an und schob sie in die Grablaterne.

Dein Vater war ein Verrückter. Wenn er nicht getrunken hätte, wäre das Leben mit ihm unbeschwerter gewesen. So aber bleiben seine Tobsuchtsanfälle, und die schönen Stunden und Tage gehen verloren, wie wir mit dem Motorrad herumgefahren sind und ich mir eine Nierenbeckenentzündung geholt habe. Er konnte so laut lachen, dass sich alle nach ihm umgedreht haben, laut lachen und laut schreien. Ein Verrückter, der zu Staub geworden ist, redete Anni vor sich hin.

Mira drückte die letzten Violen in die Erde.

So, ich bin fertig, oder willst du, dass ich die Gräber der Verwandten auch noch umgrabe?, fragte sie.

Anni lächelte. Du musst üben, schließlich werde ich mich bald in dieses kalte Bett legen.

Jaja, sagte Mira, red nur, du kannst reden, solange du willst.

Als sie mit Anni in Richtung Friedhofsausgang ging, fühlte sie sich seltsam erleichtert. Sie hätte fragen können, ob Mutter immer noch glaube, dass sie schuld an Vaters Tod sei, aber sie zögerte. Seit Jahren empfand sie beim

Gedanken an Vater eher Müdigkeit und eine tiefe Ermattung, eine Form des Friedens gewissermaßen. Zwar hatte sie ihrer Psychotherapeutin in Wien alles erzählt, sich das Schuldgefühl Sitzung für Sitzung von der Seele geredet, aber es gelang ihr nicht, sich dauerhaft davon zu befreien. Sie sehnte sich danach, begnadigt zu werden, aber von wem? Vom Vater, von einem übergeordneten Richter oder von der Mutter? Sie hatte auch Martin davon erzählt, dem es unangenehm war, weil er ihren Kummer spürte. Denk nicht daran, riet er ihr. In seiner Stimme schwang so viel Unsicherheit mit, dass ihn Mira nicht ernst nehmen konnte. Sie rang sich dazu durch, auf ihrer Ermüdung zu bestehen und sich von Bela fernzuhalten.

Als sie im Auto saßen, fragte sie Mutter dann doch, ob sie sie nach dem Tod des Vaters gehasst hatte.

Ja, sagte Anni, ich habe dich gehasst. Sie sagte es fast entschuldigend.

Vor Schreck klammerte sich Mira ans Lenkrad, aber dann spürte sie Mutters Hand auf der Schulter, flüchtig, vielleicht auch nur unschlüssig.

Sie sei deswegen oft zur Beichte gegangen und habe dem Pfarrer von ihren Gefühlen erzählt, murmelte Anni. Er sei nervös geworden und habe zu stottern angefangen. Du musst die Abneigung überwinden, habe er von ihr verlangt. Eigentlich war ich überzeugt, dass du es nicht merkst. Ist halt so gewesen, schloss Anni. Da kann man nichts machen.

Mira legte die Stirn auf das Lenkrad. Sie musste sich an etwas festhalten.

Nimmt es dich so mit?, fragte Anni.

In diesem Moment klopfte es an die Autoscheibe.

Ein rundliches Frauengesicht schaute ins Innere. Es war Gerti, die ein paar Jahre mit Anni in der Nähfabrik gearbeitet hatte.

Ich dachte mir, ein Wiener Kennzeichen und Anni auf dem Nebensitz, das kann nur Mira sein.

Mira wischte sich die Tränen aus den Augen.

Sowas, zwei Fliegen mit einem Schlag, lachte Gerti. Jetzt kommts zu mir auf einen Kaffee!

Gerti ließ sich nicht abwimmeln, und so fanden sich Anni und Mira gleich darauf in Gertis Wohnzimmer wieder. Ihr Mann Hermann stellte eine Zuckerdose, das Milchkännchen und Kuchenteller auf den Couchtisch. Ich habe gestern einen Guglhupf gebacken, als ob ich geahnt hätte, dass Besuch ins Haus schneit, lachte Gerti und zeigte ihr Gebiss, das wie aus einem Katalog für Zahnprothesen bestellt schien, mit perlmuttfarbenen, ebenmäßigen Zähnen.

Das ist aber fein, wenn ein Mann serviert, sagte Anni anerkennend und räkelte sich auf dem Sofa.

Das hättest du auch haben können, aber dir war ja kein Mann gut genug, sagte Gerti.

Ein Hiesiger würde nie mit angreifen, die einheimischen Männer lassen sich alle bedienen.

Hermann ahmte eine Verbeugung nach, wobei ihm eine Kuchengabel auf den Boden fiel. Er übt noch, sagte Gerti.

Die Heiterkeit der Gastgeber übertrug sich auf Mira. Sie war lange nicht mehr in diesem Wohnzimmer gesessen, das ihr in allen Einzelheiten vertraut war. Der Wandschrank aus Buchenholz, den das Ehepaar einstmals beim örtlichen Tischler bestellt hatte, stand immer noch am selben Ort. Auch der klobige Couchtisch hatte überdauert, nur die Sitzgarnitur war neu angeschafft worden.

Für ihre Abschlussarbeit über die Erwerbstätigkeit von ungelernten Frauen hatte Mira Gerti vor dreißig Jahren interviewt. Gerti war damals neben Anni Miras wichtigste Auskunftsperson gewesen, um deren Erzählungen sie die Lebensgeschichten der anderen Frauen angeordnet hatte. Im Grunde war Gerti die einzige Person aus dem Dorf ihrer Kindheit, der Mira freundschaftlich verbunden geblieben war. Wenn sie von Zeit zu Zeit in Gesichter blickte, die ihr bekannt vorkamen, spürte sie, dass ihr zu vielen kaum etwas einfiel, schon gar kein Name und auch keine Geschichte. Für solche Fälle hatte sich Mira ein paar Sätze zurechtgelegt, die vielen Jahre, der abgebrochene Kontakt, das schwindende Gedächtnis seien schuld daran, dass sie die Person nicht mehr zuordnen könne.

Du sollst dir nicht über Lappalien den Kopf zerbrechen, war Gertis Spruch gewesen, wenn Mira mit dem Kassettenrecorder bei ihr aufgetaucht war. In den Interviews hatte Gerti von ihren Mädchen aus der Näherei gesprochen und hatte keinen Unterschied zwischen den jungen und den älteren Frauen gemacht. Ohne sie wären die Näherinnen nicht imstande, einen Kollektivlohn auszuhandeln, hatte sie behauptet. Sie habe geregelte Pausen und eine Kaffeeküche durchgesetzt, in der man damals sogar rauchen durfte. Die Chefs haben zuerst mit ihr geredet, weil sie wussten, dass es dann leichter würde, in der Firma Änderungen auszuführen. Ihr Mann habe sie immer unterstützt, aber bei den meisten Frauen sei das anders gewesen. Die Männer haben in der Erwerbstätigkeit ihrer Frauen nur eine Zuarbeit gesehen, eine Frau arbeitet nicht, sie arbeitet zu, so haben sie dahergeredet, hatte sich Gerti geärgert. Manche Frauen seien nicht mehr zur Arbeit erschienen, weil ihre Männer, wie es hieß, zu Hause mit der Faust auf den Tisch gehaut hätten, weil abends nichts Gekochtes darauf stand, diese verwöhnten Rüpel, hatte Gerti geschimpft. Es habe auch Unfälle an den Nähmaschinen wegen Ermüdung gegeben, oder Weinkrämpfe, wegen der Streitereien zu Hause. Mit der Zeit sei ein Großteil der Belegschaft immer jünger geworden. Diese Frauen arbeiteten im Akkord und haben sich alles gefallen lassen. Da konnte nicht einmal Gerti einschreiten, da musste sie zusehen, wie ihre Errungenschaften und ihr Einfluss in der Firma an Gewicht verloren. Insgeheim hatte Mira Gerti für ihr Engagement bewundert. Endlich eine Frau, die sich nicht mit der angelernten weiblichen Passivität abgefunden hatte, die wach und aufmüpfig blieb, eine Frau, die sich über das Interesse der Studentin an ihr und ihrer Lebensgeschichte gefreut hatte. Gerti war die erste ältere Frau aus Miras Bekanntenkreis gewesen, die wissen wollte, welches Ziel Mira mit dem Studium verfolgte und welche Tätigkeit ihr einmal vorschwebte. Mira schilderte ihr, wie ihr studentischer Alltag aussah, und musste sich nicht für ihre Interessen rechtfertigen, wie bei anderen dörflichen Zusammenkünften, bei denen ihr vor allem Skepsis entgegenkam.

Weißt du noch, wie viele Tassen Kaffee wir bei deinen Interviews immer getrunken haben, fragte Gerti, und zum Schluss gab es immer ein Gläschen Eierlikör. Du bist damals mit Stankos erstem Auto zu mir gekommen, weißt du noch? Mira hatte das völlig vergessen.

Anni nahm sich ein zweites Stück Guglhupf und fragte Gerti nach dem Rezept. Der ist so saftig und aromatisch, was hast du denn in den Teig getan?

Mira hatte Sehnsucht nach Jurijs Stimme. Sie entschuldigte sich und trat in den Vorgarten. Jurijs Nummer war besetzt. Nervös ging sie auf Gertis Wiesenrechteck hin und her, das noch vom geschmolzenen Schnee niedergewalzt schien, denn die Winter dauerten in diesen schattigen Tälern länger als anderswo. Ein hölzerner Lattenzaun begrenzte das kleine Grundstück.

Der südliche Dorfrand ragte in den Talauslauf hinein. Kleine einförmige Familienhäuser standen verstreut neben der Straße, die nach einer Biegung hinter einem Fichtenwäldchen verschwand. Miras Kindheitshaus war längst abgerissen worden. Die neuen Besitzer hatten das Grundstück mitsamt dem Häuschen der slowenischen Regionalbank überlassen, die darauf ein Gebäude mit kompakten Wohneinheiten hatte bauen lassen, in denen vorübergehend im Ort lebende Menschen oder Frauen und Männer, die sich gerade von ihren Partnern getrennt hatten, unterkamen. Es sei ein ständiges Kommen und Gehen, mit plärrenden, bockigen Kindern, die von einem genervten Elternteil ins Haus gezerrt wurden, hatte sich Anni schon mehrmals mokiert. Außerdem waren ihr die nachlässig bepflanzten Balkone und die schlampig montierten Vorhänge ein Dorn im Auge. Sie konnte nicht verstehen, warum die Jungen kein Händchen für das Häusliche hatten.

Obwohl sich Mira um Distanz zu ihrem Kindheitsort bemühte, tauchte sie bei jedem Besuch unweigerlich in Stimmungen ein, die ihr nahegingen, gegen die sie keinen Abwehrzauber wusste. Mit gesteigerter, geradezu lauernder Aufmerksamkeit nahm sie den Stand der Sonne über dem Talkessel, die Schatten der bewaldeten Kuppen ringsum, die fragmentierten, von den Berggraten abgeschnittenen Wolkenformationen wahr. Die Farbe der Laubbäume, der Wiesen, die zahlreichen Streuobstgärten erfüllten sie hinterrücks mit Zärtlichkeit. All das fand einen Weg über Miras Sinne, so schnell konnte sie gar nicht denken, wie sie von den Gerüchen und Schattierungen der Kindheitsgegend erfasst und mitgerissen wurde.

Sie saugte das Aroma des Fichtenharzes ein, wenn sie an einer Sammelstelle für Schlagholz vorbeiging, sie glaubte die feinen Unterschiede im Heu auszumachen, zu wissen, wie die Beschaffenheit des Grases war, das gemäht wurde, welcher Art die Wiesenblumen waren, die darin wuchsen. Wie sich der Heuduft wandelte, so wandelte sich auch der Geruch der Blumen und Stauden, sobald sie welk wurden und verrotteten. Stets war es Mira, als rieche sie in den Kompostsammlungen, die sich am Waldrand oder in Bachnähe türmten, auch die Blindschleichen, Schnecken, Spinnen, Mäuse und Vögel aller Art, die darin verwesten. Es war ein Geruch des Sterbens, ein süßlicher, ranziger, wenn auch faszinierender Geruch des Lebensausklangs.

Unvergesslich, wie sie einmal auf einem Markt in Porto, in der Nähe des städtischen Friedhofs, am anderen Ende Europas, die Ausdünstungen ihres Heimatortes wiedergefunden hatte, im Verwesungsgeruch, der ihr von den Abfällen neben den Marktständen entgegengeschlagen hatte. Auf dem Markt in Porto war sie entgeistert und verzaubert stehengeblieben, denn sie musste an die mit

Blumensträußen vollgestellte Stube eines Bauern in Bela denken, in dem eine Frau aufgebahrt lag. Es war ein heißer Sommer, die Blumen ließen in den Vasen und Töpfen ihre Köpfe hängen, unter ihre Aromen mischte sich, kaum wahrnehmbar, der Verwesungsgeruch der Toten, oder war es der Geruch des geronnenen Blutes aus Vaters Ohrläppchen, das Mira in jener ersten Nacht der Totenwache auszuwischen versuchte? Sie hatte sich, in einem kurzen unbeobachteten Moment, in dem sie allein in der Stube neben dem provisorisch aufgebahrten Leichnam des Vaters stand, zu ihm gebeugt und wollte mit ihrem mit Speichel angefeuchteten Taschentuch das gestockte Blut aus Vaters Ohrläppchen entfernen. Sie berührte sein kühles Ohr und fuhr mit der Spitze ihres Zeigefingers hinein. Unversehens floss ein Schwall schwarzen Blutes aus Vaters Gehörgang, sodass sie entsetzt zurückgewichen war, weil sie glaubte, den Toten aufgestört zu haben.

Selbst jetzt glaubte Mira vom Ufer des Bächleins her, das an Gertis Garten vorbeifloss, den Duft der fetten, großflächigen Blätter des Alpendosts auszumachen, obwohl es jahreszeitlich zu früh war und es noch dauern würde, bis die Stauden austrieben.

Jurijs Leitung war nun frei. Ich vermisse dich!, sagte sie anstelle einer Begrüßung, als er ihren Anruf entgegennahm.

Jurij flüsterte, ich auch, ich auch, aber ich kann gerade nicht sprechen. Sein Büro sei voll mit Menschen, ob sie morgen am Abend Zeit hätte, er würde nach Eisenmarkt kommen. Natürlich, sagte Mira, wo treffen wir uns, bei dir?

Ich sag Bescheid, ja?, bat Jurij.

O.k., o.k.!

Mira schob das Handy in die Hosentasche und blieb wie betäubt stehen. Sie hätte sich von oben betrachten können, aus einer Perspektive, die sie als Kind eingeübt hatte, wenn sie sich verloren vorkam. Sie nannte es Gottesblick. Jemand oder etwas blickte auf sie herab. Er oder sie oder es sah sie eingebettet in eine Landschaft, gebunden an Menschen, die ihre liebe Not mit ihr hatten. Oder hatte nur sie Mühe, sich diesen Menschen verständlich zu machen? Vielleicht wurzelte ihr ganzer Lebenswiderspruch in diesem Fleckchen Erde, wo sie die Welt das erste Mal zu Gesicht bekommen hatte. Als Kind hielt sie zahllose Male an irgendeiner Stelle, auf einem Weg oder am Waldrand inne, im Wissen, dass es eines Tages vorbei sein würde mit dem Anblicken der Welt, dass es egal war, wer sie gerade im Blick hatte, dass nur ihr Schauen ausschlaggebend war, ihr einsames, unsicheres Auge.

Als sie später auf dem Heimweg über den Marktplatz von Bela fuhren, sagte Anni, das hier sei ein sterbender Ort, die Häuser stehen leer. Dann zählte sie die Namen der Weggegangenen auf, du musst sie doch kennen, die Friseurin, die Betreuerin, der Busfahrer, der Architekt, mit dem bist du doch in die Schule gegangen, das kann doch nicht sein, dass du alle vergessen hast.

Mira hörte kaum zu. Sie war unkonzentriert und bat Mutter, sie während der Fahrt in Ruhe zu lassen.

Was hast du, ist es wegen Vater, oder hat die Gerti zu viel geredet?

Es ist alles zusammen, sagte Mira.

Der WLAN-Router blinkte. Mira checkte die Mails und beantwortete sie kurz angebunden. Den Bibliotheksleiter bat sie um eine Verlängerung des Urlaubs, da es ihrer Mutter so schlecht gehe.

Sie öffnete ein leeres Dokument und begann mit der Anrede, lieber Martin! Ich bin heute mit Mutter in Bela gewesen, wir haben Vaters Grab in Ordnung gebracht und haben dann Gerti besucht. Ich weiß nicht, warum ich Dir schreibe, der Wunsch ist einfach so über mich gekommen. Ich dachte, ich sollte Dir berichten, wie es mir in Bela ergangen ist, denn ich musste darüber nachdenken, warum ich diesen Ort fürchte. Ich erinnere mich, dass Du mir etwas Ähnliches von Urfahr erzählt hast. Ich weiß, dass Du immer noch wütend bist und den Zorn auf Menschen, die Du später aus den Augen verloren hast, mit Dir herumträgst. Das habe ich nie verstanden, bis heute nicht, aber heute ist mir der Gedanke gekommen, dass auch ich einen Groll in mir trage, wegen der Art, wie man mich als Kind behandelt hat. Das ist aus erwachsener Sicht völlig nebensächlich, aber die Art, wie meine Mitschülerinnen glaubten, auf mich hinunterschauen zu können, wie sie gespürt hatten, dass man meine Eltern nicht fürchten musste, weil sie arme Leute waren, finde ich niederträchtig, denn sie haben diese Haltung von den Erwachsenen übernommen. Kinder haben ein untrügliches Gespür für Hierarchien. Sie können brutal und kalt sein, nicht nur ahnungslos oder gar unschuldig. Im holprigen deutschen Dialekt drohten sie mir, mich anzuzeigen, da ich den eigenen Vater umgebracht hätte. Das habe sich herumgesprochen und wäre nicht mehr zu verheimlichen. Sie werden es der Polizei stecken, und dann würde die Polizei in der Nacht kommen und mich verhaften, und niemand würde wissen, wo ich sei, wo man mich eingesperrt hält. Die Kinder hatten damals einen Gedanken ausgesprochen, vor dem ich mich am meisten gefürchtet habe. Es trieb mich die Angst um, dass nach meiner Verhaftung niemand nach mir suchen würde. Stell Dir vor, ich glaubte, dass Mutter kein Interesse an mir hätte, oder war es nur mein schlechtes Gewissen, mein furchtbar schlechtes Gewissen, das mich an allem zweifeln ließ.

Lieber Martin, Mutter und ich konnten uns heute auf eine seltsame Weise verständigen. Es geschah wie nebenher. Nichts ist direkt gesagt, aber einiges bereinigt worden. Und Du, wie geht es Dir?

Mira ließ die Finger von der Tastatur gleiten. Seit Ewigkeiten hatte sie Martin keinen Brief mehr geschrieben, wie damals, als sie ihn an sich binden wollte und er nach seiner Trennung von der Lebensgefährtin ein paar Monate in England verbracht hatte. Sie wollte die Mauer des Misstrauens, die er vor sich hertrug, durchbrechen und niederreißen, also geriet jeder Brief, den sie schrieb, zu einem Manöver, mit dem sie hoffte, seine Bewunderung zu wecken. Sie schrieb bedenkenlos. Es gefiel ihr, mutig zu sein, und sie hoffte, Martin damit zu verunsichern, so dass er sich öffnen und mehr von sich preisgeben würde. Sie wollte aber auch, dass er sie für ihre Offenheit bewunderte, und stellte ihn auf die Probe. Martin hatte zunächst einsilbig und nüchtern geantwortet, bis Satz für Satz die herbeigesehnten Verliebtheitsbekundungen kamen, sodass Mira im Stillen triumphierte.

Hätte sie ihm an diesem Tag schreiben sollen, dass sie

mit einem anderen Mann geschlafen hatte? Es war, als balancierte sie ein großes Tablett, auf dem sich Gläser und Teller stapelten, durch eine dicht gedrängte Menschenmenge. Die Gläser und Teller schlitterten gefährlich hin und her und würden, wenn Mira das Tablett nicht sofort abstellte, auf den Boden kippen.

Sie schloss den Brief mit herzlichen Grüßen und Küssen und schickte ihn ab. Unter ihren Fingern verschwand das Dokument im Nichts.

Anni lugte ins Zimmer. Ich habe uns eine Suppe gekocht, kommst du?

Mira hatte das Klopfen überhört und wunderte sich über den Appetit, den sie mit einem Mal verspürte. Sie klappte den Laptop zu und folgte der Mutter in die Küche. Die gefüllten Suppenteller dampften. Anni bekreuzigte sich und sprach ein kurzes Gebet. Sie begannen vorsichtig die Suppe zu löffeln, eine einfache Brotsuppe, mit Einbrenn, gesprudeltem Ei, Kräutern und trockenen Brotstücken.

Ich hoffe, sie schmeckt, fragte Anni. Im Sommer schneide ich frische Kräuter hinein, jetzt müssen die getrockneten reichen.

Sie ist gut, sagte Mira.

Stanko hat sich für heute Abend angemeldet, fast hätte ich vergessen, es dir zu sagen.

Der Kühlschrank surrte, die Holzscheite im Herd knisterten, das Feuer prasselte, Mira wunderte sich nicht mehr, dass man die Welt der Mütter immer im Dunkel, tief in der Erde oder in einer Höhle verortete, erleuchtet vom wärmenden Licht eines Feuers. Sie hatte das bislang für übertrieben und archaisch gehalten. An diesem Abend jedoch erschien es ihr passend. Sie wäre gar nicht erstaunt darüber gewesen, wenn Anni wie eine korpulente Muttergottheit um das Feuer getanzt wäre oder begonnen hätte, aus Lehm und Erde Menschen zu formen, sie in die Glut zu werfen oder im Rauch zu trocknen.

Danke, flüsterte Mira, danke für die Suppe.

Ob Stanko noch kommt? Anni blickte gespannt aus dem Fenster.

Mira wusch die Teller in der Spüle und trocknete das Geschirr ab.

Jetzt ist er da, sagte Anni, als das Scheinwerferlicht eines Autos die Hausfront erhellte.

Stanko stand gleich darauf in der Tür und richtete sich die Brille, die angelaufen war. Die Vorstandssitzung hat länger gedauert, sagte er und reichte Mira die Hand.

Willst eine Suppe?, fragte Anni.

Nein, danke. Und ich will nicht lange um den heißen Brei herumreden, fing Stanko an, es wäre mir recht, wenn wir uns heute einigten. In den nächsten Monaten werde ich wenig Zeit haben. Unsere Bank wird neu strukturiert, wir müssen ein paar Filialen schließen.

Die Filialen auf dem Land?, fragte Mira.

Leider, wir verhandeln mit chinesischen Investoren, aber ich will nicht darüber reden.

Anni stellte eine Flasche Schnaps auf den Tisch.

Bevor ihr was sagt, möchte ich euch etwas mitteilen. Ich bin bereit auszuziehen, aber nur unter der Bedingung, dass man für das alte Werkzeug einen Raum findet, ein Museum. Ich will nicht, dass alles weggeworfen wird.

Mutter, du glaubst doch nicht im Ernst, dass jemand an diesem Krempel interessiert ist.

Stanko nahm drei Gläser aus der Küchenkredenz und schenkte den Schnaps ein. Ich verlange ja nicht, dass die Geräte zerstört werden, fügte er rasch hinzu. Mir ist wichtiger, dass du ein schönes Zimmer im Altenheim beziehst.

Darüber muss ich nachdenken. Anni setzte sich unwillig an den Tisch.

Schau, Mutter, fuhr Stanko fort. Du kannst nicht länger in diesem Haus bleiben, es ist zu gefährlich. Wir können nicht jeden Tag vorbeischauen, ist dir das klar?

Anni nickte. Mira fiel auf, wie sich Stankos Stimme veränderte, er sprach jetzt mit seiner Mutter wie mit einem Kind.

Ich habe dich doch gern, Mutter, du weißt, ich will nur das Beste für dich, wiederholte er, ohne sich eine einzige Unsicherheit anmerken zu lassen.

Mira wurde von Sekunde zu Sekunde aufgebrachter. Sie hörte zu und fühlte sich zugleich ausgeschlossen. Sie musste sich beherrschen, um nicht aufzulachen oder etwas Zynisches zu sagen. Am liebsten wäre sie aufgestanden und aus der Küche gerannt, so aber saß sie auf der Holzbank und blickte auf die gefüllten Schnapsgläser, die niemand anrühren wollte. Gleich darauf erhob sie sich aber doch, ich muss was holen, presste sie heraus und wandte sich zur Tür. Ihr Oberschenkel stieß beim Aufstehen gegen die Tischkante. Das gibt wieder einen Bluterguss, der sich gewaschen hat, dachte sie und strich sich die Hose glatt, um zu fühlen, wo es am meisten weh tat. Sie stürzte nach draußen, in den Obstgarten, was sie gar nicht vorhatte. Ihr Herz raste, der Atem brannte in der Lunge, verdammt, verdammt noch einmal!

Mit dem Ärger stieg eine giftige Erinnerung hoch, wie ihr Stanko als Maturant vorgehalten hatte, dass Mutter das ganze Geld, das sie verdiente, für ihr brotloses Studium ausgebe. Für ihn bliebe nichts übrig. Du müsstest das Geld eigentlich zurückzahlen, wie einen Kredit, hatte er Mira ins Gesicht geschleudert. Anni ging dazwischen, aber da war nichts mehr zu machen.

Da ist sie wieder, diese verdammte Kränkung, dachte Mira, während sie unter den kahlen Obstbäumen zitterte. Sie ging fröstelnd in ihr Zimmer und wählte Martins Nummer.

Bist du verschollen?, fragte Martin.

Nein, nein, sagte Mira. Stanko ist gerade im Haus, ich halte ihn nicht aus.

Was will er?

Er zieht eine Schleimspur um Mutter, nur um mich zu ärgern.

Du kennst ihn ja. Habt ihr Mutter überzeugen können?

Sie will ein Museum für ihre Werkzeugsammlung.

Martin lachte auf, eine glänzende Idee! Eure Mutter weiß, was sich gehört.

Miras Anspannung ließ nach. Hast du meine Mail bekommen?

Es geschehen Zeichen und Wunder, sagte Martin, so ein schöner Brief! Was ist denn in dich gefahren?

Ach nichts, ich wollte dir einfach etwas erzählen.

Er sei auf ein Bier mit einem Freund gewesen, hat gutgetan.

Sie verabschiedeten sich mit Küssen. Den Worten ist nicht zu trauen, dachte Mira.

Sie kehrte in die Küche zurück und hörte Stanko zu, wie er von seinen Kindern erzählte. Er hoffe nur, dass ihre Pubertät bald überstanden sei. Am liebsten würde er an den Zimmertüren der Mädchen Aufkleber anbringen: Achtung Baustelle, betreten verboten.

Mira lachte kurz auf, fast erschrak sie darüber. Sie griff nach dem Gläschen Zwetschkenschnaps und spülte ihren Restärger hinunter. Sie einigten sich darauf, dass Mira mit Anni das Altenheim besichtigen und die Konditionen für eine Aufnahme besprechen würde. Noch bevor sich Stanko verabschiedete, fielen ihr die Augen zu, als hätte sie tagsüber einen hohen Berg erklommen und es nur mit letzter Mühe geschafft, nach Hause zu kommen.

Im Morgengrauen wachte Mira mit den Bildern eines Traums auf. Die Arbeiterbibliothek, in der sie beschäftigt war, befand sich im Rosalienberg, unweit von Jaundorf. Sie fuhr mit dem Auto in den Dienst, es war Nacht, und alle Fenster der Bibliothek waren beleuchtet. Die Stockwerke waren in den Felsen hineingebaut, sodass sie kaum zwischen dem Gebäude und dem Berg unterscheiden konnte. Auf der Rückbank in Miras Auto saßen Stankos Kinder, Nada und Julia, die mit ihr zu einem Fest wollten. Vor dem Bibliotheksgebäude fand eine Veranstaltung statt. Mira näherte sich den versammelten Menschen, die alle im Aufbruch waren. Sie blickte sich nach Jurij um und glaubte, ihn in der Menge auszumachen, aber sie bekam ihn nicht zu Gesicht. Ich muss zur Arbeit, dachte Mira und warf einen Blick in die Etage, in der sich ihr

Büro befand. Die vordere Wand war eingestürzt, wie nach einem Erdbeben. Sie überlegte, ob sie den Schaden melden sollte.

Mit geschlossenen Augen blieb Mira liegen. Was bedeutet dieser Traum, dachte sie und prägte sich, so gut sie konnte, die Abfolge seiner Bilder ein.

Ich hätte nicht auf den Dachboden gehen sollen! Mira ließ den Zettelkasten und die mit Gummibändern zusammengehaltenen Flügelmappen auf ihren Schreibtisch fallen. Mit den staubigen Händen fuhr sie sich über die Jeans, trat zum Spiegel und zupfte an ihren Locken, um sie in Position zu bringen. Die neue Frisur und die frischgewaschenen Haare machten sich gut. In aller Frühe war sie zum Friseur gefahren, um sich für das Treffen mit Jurij zurechtzumachen.

Schon im Laden war ihr aufgefallen, dass ihr Gesicht ausgeschlafen wirkte. Sie scherzte mit Regina, die sich wunderte, dass Mira nach so langer Zeit wieder bei ihr auftauchte. Du traust mir zu, dass ich dir die Haare schneide! Nur die Spitzen, bat Mira, obwohl sie Lust verspürte, mehr Federn zu lassen, schließlich wollte sie den Exaltationen, die in ihr Leben getreten waren, Tribut zollen.

Ob sie noch Kontakt zu Sonja habe, wollte Regina wissen. Ja, sagte Mira, gelegentlich.

Wieder zu Hause, war ihr die Idee gekommen, auf dem Dachboden nachzuschauen, ob ihre Skripten und Fragebögen aus der Studienzeit noch im Kleiderschrank lagerten, den Onkel Paul ihr zuliebe einmal mit Regalfächern versehen hatte.

Im Obergeschoss hängte sie eine Holzleiter an einer Metallstange ein, die an der Wand befestigt war. Sie kletterte auf die Leiter, stemmte die Falltür hoch und trat auf den Estrich, über den dicke Holzbretter gelegt waren. Das Licht fiel durch zwei kleine Giebelfenster in den Raum. Mira blickte in einen dämmrigen Zwischenort, der sich abseits vom Alltag befand und in Vergessenheit geraten war. Unter der Dachschräge standen ein paar Holzkisten, die, nach der Staubschicht zu schließen, jahrelang nicht mehr geöffnet worden waren. Pauls kirschfarbener Schrank ragte in der Mitte des Dachbodens aus dem Lichtdunst, als hätte man ihn aus Zerstreutheit einfach dort stehen gelassen.

Mira hatte die Schranktür aufgesperrt und alle Unterlagen vorgefunden, sogar die Zeitungskopien, die sie für die Magisterarbeit angefertigt hatte. Sie lagen gefaltet, geheftet und gestapelt in diversen Mappen und Ordnern. Auf den Mappen stand ein hellgrauer Zettelkasten. Sie hob den Deckel und zog ein paar beschriebene Karteikarten hervor, auf denen Zitate aus Büchern, aber auch die Namen der Frauen, die sie aufgesucht und interviewt hatte, notiert waren. Mit den Namen traten die Frauen wieder vor ihr Auge, und es schien ihr, als würde sie auch der Frau, die sie als Studentin gewesen war, näherkommen.

Sie erinnerte sich an ihren Willen zum Aufbruch und an das schlechte Gewissen, das sie dabei empfunden hatte, denn ihr Weggang stellte in der Familiengeschichte eine Anomalie dar. Über Generationen waren die Frauen aus ihrem Verwandtschaftskreis bei den Familien geblieben, hatten bestenfalls ins benachbarte Dorf oder in den nächstliegenden Weiler geheiratet. Sie galten als Erbgut, dessen man sich sicher sein wollte. Die Männer hingegen erschienen Mira wankelmütig, zuverlässig nur aus Not, aber ansonsten unvernünftig, launisch und kaum greifbar. Sie hatten die Eigenschaft, zu verschwinden, sich aus der Affäre zu ziehen. Sie wurden früh von Krankheiten, Unfällen, Gewalttaten oder von den Kriegen dahingerafft. Die Frauen hingegen blieben auf den Höfen, obwohl ihnen zumeist nichts gehörte. Sie arbeiteten für das höhere Gut, für den Erhalt und das Weiterbestehen der Sippschaft, wie es hieß, nicht für sich und das eigene Fortkommen. Sie spürten, dass sie über nichts anderes verfügten als über die Arbeitskraft, die sie wie eine Monstranz vor sich hertrugen, um alle Übrigen damit zu beeindrucken.

Mira war das erste Mal in den Seminaren und Vorlesungen ihres Soziologie-Studiums auf die unerzählte Geschichte dieser Frauen aufmerksam geworden. Sie sehnte sich danach, eine Spur aufzunehmen, sich in einer Traditionslinie zu sehen, und musste zu ihrem Bedauern feststellen, dass sie es kaum zu mehr als einer flüchtigen Nähe bringen konnte. Sie kämpfte mit der Tatsache, studieren zu können, denn sie empfand eine Art Schuldgefühl gegenüber den Daheimgebliebenen, das sich mit noch tieferen Schuldgefühlen mischte. Sie wusste, dass man ihr diesen Aufstieg bei jeder kleinsten Verfehlung vorwerfen würde, und noch jetzt, nach all den Jahren, in denen sie auf eigenen Beinen stand, hatte sie das Gefühl, nicht viel weiter gekommen zu sein als in den Studienjahren, denn sie glaubte, sich für alles, was ihr vorschwebte, wofür sie sich interessierte, rechtfertigen zu müssen.

Nun überflog sie einige der Konvolute und nahm ein

paar Mappen und den Zettelkasten an sich. Es kostete sie Mühe, die Unterlagen über die schmale Treppe hinunter in ihr Zimmer zu befördern, sodass sie die Materialien schlussendlich auf den Tisch plumpsen ließ, damit es wenigstens ein bisschen schepperte.

Schon beim Lesen der ersten Karteikarten wurde Mira klar, dass die angeführten, in gut leserlicher Schrift notierten Zitate nicht nur der Strukturierung ihrer wissenschaftlichen Arbeit gedient hatten, es waren auch Versuche gewesen, ihr Leben zu ordnen. Zu Begriffen wie soziale Benachteiligung, Erwerbsleben, Existenzsicherung, Emanzipation, Gleichheit, Gerechtigkeit, Arbeitsmarkt hatte sie kürzere Exzerpte aus dem Psychologiehandbuch gestellt, die erklären sollten, welchen Weg sie einschlagen wollte. Insgeheim hatte Mira gehofft, mit ihrer Untersuchung über die Erwerbstätigkeit von ungelernten Frauen auch andere an ihrer Emanzipation teilhaben zu lassen. Sie wollte die ungelernten Arbeiterinnen, mit denen sie aufgewachsen war, in einem besonderen Licht zeigen. Sie wollte nie etwas Besseres sein, höchstens anders, wenn auch ähnlich.

Hastig überflog Mira die getippten Seiten.

Zu ihrem Erstaunen waren die interviewten Frauen gar nicht daran interessiert gewesen, an ihrer Situation etwas Grundlegendes zu ändern. Sie äußerten stets das Naheliegende, Praktische. Sie orientierten sich am Vorgegebenen, Vorgezeichneten oder an ihrem schlechten Gewissen, sobald sie den Erwartungen, die an sie gestellt wurden, nicht mehr entsprachen.

Schau, sagte Gerti, es ist wie mit den Sünden in der Kirche. Von den Frauen wird stets etwas verlangt, was sie nie zur Gänze erfüllen können, nie, verstehst du, da können sie sich auf den Kopf stellen. Die einen haben einen schlechten Ruf, werden beargwöhnt, wenn auch im Stillen bewundert, die anderen bemühen sich redlich und brav. Sie werden gelobt und geschätzt, aber man glaubt ihnen nicht. Je näher sie an das Ideal einer tüchtigen Frau herankommen, desto weniger glaubt man ihnen. Die haben doch was zu verbergen, denkt man. Ist es nicht so?, fragte Gerti. Ich vertraue keiner Schöntuerin, die mir ein Theater vorspielt. Sie ist mir genauso suspekt wie alle anderen.

Sobald Mira mit dem Kassettenrekorder bei den Frauen erschienen war, wischten sie den Esstisch mit einem feuchten Tuch ab und glitten mit den Handflächen noch einmal über die Tischplatte, um zu prüfen, ob sie eventuell Brösel oder Staub übersehen hatten. Deswegen nannte Mira ihre Arbeit im Untertitel Küchengespräche. Die Frauen strichen sich über ihre Oberarme oder Oberschenkel, sie richteten die Frisuren und stellten Kaffeetassen und Kuchen auf den Tisch. Sie nestelten ständig an irgendetwas herum, sei es, dass ein Hemdärmel zu weit aus dem Haufen Bügelwäsche ragte oder die Kinder das Spielzeug auf dem Boden liegen gelassen hatten. Im Vorübergehen rieben sie rasch einen Fettfleck von der Herdplatte. Sie wirkten nervös, was man ihren Gesichtern nicht anmerkte, ihren Händen dagegen schon. In Wahrheit waren sie unschlüssig, ob sie sich über die Besucherin offen freuen sollten oder nur im Stillen. Sie erkundigten sich bei Mira, wen sie noch befragen wolle, und hielten mit ihrer Enttäuschung nicht hinterm Berg, wenn Mira wiedergab, was ihr die anderen Frauen bereits geschildert hatten. Das ist doch ganz anders gewesen, pflegten sie zu sagen, das hat sich so nicht zugetragen. Da bin ich dagegen, sagte Resi, sobald die Rede auf eine ihrer Kolleginnen kam. Da bin ich dagegen.

Die Frauen erzählten ihre Lebensgeschichten, um Mira begreiflich zu machen, dass die Beschäftigung in der Nähfabrik, als Putzfrau oder als Kellnerin und Küchengehilfin nur eine Zwischenstation darstellte, etwas, in das sie hineingeraten waren aufgrund eines Mangels an Möglichkeiten oder einer fehlenden Ausbildung. Sie sahen sich gezwungen, in den Dienst zu gehen, wie sie sagten, da sie entweder alleinstehend waren oder der Ehemann nicht genug Geld verdiente, um die Familie zu ernähren. Die jüngeren beabsichtigten bis zur Heirat erwerbstätig zu bleiben, dann würde es sich schon ergeben, dann würde man sehen. Genaugenommen wären sie lieber Lehrerin geworden, Sekretärin oder Friseurin, warum denn nicht, was ist so schlecht daran, anderen Menschen die Haare zu färben und zu schneiden? Oder Verkäuferin, aber da schieden sich die Geister, denn für diesen Beruf hätten sie ja auch eine Lehre machen müssen. Sie seien halt hängengeblieben, weil die Mutter krank geworden war, weil man auf sie schlichtweg vergessen hatte, weil sie nicht gut in der Schule waren, weil sie kein Auto besaßen, um in die Arbeit fahren zu können, weil sie, nachdem der Bruder den Hof übernommen hatte, nicht mehr zu Hause gebraucht wurden. Gründe gab es genug für das Hängenbleiben, wie sie sagten. Da bin ich halt hängengeblieben. Dabei wollte man nicht unbedingt weit weg, nein, man wollte in der Nähe des Wohnortes arbeiten und trotzdem nicht ganz und gar gebunden sein wie die

Bäuerinnen. Die können vom Urlaub nur träumen, die kommen von zu Hause nicht weg, waren sich die Arbeiterinnen einig. Der Urlaub schien ihnen mehr zu bedeuten, als sie zugeben wollten. Der Urlaub war die eigentliche Münze, mit der gezahlt wurde, der Speck, mit dem man Mäuse fing. Die freien Tage, an denen sie niemand herumkommandierte, waren der schönste Dank für die Arbeit, auch wenn ihnen für deren Gestaltung nicht viel Zeit zur Verfügung stand, weil die Kinder oder der Mann oder die Eltern darauf warteten, diese Zeit geschenkt zu bekommen. Die Frauen reichten das Geschenk der freien Zeit notgedrungen an andere weiter.

Mira blätterte im Konvolut. Der Name Andrea versetzte ihr einen Stich ins Herz. Andrea, die im Brauhaus gekellnert und ihr einiges beigebracht hatte. Du wirst nie eine gute Jahrmarktkellnerin werden, hatte sie zu Mira gesagt, du bist nicht gut ausgestattet, dir fehlt das Schutzfett, du würdest in meinem Beruf untergehen.

Andrea war ein paar Jahre älter gewesen und hatte zur Zeit des Interviews einen festen Freund. Wir sind zusammen, erzählte sie begeistert und wunderte sich, dass sich jemand zu ihr bekannte, die bekanntlich hinter der Schank allen gehörte und zu allen Gästen freundlich sein musste. Du musst Ordnung in das Durcheinander bringen, erklärte sie Mira, denn nach Feierabend reden alle durcheinander, alle legen ihre Verpflichtungen ab und wollen bedient werden wie Kinder. Also pass auf, hatte Andrea gesagt, behalte den Überblick, gib acht beim Bonieren. Du brauchst gute Schuhe und enganliegende Kleidung, eine Kellnerin im Schlabbergewand geht nicht, lass deine Shirts und Hängeblusen im Schrank, die sind für die Arbeit unbrauchbar. Stell dir vor, dass du ein kleiner Lieferwagen bist, der sich den Weg durch die Menge bahnt, um die Bestellung unbeschadet ans Ziel zu bringen. Höre nur, was du hören willst, sonst hältst du den Tag nicht aus, nimm nichts persönlich, verstehst du? Ich mag dich, deshalb gebe ich dir diesen Rat. Eine gute Kellnerin lässt das Geschnatter an sich abprallen. Du glaubst nicht, was den Männern, und neuerdings auch den Frauen, alles einfällt, wenn sie sich vom Alltag erholen wollen. Mit ihrem neuen Partner und ein paar Freunden sei sie im Spätherbst, außerhalb der Saison, nach Antalya gereist, fuhr Andrea fort. Sie haben es sich gutgehen lassen und, naja, etwas zu viel getrunken, aber es sei lustig gewesen.

Andrea erschien so lebhaft vor Miras Augen, dass sie die blondierten Haarsträhnen zu sehen glaubte, die ihr in die Stirn gefallen waren. Sie hatte Kette geraucht, als bekäme sie erst über die Zigaretten Luft und könnte ohne sie gar nicht atmen. Beim Interview hatte sie aufgeräumt gewirkt, als wäre sie vor dem Mikrofon in ihrem Element. In Wirklichkeit war sie ständig müde und hatte über anhaltende Kopfschmerzen geklagt. Ich schaue mir dabei zu, wie ich für einen mäßigen Verdienst viel riskiere. Ich bin eben ein großzügiger Mensch, lachte Andrea. Jetzt mach schon das blöde Gerät aus, und schau nicht so gescheit. Versuch nicht, mich bloßzustellen, hatte sie gesagt.

Später einmal hatte ihr Sonja erzählt, dass man Andrea mit einer schweren Alkoholvergiftung ins Krankenhaus eingeliefert habe. Man habe sie in ihrer Wohnung auf dem Boden liegend gefunden. Sie wäre beinahe an ihrem Erbrochenen erstickt. Grauenvoll, sagte Sonja. Stell dir vor, sie hat die Trennung von ihrem Freund nicht verkraftet und zu spät gemerkt, dass sie das Trinken nicht kontrollieren kann. Den anderen ist es auch nicht aufgefallen, eine Kellnerin trinkt halt ab und zu. Im Krankenhaus habe Andrea um sich geschlagen und behauptet, man habe ihr das Kind gestohlen, sie klagte ihren Freund an, das Kind entführt und umgebracht zu haben. Sie habe monatelang vom Kind fantasiert, dabei hat Andrea gar kein Kind, sowas spricht sich herum, hatte sich Sonja gewundert.

Mira fröstelte und trat zur Heizung, um sie höher zu stellen. Im Rücken verspürte sie einen ziehenden Schmerz. Sie legte sich auf das Bett und streckte sich aus. Der Schmerz wanderte nach oben bis in den Hinterkopf. Für Augenblicke glaubte sie, dass sich mit Flüssigkeit gefüllte Blasen durch ihr Gehirn zwängen. Was geschieht mit mir, dachte sie.

Lange lag Mira ausgestreckt auf dem Bett und zugleich, wie ihr vorkam, inmitten ihrer gelebten Jahre, die Kreise um sie zogen und an den Rändern verebbten. Sie sehnte sich nach Jurijs Nähe und stellte sich vor, dass er imstande wäre, sie in der Gegenwart zu halten, im Jetzt, in dem alles zum ersten Mal geschieht und ohne Schwere ist.

Als sie hörte, wie Anni den Flur entlangschlurfte und ein Lied summte, richtete sie sich auf. Wie lange hatte sie Mutter nicht singen gehört! Sie lauschte, aber Anni war schon in die Küche getreten und hatte die Tür hinter sich zugezogen.

Mira öffnete die blassgrüne Flügelmappe, deren Farbe sie besonders mochte. Es war Annis Mappe, sie stellte Miras bislang letzten ernsthaften Versuch dar, ihrer Mutter wirklich nahezukommen. Zwischen den beschriebenen Seiten lag das Tonband mit den aufgezeichneten Gesprächen. Mira hatte Annis Erzählungen abgetippt, gekürzt und redigiert. Nun lag die Lebensgeschichte vor ihr, seltsam verzerrt, da Anni auf Slowenisch erzählt hatte und Mira alles ins Deutsche übersetzen musste. Ich kann nicht gut auf Deutsch, hatte Anni gesagt, wie soll ich dir auf Deutsch etwas erzählen, da müsste ich ja so tun, als seist du mir fremd. Einzelne Sätze hatte Anni dann doch auf Deutsch gesprochen. Mira hatte sie in Anführungszeichen gesetzt. Das ist dann halt so, oder, du Studentin, du, da kann man nichts machen, na gut, die Stückzahl muss gesteigert werden, Kaffeepause, Bauerntrampel.

Immer noch spürte Mira Mutters abwartenden, verdutzten Blick, als sie das Mikrofon angeschlossen und den Rekorder eingeschaltet hatte. Anni schien zu überlegen, ob sie der Tochter überhaupt etwas aus ihrem Leben anvertrauen sollte. Ihre Stimme klang zunächst angespannt, fast ausdruckslos. Sie musste sich in der Haltung der Erzählenden erst einrichten. Nach der ersten halben Stunde hatte sie sich so weit in ihre Rolle gefunden, dass sie begann, in größeren Bögen zu erzählen. Dazwischen fiel sie in einen Predigerton, aber diese Passagen hatte Mira gestrichen, sie waren nur für sie bestimmt, für niemanden sonst.

Mira las hastig, die Sätze kamen ihr in der Übersetzung ungelenk vor, beim Abtippen hatte sie sich am meisten darüber geärgert, ständig das Wörterbuch bemühen zu müssen. Sie hatte das Gefühl, in mehreren Hinsichten zu übersetzen, aus dem Slowenischen ins Deutsche, aus dem ungeschulten Milieu ins Akademische. Dazwischen ging vieles verloren, einzelne Sätze, die sie verunsicherten, Sätze, die sie schlichtweg nicht verstehen und in keinen Zusammenhang bringen konnte.

Mira blieb an einer Passage hängen, in der Anni vom frühen Tod ihres Vaters Jaki erzählte, wie er zu einem Gespenst und seine Gestalt von Jahr zu Jahr blasser geworden war.

Vater sei damals, im Krieg, einberufen worden, von einem Tag auf den anderen war er für mich verschwunden, erzählte Anni. Im ersten Winter, den sie ohne ihn verbrachten, war so viel Schnee gefallen, dass sie nichts außer Schnee sehen konnte. Schnee auf Schnee, eine Welt aus undurchdringlichem Weiß. Sie sei jeden Tag zum Waldrand gestapft, von wo aus sie in den Graben hinunterblicken konnte. Sie habe auf Vater gewartet. Ich weiß noch, wie ich immer Wölkchen in die Luft geatmet habe. Es war so kalt, so kalt, dass der Atem gleich vereiste, erzählte Anni. Eines Abends sei ein schwarzer Mann auf dem Anger gestanden, eine schwarze Gestalt vor einem Haufen Schnee. Sein Rücken dampfte. Ich habe so eine Angst bekommen, dass ich in die Küche gerannt bin und mich unter dem Tisch versteckt habe. Nach einer Zeit sei der dunkle Mann mit der Mutter in die Küche gekommen, sie redeten, und sie hockte unter dem Tisch, mucksmäuschenstill. Dann musste ich husten, und Vater hat unter den Tisch geschaut. Was machst du da unten?, hat er gefragt, komm heraus. Sie sei daraufhin unter dem Tisch hervorgekrochen und habe Vater die Hand gegeben. Ich weiß noch heute, wie er mich aufgehoben und an sich gedrückt hat, das kann ich nicht vergessen. Anica, oj Anica, kaj si danes delala, hat er wiederholt und mich wieder auf den Boden gestellt. Ich habe mich an seinen Hosenbeinen festgehalten, erinnerte sich Anni. Seine Hose habe nach Stall und nach Schweiß gerochen, davor habe es ihr gegraust, dabei habe sie sich so gefreut, dass er zurückgekommen war, fuhr sie fort. In den folgenden Tagen habe er nur Schnee geschaufelt. Besonders gut könne sie sich erinnern, dass er in der kleinen Stube die Weidenkörbe, Holzrechen und Heugabeln repariert hatte. Für sie hatte er ein paar Holztiere geschnitzt, eine Kuh, einen Hasen, einen Vogel und einen Fisch. Sie habe die Tiere ins Bett mitgenommen und sie, bevor sie einschlief, fest an sich gedrückt. Ich habe geglaubt, wenn ich mit den Tieren rede, kann mich Vater hören, erinnerte sich Anni. Dann weiß ich nicht mehr, ob ich Vater je wiedergesehen habe. Komisch, fügte Anni hinzu, von meinem Vater ist nichts übrig geblieben, nur die Holztiere und ein paar Pfiffe, eine schwarze Gestalt im Schnee.

Welche Koinzidenz, dachte Mira. Mutter und ich haben beide früh unsere Väter verloren, wenn auch auf unterschiedliche Weise. Es fiel ihr auch auf, dass sie wenig konkrete, fassbare Erinnerungen an Vater hatte, sie waren alle unter dem Druck des Unglücks zu Bruch gegangen. Mira konnte sich nicht einmal entsinnen, ob Vater ihr je ein Spielzeug geschenkt oder mit ihr gespielt hatte, ob er je an ihr Bett getreten war, um sie zuzudecken. Sie nährte in sich den Verdacht, dass ihr Vater sie nie wahrgenommen hatte.

Einen Vorfall glaubte Mira geträumt zu haben, obwohl er sich vor ihren Augen zugetragen hatte. Sie hatte ihn der Therapeutin geschildert, aber zugleich behauptet, dass der Vater die Mutter nicht absichtlich geschlagen, sondern versehentlich getroffen hatte. Er wollte mit einer ausholenden Geste das Geschirr vom Tisch fegen und sei zu nahe an Mutter gestanden. Von der Wucht seiner Armbewegung sei sie auf den Boden geschleudert worden. Lange habe sie dunkle Blutergüsse an Armen und Beinen gehabt. Ob der Vater nachgetreten habe, hatte die Therapeutin gefragt. Ich glaube nicht, hatte Mira geantwortet, denn sie wollte in diesem Augenblick nicht den ganzen Vater entsorgen. Sie wollte einen Teil von ihm behalten oder aufheben, mehr nicht.

Mira schloss die Mappe und wählte Jurijs Nummer. Er sei auf dem Weg nach Eisenmarkt, sagte er, aber er sei nicht allein, seine Tochter Alexandra begleite ihn, er konnte das Mira nicht eher mitteilen. Mira versuchte ihre Überraschung, ja, ihre Enttäuschung zu unterdrücken. Einen Augenblick lang verschlug es ihr die Sprache, dann beeilte sie sich zu betonen, dass sie natürlich verstehe, eine Tochter kann man nicht einfach zurückweisen, es sei schon in Ordnung, kein Problem.

Jurij war spürbar erleichtert. Bis bald, wir treffen uns im Brauhaus, er freue sich sehr.

Mira presste das Handy an ihre Brust. Sie überlegte, was lächerlicher sei, ihre Enttäuschung oder die Vorstellung, neben Jurij und seiner Tochter im Gasthaus zu sitzen und so zu tun, als kenne sie ihn kaum.

Anni hatte in der Zwischenzeit einen Schweinsbraten in den Ofen geschoben. Mira sollte das Knödelbrot zubereiten und bat sie um Rat. Annis Augen funkelten, sie gab mit lauter Stimme Anweisungen, die gehackten Zwiebeln schön in zerlassener Butter rösten, damit sie weich und süß werden, die Semmelwürfel langsam mit lauwarmer, gesalzener Eiermilch durchweichen, nicht zu viel und nicht zu wenig, Petersilie hacken, zur Brotmasse geben, salzen, pfeffern und alles gut vermischen. Danach eine Rolle formen und in ein sauberes Küchentuch wickeln, die Enden mit einem Faden zusammenbinden und ins leicht kochende Wasser legen, zwanzig Minuten ziehen lassen, fertig, sagte Anni. Wenn sie daran denke, wie oft und in welchen Variationen sie in der Haushaltsschule Knödel zubereitet hatten, wundere sie sich nicht, dass man zu dieser Schule Knödelakademie gesagt hatte. Ich bin eine diplomierte Knödelköchin, lachte Anni, obwohl ich nie gerne gekocht habe.

Wie hast du es dann in der Küche des Bildungshauses ausgehalten?

Ich habe mich auf die Veranstaltungen gefreut, die haben mich abgelenkt, sagte Anni.

Vorhin habe ich die Gespräche am Küchentisch vom Dachboden geholt, du weißt schon, die Interviews.

Aja, sagte Anni.

Ich lese gerade das Gespräch mit dir.

Ich bin viel zu selten befragt worden, dabei hätte ich was zu sagen. Anni hob gebieterisch den Kopf.

Worüber würdest du denn gerne reden, Mama?

Darüber, zum Beispiel, wie unsere Sprache verschwindet. Wie der alte Gott in Bausch und Bogen, Anni sagte, po dolgem in počrez, entsorgt wird. Das ist sehr traurig.

Sie nahmen das Mittagessen in seltener Eintracht zu sich und lobten sich gegenseitig, der Braten sei ausgezeichnet, der Knödel flaumig, was sollte an einem solchen Tag noch schiefgehen.

Gegen Abend legte Mira ein leichtes Make-up auf. Sie teilte Mutter mit, dass sie Jurij im Brauhaus treffe.

Mach, was du willst, sagte Anni.

Mira fuhr langsam durch das Dorf. Sie wusste auf einmal nicht mehr, ob sie sich auf Jurij freute. Hinter dem letzten Gehöft hielt sie an, um das Treffen abzusagen. Sie wühlte in der Tasche nach dem Handy, aber eine jähe Verzagtheit hinderte sie am Handeln. Ich kann nicht umkehren, dachte sie, ich muss ihn sehen, komme, was wolle.

Auf der Landstraße ließ sie sich von den nachfolgenden Autos überholen. Ein älterer Fahrer zeigte ihr den Vogel, nachdem er sie geschnitten hatte, sodass sie abrupt abbremsen musste. Was will ich von Jurij, dachte sie. Ich schlittere in etwas hinein, das ich nicht kontrollieren kann. Sie beschleunigte, denn sie hatte plötzlich Angst, zu spät zu kommen.

Als sie den Hauptplatz in Eisenmarkt überquerte, sah sie Jurij mit seiner Tochter um die Ecke biegen. Sie winkte ihnen zu. Jurij reichte ihr zur Begrüßung die Hand. Das ist Alexandra, sagte er. Mira lächelte übereifrig, freut mich. Sie versuchte, dem Mädchen in die Augen zu blicken. Ihr Alter war schwer einzuschätzen, ein Mädchen eben, das erwachsen wirken wollte. Du lebst in Graz? Alexandra nickte.

Der Brauhaustisch war etwas zu groß für die kleine Runde. Jurij erzählte mit gespielter Lässigkeit, seit wann er Mira schon kenne. Wie lange ist das her, wie viele Jahre? Ich weiß nicht, murmelte Mira. Sie hatte keine Lust auf diese Art von Gespräch. Über dreißig Jahre sind es, sagte sie schließlich widerstrebend, und mehr. Nicht möglich! Doch, doch, schon möglich. Alexandra blickte gelangweilt und feindselig. Kann ich ein Cola haben?

Jurij studierte die Speisekarte, Schnitzel, Burger oder was Vegetarisches? Er zwinkerte Mira zu und sagte, dass es Probleme mit dem Fuhrpark gebe, einen Lastwagen werde man ersetzen müssen. Mira wollte seinen Blick festhalten, sie wollte Jurij berühren, aber es war aussichtslos. Ich sollte aufstehen und gehen, dachte sie, was tue ich eigentlich hier, spiele dem Mädchen ein Theater vor.

Als das Essen serviert wurde, beugte sich Jurij zu Mira.

Ich komme nächstes Wochenende wieder. Bist du noch da? Er sprach leise.

Mira nickte, was hätte sie sagen sollen angesichts dieser seltsamen Situation. An eine gemeinsame Nacht mit Jurij war sowieso nicht zu denken. Als hätte Alexandra ihre Gedanken erraten, rückte sie näher an Jurij heran und legte den Kopf an seine Schulter. Jurij strich ihr die Haare aus der Stirn. Setz dich wieder richtig hin, sagte er, aber Alexandra schien das zu überhören. Magst eine Nachspeise, ja? Aber ja, du magst!

Zum Abschluss aßen sie Gibanica, die reichhaltig wie eine Hauptspeise war. Das wird mir bestimmt im Magen liegen, dachte Mira, während Jurij nicht aufhörte, die köstliche Füllung zu loben. Als sie sich vor dem Brauhaus verabschiedeten, sagte Jurij, lass uns telefonieren, ja?

Kann ich mit dir nach Slowenien fahren?, fragte Alexandra.

Nein, du musst zur Schule, gab Jurij scharf zurück und lächelte diesmal betreten.

Anni war noch auf und sah fern, als Mira nach Hause kam.

Habt ihr euch gestritten?

Er war mit seiner Tochter da, sie musste ins Bett. Ich bin auch müde.

Gute Nacht, sagte Anni und drehte den Ton wieder lauter.

Die Leselampe auf dem Nachtkästchen verstreute ein gelbliches Licht. Mira ließ sich auf das Bett fallen. Sie seufzte, hört denn diese Sehnsucht nie auf, die Bereitschaft, sich Wunder vorzustellen? Eigentlich wollte sie keine Affäre mit einem Mann, dem sie sich nahe fühlte. Affäre, wie das klingt, dachte sie. In diesem Wort ist alles enthalten, Euphorie, Glanz und Vergänglichkeit, das zumindest hatte als Überschrift über ihrer Affäre mit Fabian gestanden.

Sie richtete sich auf, streifte die Kleider ab, legte sie über die Sessellehne und begann geistesabwesend, die Ärmel und Hosenbeine zu kontrollieren, ob sich aus einem unerfindlichen Grund eine Naht gelockert hatte. Sie suchte nach losen Fäden, die an ihren Kleidern oder an ihren Erinnerungen hingen, an denen sie ziehen und die vernähten Teile auftrennen könnte. Der Vergleich mit Fabian kam ihr unpassend vor, aber er drängte sich hartnäckig auf. Das ist, weil ich müde und verärgert bin, dachte Mira, und stets nach einem Grund für mein Empfinden suche, als würde eine zweite Person in mir leben, die sich verständlich machen will und Migräne hat, Migräne und Unlust.

Weiß Gott, was Fabian damals angetrieben hatte, mit ihr anzubandeln, schließlich war er bedeutend älter als sie. Damals war sie so ausgehungert nach Aufmerksamkeit gewesen, dass sie ihre Seele für jedes schmeichelhafte

Wort verkauft hätte. Sie hatte die Geschichte mit Fabian so oft durchgekaut, dass sie längst nicht mehr mit neuen Erkenntnissen rechnete. Alle Einsichten und Urteile waren geprüft und geordnet, als hätte sie die Indizien für eine Beweisführung zusammentragen müssen. Dennoch gab es Momente, in denen ihr ein bislang unbekanntes, übersehenes Detail auffiel, ein neuer Aspekt stach hervor, eine unscheinbare Begebenheit gewann an Bedeutung.

Mira war Fabian in einem Jazzlokal begegnet, wo sie längere Zeit gekellnert hatte. Sie hatten sich vorwiegend in Innenräumen, im Halbdunkel getroffen, in Zwischenräumen, wo ihre Begegnungen nicht weiter aufgefallen waren. Sie hatte die Getränke serviert, und er hatte ihr das Leben erklärt. Er gab vor, mehr über sie zu wissen als sie selbst. Das hatte ihr imponiert. Auch, dass Fabian einen angesehenen Beruf im Magistrat hatte, den er eigentlich nicht mochte. Hatte er nicht ständig davon gesprochen, dass er in Wirklichkeit lieber Schriftsteller geworden wäre? Großmaul, flüsterte Mira. Am meisten hatte ihr bedeutet, dass er wollte, dass sie zügig studiere und aufhöre zu kellnern. Es sei wichtig, dass die Frauen studieren, er unterstütze das sehr, hatte Fabian wiederholt gesagt. Naja, dann war es zu spät, dachte Mira. So schnell kann man bei einer Studentin zum Helden werden, wie banal. Lange hatte sie geglaubt, ihn mit ihrem Verständnis für seine Situation an sich binden zu können, und er gefiel sich in der Rolle des pflichtschuldigen Vaters, der seiner Familie wegen einen ungeliebten Brotberuf ausüben musste. Er würde sich scheiden lassen, sobald die Kinder aus dem Gröbsten heraus seien, um seinen Schriftstellertraum zu leben, hatte Fabian behauptet. Mira hatte so lange geglaubt, dass er sie retten wolle, bis sie schwanger geworden war. Dann war für sie eine Welt zusammengebrochen.

Das Licht über dem Waschbecken war kalt, so eisig und unpersönlich, dass Mira zurückwich. Sie trug zu viel Reinigungsmilch auf, ihr Gesicht wirkte teigig. Mechanisch fuhr sie sich mit dem Wattebausch über Wangen, Augen und Stirn und staunte darüber, dass das Gesicht im Spiegel ihres sein sollte.

Von der Frische, die Mira am Vortag ausgestrahlt hatte, war nach dieser Nacht kaum etwas übrig geblieben. Nach dem Aufwachen fühlte sie sich wie zerschlagen, obwohl sie am Vorabend nur ein kleines Bier getrunken hatte. Sie saß lange beim Frühstück und blätterte in einer Modezeitschrift, die sie aus Eisenmarkt mitgebracht hatte. Anni strich um sie herum und fragte, ob sie ihr einen Kräutertee zubereiten solle. Du siehst blass aus, sagte sie mehrmals. Soll ich dir einen Tee aufgießen?

Mira behagte Annis ungewohnte Fürsorglichkeit. Früher war es zwischen ihnen ständig zu Konflikten gekommen, sobald sie beim Frühstück getrödelt hatte. Miras frühmorgendlicher Müßiggang bedeutete für Anni eine Pflichtverletzung. Sie ertrug es nicht, wenn Mira spät aus dem Bett kam oder im Pyjama herumlümmelte. Du versündigst dich an deiner Zeit, maulte sie, einen Tag könne man nur am Morgen ins Geschirr spannen, ob Mira nicht wisse, dass ab Mittag der Tag störrisch werde, man komme ihm nicht mehr bei. Es sei ihr noch nie eine Arbeit gelungen, wenn sie mit ihr zu lange zugewartet habe. Nicht einmal der sonntägliche Reindling gehe auf, wenn man den Teig zu später Stunde ansetze, schimpfte Anni und hörte so lange nicht auf, bis sie Mira aus der Küche vertrieben hatte.

An diesem Tag sah sie jedoch über Miras Phlegma hinweg oder hatte schlichtweg keine Kraft, sich über Lappalien aufzuregen.

Ich bin zu alt, um mit Männern auszugehen, sagte Mira.

Du meinst wohl, mit verheirateten Männern?

Jurij ist nicht verheiratet.

Na schön, sagte Anni. Jetzt hör mir zu. Mich haben die Telefonate, die du mit irgendwelchen Männern im Flur geführt hast, immer sehr gestört. Ich konnte nicht hinhören, so sehr habe ich mich geärgert. Vor allem über deine Stimme, die war ja nicht wiederzuerkennen. Zuerst hast du gelacht, und dann ist dir die Stimme weggeblieben, vor Beherrschung, oder was. Dieses ewige Du hast, Du sollst und Du musst, ich habe, ich wollte, ich konnte, dieses Betteln! So weit hätte ich mich nicht erniedrigt. Ich hätte mir das nicht gefallen lassen.

Aber Mama! Mira war so verdutzt, dass sie keine Worte fand. Sie trank den Kaffee aus, öffnete ein Fenster und legte das Plaid zusammen, mit dem sich Anni zuzudecken pflegte, wenn sie ihren Mittagsschlaf hielt.

Das Handy summte. Jurij rief an, es tue ihm leid, beeilte er sich, die gestrige Situation zu erklären. Es sei anders geplant gewesen, das Vaterwochenende sei erst eine Woche später vorgesehen gewesen. Alexandra leide sehr unter der Trennung, da müsse man aufpassen. Sie habe gebettelt und gebettelt, da habe er sie eben mitgenommen. Was hätte er tun sollen. Jedes Wort wird auf die Goldwaage gelegt, schwierig, sehr schwierig, murmelte Jurij.

Mira verstand und wollte nicht einsehen. Sie fürchtete, ungehalten zu werden. Diese Woche werde ich kaum Zeit für dich haben, fiel sie ihm ins Wort und hoffte insgeheim, dass Jurij die Schärfe in ihrer Stimme nicht wahrnahm.

Wir könnten am Samstag nach Slovenj Gradec fahren, schlug er unbeirrt vor. Was hältst du davon? Mira wich zwar innerlich zurück, sagte aber augenblicklich zu. Überlegen würde sie später, dachte sie und atmete wieder besänftigt ins Telefon. Ihre Sätze waren unterlegt mit Lachen und Säuseln.

Zurück in ihrem Zimmer, öffnete sie noch einmal die hellgrüne Flügelmappe und blätterte im Manuskript auf der Suche nach der Stelle, als Mutter von Tante Ursa erzählt hatte, auf deren Hof die Familie nach dem Krieg gezogen war. An den Seitenrand dieser Passage hatte Mira den Namen Ursa in Versalien geschrieben und ihn mehrmals unterstrichen.

Wir mussten die Hube verlassen, weil uns nach dem Tod des Vaters vom Grafen die Pacht gekündigt wurde, und haben ein hölzernes Häuschen bezogen, das einen Steinwurf entfernt von Ursas Gasthof stand, hatte Anni damals erzählt. Ihr sei das recht gewesen, denn ihrer Mutter Agnes sei es nicht gutgegangen. An manchen Tagen sei die Mutter gar nicht aus dem Bett gekommen. Ihr hingegen habe der Umzug ins Tal gefallen, es gab fließend Wasser in der Küche, der Schulweg war kürzer, und man musste nicht mehr durch den Wald gehen. Tante Ursa habe von Anfang an verlangt, dass sie im Gasthaus mit anpacke. Ich musste die Gaststube kehren, den Boden schrubben und bohnern, Mehl und Erdäpfel in die

Küche tragen, berichtete Anni. Im Sommer habe ich bei der Heumahd geholfen, im Herbst beim Dreschen, das ganze Jahr über bin ich mit Arbeit eingedeckt gewesen. Außerdem habe ich meine Tage bekommen, das war heikel, weil es keine Binden gab und Mutter mir aus alten Handtüchern grobe Einlagen genäht hat, die kratzten. Ich musste sie in der Nacht selbst auskochen und trocknen. Mutter hat mir einen Teil der Haushaltspflichten übertragen, weil sie Tag und Nacht im Gasthaus schuften musste. So habe ich begonnen, auch die Wäsche von Pauli und Mutter zu waschen. Im kalten Keller stand ein Kessel, in dem man das Wasser erhitzen und die Wäsche kochen konnte. Daneben eine Zinkwanne mit einem Waschbrett. Gespült haben wir die Wäsche im Bach. Dort gab es eine Stelle, an der man ganz gut die eingeseiften Stücke ins Wasser legen und wieder herausfischen konnte.

Mira blätterte weiter, um die Passage zu finden, in der Anni ihr geschildert hatte, wie sie Tante Ursa und die Mutter anbettelte, eine Hauptschule besuchen zu dürfen. Die Stelle hatte Mira mit rotem Farbstift markiert.

Der Volksschullehrer hatte die Mädchen in der vierten Schulstufe gefragt, ob sie schon einmal darüber nachgedacht hätten, was sie im Leben machen wollten. Er sei dann sehr erstaunt gewesen, dass viele Mädchen einen Beruf erlernen wollten, erzählte Anni. Ich habe mir jedenfalls vorgestellt, Lehrerin zu werden. Mir fiel in diesem Moment nichts anderes ein, und auch später ist mir nichts anderes eingefallen, also sagte ich, dass ich Lehrerin werden möchte. Hast du deine Mutter schon gefragt, ob sie einverstanden ist, dass du in die Hauptschule kommst?, hat er gefragt. Also ging ich nach der Schule zu Mutter in die Gasthausküche. Ich wollte eigentlich auf die Knie fallen, aber da Tante Ursa im Raum war, blieb ich stehen und bat Mutter, ob ich sie was fragen darf. Was ist denn so wichtig?, wollte sie wissen und schob mich ins Freie. Ich will Lehrerin werden. Der Lehrer meint, ich soll die Hauptschule besuchen. Da packte mich Mutter am Haarzopf, richtig fest am Zopf, und zerrte daran. Ich habe kein Geld, fauchte sie. Arbeite gefälligst, arbeite, hast du verstanden! Dann ist sie wieder zurück in die Gasthausküche gegangen. Das hat mich sehr getroffen.

Mira schloss die Mappe. Sie fuhr ihren Laptop hoch und öffnete die Mailbox.

Martin hatte ihr eine Mitschrift der Lehrerkonferenz geschickt und darunter in einer Nachricht geschrieben, dass er ihr gute Unterhaltung beim Lesen wünsche. Kaunitz, der Bibliotheksleiter, bat um einen Anruf am Montag. Sie schrieb Martin, dass sie das Protokoll alsbald lesen werde, und schlug Kaunitz eine Uhrzeit vor, zu der sie telefonieren könnten.

Zu ihrer Überraschung hatte Anni am Nachmittag die Idee, gemeinsam mit Mira die Ausstellungseröffnung im Modernen Museum in Suha zu besuchen. Ein Unternehmer aus der Region hatte ein paar Jahre zuvor einen Bau für seine Sammlung zeitgenössischer Kunst errichten lassen, der nicht nur wegen seiner Architektur für Diskussionen sorgte. Sie habe im Radio von der Eröffnung gehört, sie wolle unbedingt hin, es gehe um Afrika, sagte Anni, Afrika interessiere sie sehr.

Mira konnte sich nicht erinnern, dass Anni je zu einer Vernissage gegangen wäre. Nichts schien der Mutter ferner zu liegen als zeitgenössische Kunst, über die sie sich stets mokierte. In Wien konnte man sie zu Theaterbesuchen überreden, bei denen sie vorgab, sich auf bekanntem Terrain zu bewegen, da sie als Jugendliche selbst Theater gespielt und sich alle Laienaufführungen im Dorf angesehen hatte. Die professionellen Aufführungen flößten ihr Respekt ein, sie urteilte gerne und ausgiebig über das Spiel des Ensembles. Zuweilen flüsterte sie nach einer leidenschaftlichen Szene Mira oder Martin ins Ohr, dass die Schauspieler das gut gemacht hätten, alle Achtung. Im Zuschauerraum bewegte sich Anni ungezwungen und musterte das Publikum mit unverhohlener Neugierde. Sie glaubte, dass man sich mit den Sitznachbarn wie zu Hause austauschen könne, und wunderte sich, dass die Wiener Theaterbesucher wenig Interesse an ihrem Geplauder zeigten. Sind schon komisch, diese Leute, stellte Anni zuweilen fest.

Zieh dir was Schönes an, sagte Mira, eine Vernissage ist wie ein Theaterbesuch.

Was glaubst du denn, gab Anni scharf zurück, dass ich in der Küchenschürze gehe?

Hätte ich doch meinen Mund gehalten, ärgerte sich Mira, aber sie konnte nicht beiseiteschieben, wie oft sie sich für die wild zusammengewürfelte Aufmachung ihrer Mutter geschämt hatte. Anni hatte eine ungenierte Art, ihre Kleider zusammenzustellen, sie hielt wenig von Mode, aber viel von Farben.

Nun drängte die Zeit, und als sich die beiden im Flur trafen, trug Anni ein dunkelblaues Kostüm und Mira einen schwarzen, langen Pullover zur Jeans. Annis Halbschuhe glänzten frisch poliert, während Miras Stiefeletten aus Rauleder matt und farblos wirkten. Du siehst abgerissen aus, sagte Anni und verzog spöttisch den Mund.

Draußen breitete sich die Dunkelheit aus. Die Wolkendecke färbte sich tintenblau. An manchen Stellen riss der Himmel einen Spalt breit auf und ließ dahinter die Helle des Tages hervorblitzen. Es schien, als wären die Wolken wie ein düsterer Vorhang über den Tageshimmel gezogen worden.

Anni saß schweigend neben Mira im Auto und blickte geradeaus, dem dämmernden Horizont entgegen. Die Straße schlängelte sich durch eine spärlich besiedelte Gegend.

Schon erstaunlich, dass ein Manager ein Museum in der Einöde baut, sagte Mira.

Warum nicht, er lebt ja in der Nähe, zu Hause hat er wahrscheinlich nicht genug Platz für seine Bilder, konterte Anni.

Ein beleuchteter Gebäuderiegel aus Sichtbeton ragte hinter einem längeren Waldabschnitt aus dem Wiesenhang. Das Auftauchen des ungewöhnlichen Bauwerks verblüffte Mira jedes Mal. Das Museum war in einen weitläufigen Hang hinein gebaut worden. Das Dach verbarg sich unter der Erde und wirkte wie ein langgestreckter Wiesenrücken. Alle Parkplätze vor dem Gebäude waren besetzt. Die zuletzt eingetroffenen Besucher stellten ihre Autos bereits am unbefestigten Straßenrand ab. Mira fuhr in die erste Parklücke, die sie erblickte, und fragte

Anni, ob sie glaube, die Strecke bis zum Eingang gehen zu können. Freilich, sagte Anni, sie habe zwei Stöcke mitgenommen, sie sei gut gerüstet.

Vor dem hell ausgeleuchteten Eingang fügten sich einzelne Besucher zu kleinen Gruppen. Das Licht im Inneren strahlte golden, während das Grün der Hügel und Wiesen rundherum dunkelgrau wurde.

Schau, sagte Anni und wies mit der Hand auf ein Fernsehteam, das zwei Kameras und Lichtstative auf eine Gruppe von Menschen gerichtet hatte. Beim Betreten des Eingangsbereichs hatte sie sich bei Mira untergehakt. Die Stöcke waren ihr nun im Weg, sie klemmte sie unter den Arm.

Neben dem Kassenbereich waren Sesselreihen aufgestellt, auf denen ein paar Besucher Platz genommen hatten. Mira führte Anni zu den Sitzen und blickte in die Runde, ob sie jemanden kenne.

An der nördlichen Wand des Seitentrakts hingen zwei großformatige Fotografien. In der Mitte war ein Berg zu erkennen, der, umgeben von Wolken, aus einem Regenwald emporragte. Im Hintergrund lag eine Meeresenge im hellen Grau. Erst beim näheren Hinsehen verstand Mira, dass sich die Motive seitenverkehrt spiegelten, dass sie gleichsam ein konstruiertes, künstliches Paradies ergaben, eine Wirklichkeit, die sich nur in den Augen der Betrachterin zusammenfügte. Die eine Seite machte die andere erst erkennbar, sie ergaben gemeinsam ein Bild und blieben doch getrennt.

Bleischwer ruhte das Meer auf einer anderen großformatigen Fotografie unter einem hellblau leuchtenden Himmel, auf dem wattige, versprengte Wolken oszillierten. Das Wasser wirkte bedrohlich, es schien sich nicht zu bewegen, womöglich stieg es unbemerkt.

Anni folgte Mira zu den Fotografien, ohne ihnen viel Beachtung zu schenken. So was kann man auch im Fernsehen sehen, murmelte sie.

Die Mitte des Raumes wurde von einem klobigen Holzboot eingenommen, das randvoll mit angebrannten, geschwärzten Häuptern aus Pappelholz beladen war. Ein Kopf lag vornüber auf dem Boden, neben dem Boot.

Sind das Flüchtlinge?, fragte Anni. Vielleicht, vielleicht aber auch Sklaven, die man wie Holzscheite in überfüllten Schiffen nach Amerika transportiert hat, sagte Mira.

Der Eröffnungsredner referierte inzwischen über die Sammlung und die Bandbreite der künstlerischen Positionen im Haus. Bei der Erläuterung der historischen Exponate im unterirdischen Kubus, dem Afrika-Kubus, der eigens für das Gold der Akan entworfen worden sei, geriet er außer sich. Er hob besonders hervor, dass man für kurze Zeit den kostbaren historischen Gegenständen aktuelle Positionen afrikanischer Kunst entgegensetzen wolle. Anni hörte aufmerksam zu und schüttelte den Kopf.

Das Publikum strömte in den Seitentrakt.

Die fliegen in den Himmel! Anni wies auf grazile Figuren aus Metall, die an der Westwand befestigt waren und sich von ihr abzustoßen schienen. Die sind so dünn wie die dürren Weidenzweige, die wir früher zu Ostern in die Ackererde gesteckt haben, damit das Korn gedeiht und der Acker fruchtbar bleibt, bemerkte sie.

Mira trat näher zur Wand und kniff die Augen zusammen. Die zierlichen Figuren setzten tatsächlich zum Sprung an. Sie breiteten die Arme aus, als wollten sie fliegen. Ein Sprung ins Ungewisse, ins Leere, in ein anderes Leben? Ein Moment, in dem man nicht weiß, ob und wo man ankommt, nur, dass man sich von etwas gelöst hat. In so einem Moment ist man bei sich und bereit, das Gewesene zu verlassen, dachte Mira. Man nimmt nichts mit, nichts Sichtbares, Greifbares, nur die Gedanken und Spuren, die das Leben in den Körper gelegt hat, aber auch das ist nicht gewiss. Sie blickte hingerissen auf die Figuren, die etwas in ihr zum Schwingen brachten, bis sich eine Hand auf ihre Schulter legte. Sonja fiel ihr um den Hals. Warum meldest du dich nicht!

Ich wollte ja, sagte Mira, aber ich kam nicht dazu.

Man hört nichts von dir, dann stehst du wie von Zauberhand hingestellt im Raum. Sonja klatschte in die Hände.

Gefällt dir, was du siehst?, fragte Anni über die geschwärzten Köpfe hinweg. Im Fernsehen erzählt man immer, dass die Afrikaner nur Masken schnitzen.

Mira hoffte, dass niemand Annis Bemerkung gehört hatte.

Was machen deine Beine, Anni?, fragte Sonja.

Sie tragen mich noch, wenn auch eher schlecht als recht. Ich humple jetzt in den Keller. Holt mich, wenn ihr genug gesehen habt.

Anni ging langsam am Holzboot vorbei und wies mit einem ihrer Stöcke auf den verkohlten Kopf, der am Boden lag. Sie tat, als wolle sie ihn anstoßen. Mira gab ihr ein Zeichen, das zu lassen, und Anni lächelte schelmisch.

Die ersten Besucher verließen die Ausstellung. Auf den Buffettischen standen leere und halbleere Weingläser, die

Brötchen waren aufgegessen, die Brösel des Salzgebäcks wurden von den Mitarbeiterinnen der Cateringfirma zusammengekratzt. Nach dem Plausch mit Sonja hatte sich bei Mira das Gefühl einer alten Vertrautheit eingestellt. Ihre Freundschaft war etwas abgekühlt, was an der Entfernung zu Wien, aber auch an den unterschiedlichen Interessen liegen mochte. Sonja hatte bei ihren früheren Begegnungen gewöhnlich von den Kindern erzählt und wie sie das kulturelle Leben in ihrem Dorf beleben wolle. Sie verstand sich als Volksbildnerin. Diesmal erschien sie Mira weniger angestrengt. Die jüngste Tochter habe angefangen, Geschichte zu studieren, und weißt du, was mir auffällt, erzählte Sonja, dass sie Interesse an unseren Vorfahren hat. Sie könnte sich von mir aus mit der Geschichte Afrikas befassen, aber nein, im Gegenteil, meine Tochter forscht über Identität.

Identität?, staunte Mira.

Sie sagt, dass wir uns alle in einem Niemandsland befinden, in dem die alten Zuordnungen hinterfragt werden. Sie würde gegen diese Relativierungen kämpfen wollen, aber das ist mir zu hoch, erklärte Sonja.

Die letzten Besucher verteilten sich in den hinteren Ausstellungsräumen. Mira schlenderte an ihnen vorbei in das Untergeschoss und betrat auf der Suche nach Anni den dunklen Kubus, in dem das Licht auf einzelne Objekte in den Vitrinen gerichtet war. In der Schwärze des Raumes leuchteten die goldenen Insignien der Macht. Sie schienen in der Schwerelosigkeit des Dunkels zu schweben.

Anni saß auf einem Klappsessel neben einer Vitrine mit Goldschmuck und hielt die Arme von sich gestreckt. Wie sie so breitbeinig dasaß und sich dabei auf den Stöcken abstützte, mutete sie Mira wie eine Dorfkönigin im Exil an, eine Dorfkönigin, gefangen in ihrem eigenen Traum. Es schien, als dämmerte Anni vor sich hin, mit der Sicherheit und Selbstverständlichkeit der alten Bäuerinnen, die sich nach einem arbeitsreichen Tag auf eine Bank setzen, um in der Müdigkeit und Schwere ihrer Körper zu versinken.

Ist alles in Ordnung, Mama?

Ich habe noch nie so viele Ringe mit goldenen Tieren gesehen. So viele Skorpione, Vögel und Krokodile, staunte Anni. Wenn ich mir ein Tier um den Hals hängen wollte, würde ich mich nicht für eine Spinne entscheiden. Eher für einen Schmetterling. Ein Anhänger mit einer Spinne im Spinnennetz ist doch furchterregend. Das ist wie mit den Schlangen. Die würde ich mir auch nicht um den Hals wickeln.

Mira ließ den Blick über die ausgestellten Ringe, Anhänger, Colliers und Zeremoniengegenstände mit ihren körperhaften Tierdarstellungen gleiten. Die handwerkliche Fertigkeit, mit der sie hergestellt worden waren, faszinierte sie. Als sie an der größten Vitrine mit den geschmückten Beraterstäben vorbeikam, an deren Aufsätzen vergoldete Löwen, behornte Antilopen, Nashornvögel und Papageien angebracht waren, stellte sie sich vor, wie Anni mit so einem Stab in der Hand eine Predigt hielt. Anni hatte die Angewohnheit, mit allen Geschöpfen zu reden und für alle Geschöpfe zu singen, nicht nur für die Haustiere. Sie würde zu den Menschen predigen, aber auch zu den Käfern, Schmetterlingen und Vögeln. Als Kind hatte sich Mira gewundert, dass Anni sogar den Wühlmäusen im Garten nahegelegt hatte, gefälligst zu verschwinden, bevor sie ihnen mit dem Spaten den Kopf abschlug. Man muss ihnen eine Chance geben, hatte sie einmal lachend gesagt, als Mira mit Abscheu auf eine zerteilte Maus blickte, die Anni vorher zur Flucht aufgefordert hatte. Viel lieber überließ Anni die Mörderarbeit den Katzen, dann müsse sie sich nicht die Hände schmutzig machen. Bei Hühnern und Hasen dagegen kannte sie kein Pardon, obwohl sie die Tiere fütterte, streichelte und mit Kosenamen versah. Irgendwann, wenn es an der Zeit war, packte sie ein strampelndes, zappelndes und kreischendes Tier am Kragen und trennte ihm mit einem sicheren Hieb den Kopf ab.

Kann man sich eine Geschichte kaufen?, fragte Anni.

Wie kommst du darauf?

Eine Geschichte der Armut würde niemand kaufen wollen. Wer kauft sich schon etwas, das hässlich ist.

Anni beugte sich über das Glas einer Vitrine, in der eine kräftige Frau aus massivem Gold ausgestellt war. Diese Frau müsste man anders formen, nicht so grob. Ich hätte ihr ein Kleid gemacht, und sie müsste freundlicher schauen, sagte Anni.

Aber Mama, du kannst nicht die Kunst der anderen verändern.

Ich werde mit dem Kaplan reden, was er dazu sagt. Er muss es ja wissen, er ist aus Afrika.

Auf dem Weg nach Hause schien Mira, dass sich die Dunkelheit aus dem Kubus zur Gänze nach außen verlagert hatte. Am Himmel waren nur Sternfunken zu sehen. Sie musste an Mutters Worte denken, daran, dass sich die Menschen Geschichten kaufen wollten. Im Grunde alles eine Frage der Abstufung an Schwärze, dachte Mira.

Am Sonntagmorgen schlug Mira wieder die blassgrüne Muttermappe auf, nachdem sie Anni zur Filialkirche ins Nachbardorf gefahren und in die Obhut des Kaplans gegeben hatte. Sie las die Passage nach, in der ihre Mutter über die slowenische Haushaltsschule sprach, die sie nach der Grundschule besuchen durfte. Für Anni war es der Wechsel in eine geordnete Welt gewesen. Sie erzählte vom ehrwürdigen Haus mit den hohen Fenstern und Räumen, das im Winter mit einer Zentralheizung beheizt wurde. Sie sprach begeistert vom großen Bad mit den Duschen und dem warmen Wasser, das aus den Duschköpfen kam, von den Benediktinerinnen, die von Anfang an Disziplin von den Mädchen verlangt hatten. In der Erinnerung ergaben die ständigen Ermahnungen der Nonnen nur eine Art Hintergrundgeräusch, denn im Vordergrund stand das Hoffen auf Glück, das mit einem Menschen in Zusammenhang gebracht wurde, den Anni noch nicht kannte, mit einem wundersamen Mann, der aus dem Nichts auftauchen und ihr eine Perspektive im Leben geben würde. Aus dem Nichts, hieß es, komme das Glück, so wie der Blitz einschlägt oder ein Donnergrollen zu vernehmen ist. Das Donnergrollen sollte sich später bewahrheiten, als Anni begann, mit den markerschütternden Schreien von Kori zu leben. Das künftige Glück war auch mit den Babys verbunden, die Anni auf die Welt bringen sollte. Die Nonnen wollten oder konnten es den Mädchen nicht genau erklären, wie Kinder gezeugt wurden. Wie sie auf die Welt gelangten, schien ihnen leichter von der Zunge zu gehen, denn sie schilderten den Verlauf einer Geburt detailliert. Eine Nonne habe tatsächlich die Geschichte von der wundersamen Bienenbestäubung und dem Storch verbreitet, während die anderen betreten zu Boden blickten, hatte Anni erzählt. Eine Mitschülerin dagegen hatte die Mädchen in den Nächten aufgeklärt, sodass es Anni ganz schummrig ums Herz geworden war.

Mira übersprang ein paar Seiten, bis sie zu einer Stelle gelangte, die wiederum mit roten Anstreichungen markiert war. Sie erschrak, denn Anni schilderte darin, wie es nach dem tödlichen Unfall ihres Mannes weitergegangen war. Sie erzählte, dass sie dieses Ereignis aus der Bahn geworfen habe, dass es wie nach einem Erdbeben gewesen sei, alles lag kaputt herum. Sie könne sich an die ersten Tage nicht mehr erinnern, sie habe die Orientierung verloren. Erst nach dem Begräbnis war ihr bewusst geworden, dass sie sich eine bezahlte Arbeit würde suchen müssen. Ich weiß nicht, was ich damals ohne meinen Bruder Paul getan hätte, erzählte Anni. Er sagte mir, dass man in der Nähfabrik jemanden suche. Er riet mir, dort anzurufen und zu fragen. Ich weiß noch, dass ich sehr lange in der Telefonkabine auf dem Hauptplatz in Bela gestanden bin und den Hörer in der Hand gehalten habe, bevor ich die Münze in den Schlitz fallen ließ. Gerti war am Telefon, weil sie zufällig im Sekretariat stand, und ich konnte ihr alles erzählen. Sie sagte, dass sie den Werksleiter fragen werde. Nach zwei Tagen bekam ich einen Brief mit einer unvollständigen Adresse, ich solle mich in der Firma vorstellen. Ich fuhr mit dem Postbus hin, und sie fragten mich, ob ich Erfahrung mit Nähen und mit Nähmaschinen hätte. Ich habe ihnen erzählt, dass meine Mutter gut nähen konnte und dass wir in der Haushaltsschule einen Grundkurs hatten. Ob ich flink sei und zeitig anfangen könne. Ich bejahte, ohne zu überlegen, wie das gehen sollte, denn ich hatte kein Auto und natürlich auch keinen Führerschein. Dann machte Paul den Vorschlag, uns das Auszugshäuschen zur Verfügung zu stellen. Die Busverbindungen seien besser und auch der Schulweg für die Kinder kürzer, meinte er. So sind wir drei aus Bela weggezogen, schloss Anni.

Am Seitenrand waren mit Bleistift Notizen geschrieben, die schwer zu entziffern waren. Miras Handschrift war fleckig geworden, eine Art Grafitnebel hatte sich über die Buchstaben gelegt. Mama fragen, was sie von der Gewerkschaft hält. Gerti fragen, wie das Verhältnis unter den Frauen war, Professor Überbacher, 14 bis 18 Uhr. Darunter standen Zahlen, offenbar die Geldsumme, mit der Mira als Studentin auskommen musste. Die alte Beklemmung, mit der sie eine Bankfiliale betrat, sobald ihr Studentenkonto überzogen war, kam ihr in den Sinn. Ich neigte eindeutig zur Verzweiflung, dachte Mira, das ist wie eine Infektion, die nie abklingt.

Sie riss sich von den Unterlagen los, fast hätte sie vergessen, Mutter nach dem Gottesdienst abzuholen.

Anni wartete vor dem Mesnerhaus auf sie und gestikulierte lebhaft. Leider habe sie den Kaplan nicht nach den Goldtieren im Museum fragen können, er musste gleich zum nächsten Gottesdienst nach Eisenmarkt fahren.

Wir sind ein religiöses Entwicklungsgebiet geworden und auf Hilfe angewiesen, sagte die Mesnerin, die neben Anni stand und nervös mit einem Schlüsselbund hantierte. Sie hätte sich nicht träumen lassen, dass sich die Kirchen derart leeren, dass es zu wenig Pfarrer geben würde und dass sie einmal dafür zuständig sein würde, eine Filialkirche trockenzulegen. Die Wände seien feucht, weil es im letzten Sommer viel geregnet hatte. Irgendwo muss sich das Regenwasser gesammelt haben, und jetzt muss ich herausfinden, wo. Die Mesnerin verabschiedete sich und eilte durch das offenstehende Friedhofstor zum Kircheneingang.

Sollen wir nach Ravne zum Mittagessen fahren?, fragte Mira.

Anni strahlte über das ganze Gesicht. Als ihr Mira ins Auto half, fiel Anni ein, dass sie keinen Reisepass eingesteckt hatte. Den brauchen wir schon lange nicht mehr, sagte Mira und wunderte sich über die Freude, die sie dabei verspürte.

Sie fuhren auf der Bundesstraße Richtung Slowenien. Die Straße war verbreitert worden, man glaubte nicht mehr, eine andere Welt anzusteuern, sobald man sich der Staatsgrenze näherte. Zwar stieß man in dieser Gegend weiterhin auf Gedenkwege und Grenzlandheime, aber die politische Teilung der Region stach nicht mehr ins Auge wie vormals, als man in den Fahrzeugen leiser zu sprechen begann, sobald man sich dem Nachbarland näherte. Damals glaubte man, hinter der magischen Linie würden grundverschiedene Verhältnisse herrschen, alles erschien, von der anderen Seite aus gesehen, unverständlich und rätselhaft.

Inzwischen waren die Amtsgebäude der Grenzstation verwaist. Ein Polizeiauto parkte unter dem Vordach neben der Glaskabine, in der vormals die Zollbeamten ihren Dienst versehen hatten. Der Duty-free-Shop war geöffnet, aber das Einkaufen hatte an Anziehungskraft verloren, seit die Warenpreise diesseits und jenseits der Grenze angeglichen worden waren. In einem Schaufenster lugten Zigarettenstangen unter den Jalousien hervor. Sie waren ein beliebtes Mitbringsel gewesen, wahre Goldbarren, die man unter den Autositzen geschmuggelt hatte.

Mira passierte im Schritttempo die Grenze. Ein winziger Rest des Grenzphantoms geisterte in ihrem Kopf als kaum merkliche Irritation. Konnte man dem Frieden trauen? Kam ihr beim Lesen der Tageszeitungen nicht zuweilen vor, dass Rechtspopulisten den vergangenen Aufbauschungen und Zuspitzungen nachtrauerten?

Anni erzählte, dass sie mehrmals zu Fuß über die grüne Grenze gewandert sei, früher einmal, als die Übergänge noch streng bewacht waren und sie blutjung gewesen war. In den dichten, unzugänglichen Wäldern der Ovševa konnte die Grenzpolizei nicht alle Kare und Waldflanken kontrollieren. Da gab es Schmugglerwege und Jagdsteige, über die nach dem Krieg ganze Familien nach Südkärnten einwanderten. Sie sei einmal losgezogen, weil sie Kori im Holzschlag besuchen wollte. Du und Stanko seid noch klein gewesen, ich habe euch bei Nachbarn abgegeben und bin dann losmarschiert. Um den Weg abzukürzen, musste ich einen Teil der Strecke auf jugoslawischer Seite gehen. Niemand hat mich gesehen, alles ist gutgegangen. Ich habe mir vorgestellt, wie es sein wird, wenn ich Kori überrasche, aber als ich im Schlag ankam, war Kori nirgends zu sehen. Ich habe mich auf einen Baumstumpf gesetzt und gewartet. Irgendwann bin ich dann eingeschlafen, und als ich aufwachte, war dein Vater immer noch nicht da. Er hat in einem anderen Schlag gearbeitet, das erzählten mir Bauern auf dem Heimweg. Wir haben uns also nicht getroffen, und ich musste mich beeilen, nach Hause zu kommen, weil es schon dunkel wurde.

Damals hat die Grenze noch Menschen verschluckt, fuhr Anni fort. Manche kamen nie wieder. Später konnte man hören, dass sie irgendwo in Jugoslawien lebten. Ein paar Schmuggler wurden verhaftet und verurteilt, ein paar andere aber blieben verschwunden.

Habt ihr über den Kommunismus geredet?

Die Schulschwestern haben uns schlimme Geschichten über Jugoslawien erzählt. Wir sollten genau kontrollieren, woher die Bücher kamen, die wir lasen, denn nicht alle seien geeignet für junge Mädchen, vor allem die kommunistischen nicht.

Wo sind eigentlich die Bücher, die uns Tante Dragica geschenkt hat?, fragte Mira.

In Stankos Zimmer. Einmal, da war er schon verheiratet, wollte er die Bücher entsorgen. Er hat sie in Säcke gepackt und vor die Tür gestellt. Das habe ich ihm aber verboten, erzählte Anni. Bücher wirft man nicht weg, habe ich geschimpft. Zuerst hat er das Gesicht verzogen, aber dann hat er die Bücher wieder zurückgestellt. Stanko hat sich eben auf die deutsche Seite geschlagen. Ich werde mir das bis zum Tod vorwerfen.

Anni seufzte. Nadine will, dass die Kinder schon in der Volksschule Englisch lernen. Wozu ist eine kleine Sprache gut, hat sie mich einmal provoziert. Da habe ich sie gefragt, wie viele Sprachen sie spricht. Eine, hat sie gesagt. Was machst du, wenn du das Deutsche vergisst, dann kannst du nur noch bellen, habe ich ihr gesagt. Das hat sie aber nicht komisch gefunden, die Nadine.

Das hast du gesagt?

Seitdem ist Nadine nicht gut auf mich zu sprechen, schloss Anni.

Das Lachen, das aus Mira herausplatzte, kugelte gegen die Windschutzscheibe, so heftig, dass Anni erstaunt zu ihr herüberblickte. Dann kam Mira ein Satz über die Lippen, den sie noch nie so ernst gemeint hatte. Es tut mir wirklich leid, dass ich den Kontakt zu Tante Dragica und Franjo abgebrochen habe.

Du weißt aber schon, dass mir Dragica stets was zugesteckt hat für dich, damit du studieren kannst und weiterkommst.

Mira schluckte und wollte noch etwas sagen, aber sie wusste nicht, was. Wie sollte sie Mutter, aber vor allem sich selbst erklären, was ihr Verstand nicht begreifen konnte. Habe ich wegen Franjo alles hingeworfen, dachte Mira, nur, weil er sich einmal zu mir auf das Bett gesetzt hatte, in der Nacht, ein greiser Mann, der sich zu einer Dreizehnjährigen stiehlt? Dabei weiß ich nicht mehr, ob er mich überhaupt berührt hat. Vielleicht habe ich alles nur geträumt.

Dieser Sommer, der Aufenthalt im Bungalow am Meer, der Sommer unter den Pinien, erinnerte sich Mira. Alles roch nach Harz und nach gebratenen Sardinen. Tante Dragica und ihr Badekleid, aus weißem Frottee mit großen orangen Blüten. Wie sie den Kaffeekocher aus Aluminium auseinanderschraubte, wie sie den Salat wusch und die Weintrauben neben den Käsescheiben auf dem Teller verteilte, die Paradeiser aufschnitt und eine Flasche Wein öffnete, mit so viel Leichtigkeit. Ein Sonnenbündel fiel auf ihr Gesicht, auf die blondierten Haare. Ihre gebräunten Schultern mit den Pigmentflecken, die lockere, weiche Haut an den Oberarmen, ihre manikürten Nägel, die gepflegten Hände.

Tante Dragica, sagte Mira mit trockenem Mund. Tante Dragica, wiederholte sie und stockte.

Sie hat mich für rückständig gehalten, aber ich habe sie geschätzt, sagte Anni.

Wie oft hat sie dich besucht?

Nach Bela kam sie selten, aus politischen Gründen.

Mira betrachtete ihre Hände, die auf dem Lenkrad lagen. Im grellen Sonnenlicht fielen ihr die Pigmentflecke auf den Handrücken auf. Ich werde alt, dachte sie.

Die hügelige Landschaft bot wenig Abwechslung, die Straße verlief neben einem Bach und schlängelte sich entlang seiner Krümmungen. Im Rückspiegel tauchte für Augenblicke der massive nördliche Bergrücken der Peca auf.

Weißt du, dass Dragica Teil der kommunistischen Arbeitsbrigaden war, beim Bau des Gymnasiums in Ravne?, fiel Anni ein.

Erzähl mir von Dragica.

Was soll ich sagen, sie ist im Krieg zu den Partisanen und hat nach dem Krieg in Ljubljana eine Handelsschule besucht. Bei den Partisanen lernte sie Franjo kennen und blieb.

Woher weißt du, dass Tante Dragica bei den Bauarbeiten dabei war?

Sie schrieb meiner Mutter Briefe, damals hat sie oft geschrieben. Manchmal schickte sie Pakete, mit Wolle und Unterwäsche. Nach dem Krieg hatten wir kaum was, praktisch nichts.

Anni fuhr sich mit der Hand durch ihre kurzgeschnittenen weißen Haare, eine kokette Geste. An der letzten Kreuzung vor Ravne wurde sie unruhig. Sie drehte den Kopf in alle Richtungen. Fahr langsam, forderte sie Mira auf, ich möchte sehen, ob das Arbeiterkulturheim noch steht. Halt an.

Ich kann nicht, sagte Mira. Wir sind mitten im Kreisverkehr. Was willst du mit dem Kulturheim?

Dort habe ich einen Ball besucht, mit einem Mann.

Einen Ball, du und einen Ball?

Einen Ball, ja.

Gerade noch rechtzeitig erblickte Mira das Hinweisschild, das nach der Ausfahrt aus dem Kreisverkehr für das Restaurant warb, in dem sie essen wollten. Sie bremste und fuhr im Schritttempo durch eine Gasse, die mit Kopfsteinpflaster versehen war. Links und rechts der Straße, die in einen schmalen Platz mündete, standen Einfamilienhäuser aus der Zeit der k. u. k. Monarchie, wie sie auch in den österreichischen Grenzstädten anzutreffen waren.

Das Gasthaus in einer schattigen Seitengasse war gut besucht. Anni gefiel es, unter Menschen zu sitzen. Allein sein kann ich zu Hause, sagte sie, das kenne ich schon. Beim Studium der Speisekarte stellte sie fest, dass sie lange nicht in so einem feinen Restaurant gewesen sei, und bestellte doch ein einfaches Gericht mit Buchweizen zum Hauptgang.

Mira zerteilte den gegrillten Fisch etwas kopflos. Sie hatte sich so sehr an die Anspannung gewöhnt, die sie gewöhnlich bei den Exkursionen mit Mutter empfand, dass ihr besonders deutlich auffiel, wie an diesem Tag alles ohne Mühe geschah, wie sie bereit war, alles auf sich zukommen zu lassen. Sie hatte Anni selten so redselig erlebt, eigentlich nie. Ein paar Sätze aus dem Kücheninterview kamen ihr in den Sinn, die sie jäh mit Zärtlichkeit erfüllten. Sie stellte sich das Mädchen vor, das in die Schule gehen wollte.

Was hatte sich Mutter vom Leben erwartet, wovon hatte sie wirklich geträumt? War ihr nichts anderes übriggeblieben, als alles auf ihren jungen Körper zu setzen, auf die Aussicht, sich eine Existenz als Mutter und Hausfrau zu sichern und mit Belehrungen abgespeist zu werden?

Annis Stimme hatte an diesem Sonntag eine helle Färbung, sodass sich Mira nach jenem Mann erkundigte, mit dem Anni den Ball besucht hatte.

Das ist eine lange Geschichte, fing Anni an. Ich hatte einen Verehrer. Er hat ein paar Mal vor der Haushaltsschule auf mich gewartet und mich ins Kaffeehaus ausgeführt. Er war sehr ernst, hat die Ingenieursschule besucht, irgendwas mit Bergbau. Lutz hat er geheißen. Er fragte mich an einem Wochenende, ob ich mir vorstellen könnte, seine Frau zu werden, noch bevor wir uns geküsst hatten. Das habe ich komisch gefunden. Ich musste immer lachen. Ich glaube, Lutz wollte mich erziehen, er hat immer sehr ernst mit mir gesprochen, aber ich hatte keine Lust. Später, das weiß ich noch genau, fuhr Anni fort, hat er mich einmal besucht. Da war ich schon verheiratet und mit dir schwanger. Ich weiß es deswegen so genau, weil ich aus allen Wolken gefallen bin. Er ist mit einem Fotoapparat aufgetaucht und hat mich im hochschwangeren Zustand vor unserem Haus fotografiert. Er hat mir erzählt, dass er in England eine Arbeit gefunden hat und auf Besuch bei seinen Eltern ist. Er habe oft Heimweh, hat er erzählt. Ich bin dann ins Haus und habe deinen Vater geholt und was zu trinken. Ich weiß noch, dass ich von der Schwangerschaft schwere Beine hatte, sie waren ganz aufgeschwemmt, aber ich bin in diesem Moment so leichtfüßig in die Küche gerannt, dass ich mich nach deiner Geburt gewundert habe, wie flink ich sein konnte.

Wie kam es, dass ihr in Ravne einen Ball besucht habt?

Das war später, als wir schon in Jaundorf gelebt haben. Lutz hat vorbeigeschaut, weil er gehört hatte, dass ich Witwe geworden bin. Er hatte beruflich im Stahlwerk Ravne zu tun, wegen eines Geschäfts. Er fragte mich, ob ich mit ihm fahre. Ich glaube, ich habe nicht lange überlegt. So sind wir dann los. Am Abend hat er mich zum Tanzen ausgeführt, ein Betriebsball, für die Arbeiter der Fabrik.

Aber Mama, das ist eine romantische Geschichte!

Vielleicht ja, vielleicht nein, sagte Anni. Gehen wir ein wenig in die Stadt.

Mira zahlte und führte Anni an der Hand aus dem Restaurant.

Habt ihr in Ravne übernachtet?

Anni schwieg. Es war ihr kein Wort mehr zu entlocken.

Als sie über den Hauptplatz gingen, schien sie heiter und musterte interessiert die sonnseitigen Häuserfassaden. Im Schaufenster einer Buchhandlung lagen neben Neuerscheinungen und alten Ansichten der Stadt, die an die Seitenwände der Auslage gepinnt waren, auch Bücher von Prežihov Voranc.

Von ihm habe ich viel gelesen, er stammt aus dem

Nachbardorf, ein Kommunist, aber das hat mich nicht gestört, sagte Anni. Am liebsten waren mir die Samorastniki, eine wahre Liebesgeschichte, die traurig endet. Wie es früher halt so war, ein Großbauer will das Verhältnis seines Sohnes zur Magd verhindern und lässt sie foltern. Auf ihren Handflächen, auf der nackten Haut, wird Werg abgebrannt, das brennt nicht, es glimmt, bis das Opfer zusammenbricht. Schließlich wird Meta, die Magd, im schwangeren Zustand von den Frauen vom Hof getrieben, sie prügeln auf sie ein. Meta aber ist stolz, sie gibt nicht auf. Sie zieht ihre unehelichen Kinder allein auf, denn der Jungbauer kann nicht von ihr lassen. Er säuft, der Hof verfällt. Das wäre eine Geschichte für deine Bibliothek, meinst du nicht?

Mira kannte den Namen des Schriftstellers. Sie hatte möglicherweise schon ein paar Übersetzungen ins Deutsche in Händen gehalten, aber gelesen hatte sie seine Erzählungen nicht. In diesem Augenblick fühlte sie sich vor den Kopf gestoßen, bei einer Ausrede erwischt. Sie machte sich nichts vor, sie wusste, dass sie die Entfremdung zur slowenischen Literatur vornehmlich allein betrieben hatte, aber es war ihr, wie sie fand, zu leicht gemacht worden.

Vor dem Einsteigen ins Auto drehte sie sich noch einmal um. An den Hochhäusern am Rand der Stadt blitzten einzelne Fenster im Sonnenlicht. Kleine Feuer entzündeten sich an den Glasscheiben, um gleich wieder zu verlöschen. Die modernistische Wohnanlage ragte demonstrativ in die Höhe, als ob der Sozialismus dem beschaulichen Städtchen einen weitum sichtbaren Anschein einer florierenden Industriestadt hatte verpassen wollen, um das habsburgische Gutenstein, wie der Ort bis 1918 hieß, vergessen zu machen.

Die Bücher in der Auslage ließen Mira keine Ruhe. Sie empfand ihre Unwissenheit als Niederlage. Habe ich mich der Grenze doch gebeugt, dachte sie, mich zu sehr gefürchtet, die politischen Widersprüche nicht ertragen?

Anni wollte das Schloss der Grafen Thurn besichtigen, das nach dem Zweiten Weltkrieg generalsaniert worden war und eine Studienbibliothek beherbergte. Nach kurzer Fahrt bis zur ebenen Terrasse über der Stadt parkte Mira das Auto vor dem Gymnasium. Das Schulgebäude stand eingebettet in einen Wall aus Buchen und Lindenbäumen, ein unauffälliges, zweckdienliches Gebäude mit frisch lackierten Fensterreihen, die großzügig in die Wände eingelassen waren. Weiter hinten, im Park, konnte man das gräfliche Schloss erkennen, ein neubarockes Gutshaus, dessen Stirnseite der Grünanlage zugewandt war. Ein Museum war im früheren Stalltrakt untergebracht und schob sich ausladend in den Rücken der Bibliothek.

Du meinst, Dragica hat sich an diesem Ort mit einer Schaufel und einem Schubkarren abgemüht?

Ich glaube, ja, sagte Anni.

Mira machte ein paar Schritte über den Rasen. Der Boden unter ihren Füßen war hart und bucklig. Sie sank nicht ein, wie sie erwartet hatte, sondern glitt bei jedem Schritt ab. Es wunderte sie nicht mehr, dass Dragica es vorgezogen hatte, nach dem Krieg in Slowenien zu bleiben. Die Eltern von den Nationalsozialisten in Lublin-Majdanek und in Stein an der Donau ermordet, der Bruder in Norwegen gefallen. Hätte Dragica als junge

Aktivistin in Kärnten eine Chance gehabt? Nie und nimmer, war sich Mira gewiss.

Anni schritt langsam zum Schuleingang und drehte sich nach Mira um. Ich bin mir nicht sicher, ob Dragica diese Schule gebaut hat oder ob es nicht doch etwas anderes gewesen ist.

Gehen wir zum Schloss, sagte Mira. Alles geriet ihr durcheinander, als hätte sie eine namenlose Mappe aufgeschlagen, aus der lose Blätter auf den Boden glitten.

In Jaundorf wurde es am späten Nachmittag so warm, dass Mira einen gepolsterten Gartensessel vor die Haustür stellte und sich darauf niederließ. Sie wählte Martins Nummer und erzählte ihm, wie leid es ihr tue, dass sie sich nicht für Dragica interessiert hatte. Jetzt sind die meisten, die ich fragen könnte, unter der Erde.

Martin war zerstreut. Er schien zuzuhören, sagte jedoch beiläufig, dass er einen Schuhschrank für das Vorzimmer anfertigen werde, er habe schon die Einlagebretter und die Türen in einer Tischlerwerkstatt bestellt. Er müsse etwas Handwerkliches tun.

Warum beschließt du, etwas zu ändern, wenn ich nicht da bin?, fragte Mira.

Ich dachte, du hättest nichts dagegen.

Was soll ich sagen. Du machst einfach, was du willst.

Hast du das Protokoll der Lehrerkonferenz gelesen? Mira schwieg.

Hast du es gelesen oder nicht?

Ich habe es gelesen. Ich kann jetzt nichts dazu sagen.

Du willst nicht, sagte Martin.

Lass uns morgen telefonieren, bat Mira.

Martin gab vor, etwas auf dem Herd stehen zu haben, und verabschiedete sich.

Mira fluchte. Die Art, wie Martin sie spüren ließ, dass er Vorrechte auf die Wohnung hatte, machte sie wütend. Er behandelt mich noch immer wie eine Zugezogene. In ihrem Magen schwappte eine brennende Flüssigkeit.

Stanko bog mit seinem Auto in den Hof und winkte Mira hinter der Frontscheibe zu. Bevor er ausstieg, drückte er am Display des Armaturenbretts herum.

Wie geht's?

Wir haben einen Ausflug gemacht. Mutter hat sich vermutlich hingelegt.

Stanko betrachtete seine rechte Schuhspitze, mit der er über den Kies fuhr. Er presste eine schwarze, elegante Laptoptasche an sich.

Gehen wir hinein?

Mira öffnete die Tür und ging voraus. Sie hoffte insgeheim, dass sich Mutter im Schlafzimmer hingelegt hatte, und war erleichtert, dass das Küchensofa verwaist war.

Stanko fuhr am Küchentisch seinen Rechner hoch, tippte angespannt in die Tastatur und scrollte durch ein Dokument.

Ich schicke dir den Ordner mit den Unterlagen und ein paar Rechnungen, die ich eingescannt habe, damit du siehst, welche Ausgaben ich gehabt habe.

Ich wusste nicht, dass du für Mutter zahlst.

Zwei Arztrechnungen, ein Handy und die Anmeldungsgebühr, ein Rollator, ein Duschschemel und ein paar Kleinigkeiten für das Bad. Meine Kontonummer habe ich unten angeführt, wir teilen uns selbstverständlich die Kosten. Nadine hat sich nett um Mutter bemüht, aber Mutter hält es in unserer Wohnung nicht aus, bemerkte Stanko. Die Kinder sind ihr zu laut. Seine Stimme klang geschäftlich.

Sie spricht ungern Deutsch, seit sie gebrechlicher geworden ist, sagte Mira, um nicht etwas anderes sagen zu müssen, das ihr auf der Zunge lag. Am liebsten hätte sie Stanko gefragt, ob er mit seinem Einkommen die Kosten für einen Rollator und ein Handy nicht übernehmen könnte, aber es ging ihm ums Prinzip, wie immer, dachte Mira.

Sie stellte zwei Tassen auf den Tisch und murmelte, dass er ihr die Rechnungen gleich schicken solle. Du bekommst also die Hälfte?

Ist dir das zu viel?

Mira meinte in Stankos Stimme ein spöttisches, unterdrücktes Lachen herauszuhören, das sie verstörte.

Mutter hat heute einen guten Tag gehabt, versuchte sie abzulenken. Als ich kam, war sie sehr geschwächt, aber sie hat sich erholt.

Stanko verschränkte die Arme. Und Martin? Immer noch tätig, der Herr Professor?

Er lässt dich grüßen, log Mira.

Stankos Gesicht wirkte für Sekunden überrascht, dann wieder beherrscht.

Mira konnte sich nicht erklären, warum sich ihr Bruder so verändert hatte, ihr kleiner Bruder, den sie, als er noch ein Baby war, gewickelt und herumgetragen hatte. Sie hatte ihn geliebt, wirklich geliebt, oder wollte sie mit ihren Bemühungen um das Baby Annis Aufmerksamkeit auf sich ziehen, sie wusste es nicht mehr. Sie mochte das

Atmen von Gesicht zu Gesicht, wenn sie Stanko im Arm gehalten hatte, seinen Rotz, sein Strahlen, sie mochte es, Anni währenddessen im Garten zu wissen, über ihre Karotten gebeugt, zufrieden mit der Welt. Hatte Stanko vergessen, wie sie ihm den Speichel, der ihm aus dem Mund tropfte, weggewischt hatte, wie er sie mit seinen Nägeln, die scharf wie ein Messer waren, in die Wangen gezwickt und dabei gejauchzt hatte? Hatte er das alles vergessen?

Womöglich steht am Beginn aller Missverständnisse oder am Ende des geschwisterlichen Fiaskos eine Bedürftigkeit, die unbeantwortet geblieben ist, dachte Mira. Womöglich hätte ein Satz genügt, ein gütiges Wort, von irgendjemandem zum richtigen Zeitpunkt ausgesprochen. So aber war von der einstigen Geschwisterliebe nur eine Art Argwohn übrig geblieben. Kein wirkliches Erbe, sondern viel eher eine Anomalie, glaubte Mira.

Wenn Franz im Herbst mit dem Abriss beginnen möchte, muss das Haus ausgeräumt sein, flüsterte sie.

Stanko blickte Mira nach langem wieder ins Gesicht. Ich hätte gern die Singer-Nähmaschine von Großmutter behalten und vielleicht ein paar Fotos. Da liegt so viel herum, was man zweifellos verbrennen müsste.

Tut dir nicht alles leid?

Vorbei ist vorbei, sagte Stanko. Er habe ein paar schöne Erinnerungen, aber ohne Onkel Paul und Tante Frieda sei im Grunde alles nichts wert. Er verstehe, dass Franz nicht mit Mutter im Haus leben will.

Aus dem Flur kam ein Rascheln. Anni stand in der halboffenen Küchentür.

Werft mich doch einfach auf den Kompost, sagte sie.

Mira überlegte noch, ob sie etwas Missverständliches gesagt hatte, aber Stanko fragte im aufgeräumten Ton, hast du gut geschlafen, Mama?

Gut geschlafen und schlecht geträumt.

Du wirst es im Heim bequem haben.

Mich wird es binnen kurzem dahinraffen.

Wer sagt denn, dass du gleich sterben musst.

Anni ließ sich auf dem Diwan nieder. Sie fächelte sich Luft zu.

Mira hätte sich am liebsten weggeduckt. Nie werde ich das Gefühl los, zu wenig für Mutter getan zu haben. Dabei geht es auch um mein Leben, dachte sie. Alles löst sich auf, die Nähte im Gewebe sind beschädigt.

An Schlaf war diese Nacht nicht zu denken. Die Decke, unter die sie schlüpfte, war kühl und schwer. Mira schlug ein Buch auf und versuchte zu lesen, aber als sie sich dabei ertappte, den immer gleichen Absatz zu wiederholen, ließ sie das Buch sinken und schloss die Augen. In ihren Schläfen begann es zu pochen. Die Ereignisse des Tages drängten gegen die Schädelknochen, als suchten sie nach einem Schlupfloch. Miras Muskeln verhärteten sich, sie glaubte zusehen zu können, wie sie Faser für Faser verholzten. Zunächst probierte sie, ihren Brustkorb zu dehnen, aber er fühlte sich an wie aus Blei. Mira wusste nicht, ob die Schwere von außen oder von innen kam. Ein mächtiges Gerüst senkte sich auf sie herab, sank geräuschlos und mühelos in ihren Brustkorb ein, der sich in die Tiefe weitete. Geht das endlos so weiter, dachte sie, warum zeigt sich die Bodenlosigkeit gerade dann, wenn man sie am wenigsten braucht. Alles schob sich übereinander, nichts konnte getrennt und geschieden werden, ein einziger zäher Fluss, der sich behäbig wand. Das ist die Schlange, die in mir brütet, dachte Mira, dieses Tier ist ewig, es pflanzt sich nach einem ehernen, mir nicht einsichtigen Gesetz fort. Ein kaltes Feuer loderte auf, bildete einen immer höher werdenden Wirbel, der sich zuerst unentschlossen, schließlich bestimmt und fordernd den Weg bahnte und alles, was ihn aufzuhalten versuchte, beseitigte. Nie wusste Mira, was aus Versehen in diesen unseligen Strudel geriet, Geschichten, Lebende und Tote, Mensch und Tier, Gegenstände und Ideen, alles zu einer undefinierbaren Masse zusammengeschmolzen. Erinnerungsteile, die herumflogen und irgendwo zum Liegen kamen, dann und wann Gerüche und Splitter. Absonderlich nur, dass sich mitten im Chaos ganze Tagesabläufe und Stimmungen zusammenfügten, als seien sie nie vergessen worden. Jäh und wie zufällig bildeten sie sich in der Tiefe, stiegen empor wie grelle Gemälde, noch einprägsamer und überzeugender als die Wirklichkeit.

Abermals stand Mira auf dem Küstenweg in der Bucht vor Umag. Sie sah Tante Dragica und Franjo, wie sie am ausklappbaren Blechtisch Karten spielten, in den Vertiefungen des Aschenbechers auf dem Tischchen zwei glimmende Zigaretten, an denen wechselnd gezogen wurde, je nachdem, wer von den beiden gerade ausgespielt hatte. Zwischen Dragica und Franjo herrschte eine Vertrautheit, die jeden, der mit ihnen zu tun hatte, zum Fremden machte. Geh aber nicht weit weg, rief Dragica, bleib in der Nähe. Das hellgrüne Baumwollkleid, das sie Mira gekauft hatte, leuchtete in der Sonne. Dragica war der Meinung, dass Mira ein leichtes Kleid und Flipflops tragen sollte, die Anni ihr nie gekauft hätte. Was werden die Dörfler sagen, wenn du mit Touristenschlappen herumläufst, das schickt sich nicht, nicht einmal für ein Kind, hätte Anni gesagt.

Mira hatte sich an die äußerste Spitze der pinienbewachsenen Bucht vorgewagt. Der nachmittägliche Wellengang hatte sich beruhigt, das Meer stieß zahm gegen die hellen wassernahen Kieselsteine und leckte sie dunkel. Sie konnte mit den Augen den ganzen Raum bis zum Horizont erfassen, all das Sirren, Plätschern und Zirpen um sie herum. Sie spürte, dass sie lernen musste, anders zu atmen, sie musste lernen, die Brust zu öffnen und den Atem in sich einströmen zu lassen. Sie füllte die Lungenflügel mit Luft, dass sie sich weiteten, es fühlte sich an, als würde sie fliegen. Genauso gut hätte sie ins Wasser tauchen können, mit dieser vollen Ladung Sauerstoff in ihren Lungen würde sie endlos unter der Wasseroberfläche gleiten, bis sie wieder ins Trockene vorstieße. Einatmen und Ausatmen, was Mira gerade unmöglich war.

Jahrzehnte später hatte Mira an genau dieser Stelle der Bucht mit Martin eine grobe Auseinandersetzung. Das kam ihr jetzt in den Sinn, das trieb obenauf in ihrem Gedächtnis. Sie waren die Uferpromenade entlanggeschlendert, und Mira hatte gerade begonnen, Martin ihr intimes Erlebnis mit dem Meer zu schildern. Sie wollte ihn auf andere Gedanken bringen, denn er war verstimmt von der vorausgegangenen Diskussion, in der es darum gegangen war, wie sie den Urlaubstag verbringen wollten. Mira wollte an den Strand, Martin aber schlug einen Ausflug ins Hinterland und den Besuch eines Museums vor. Du und deine Museen, hatte Mira geschimpft, sodass er gekränkt war und keine Anstalten machte, sich zu entspannen. Sie erzählte von Dragica und Franjo, wie sie sich gewundert hatte, dass für Tante Dragica der Sommer am Meer zum Alltag gehörte, während sie selbst das sensationsgeladene Zusammenspiel von Sonne, Meer und Strand nur als außerordentliches Geschenk empfinden konnte. Wenn er ihr so zuhöre, sagte Martin, könne er nicht verstehen, warum sie sich von den Verwandten distanziere, wo sie doch ihr Leben bereicherten.

In diesem Moment hatte Mira das erste Mal daran gedacht, Martin zu verlassen. Sie glaubte, es mit ihm nicht mehr aushalten zu können, aus heiterem Himmel. Sie schrie Martin an, dass sich die Passanten zu ihnen umdrehten und ihnen auswichen, einen Bogen um das Paar machten, das sich verlegen auf einem Uferfelsen niedergelassen hatte, um den Streit nicht noch mehr eskalieren zu lassen.

Ich muss von Martin weg, hatte Mira damals gedacht, ich halte es nicht mehr aus, ich muss ihn verlassen, auf der Stelle.

Ihr Puls begann zu schlittern, als fiele er eine Treppe hinunter. Hier ist keine Treppe, dachte Mira. Die Atemluft wurde aus dem Zimmer abgesaugt, die Wände zogen sich zusammen. Sie richtete sich auf. Das muss aufhören, dachte sie, das kann so nicht weitergehen. Sie rief leise, sehr leise um Hilfe und stellte sich vor, wie eine Hand nach ihr fasst und sie sicher aus der Sackgasse führt. Eine männliche Hand, nur, es gelang ihr nicht, sie festzuhalten.

Jurij kam ihr in den Sinn, wie er warm und schwer auf ihr gelegen war, aber die Worte, die er ihr zugeflüstert hatte, waren in diesem Moment wirkungslos, sie reichten nicht aus, um Mira zu beruhigen. Sie presste sich in Gedanken noch fester an ihn, fuhr mit der Zunge verzweifelt zwischen seine Zähne, aber nichts half, worauf sie die Lade des Nachtkästchens öffnete, nach dem Tablettenetui tastete und ein Beruhigungsmittel nahm.

Bange kroch Mira aus dem Bett und hielt sich am Kopfteil fest. Eine neue Woge ergriff die Wände, die Zimmerdecke schwang ausladend hin und her, das muss aufhören, dachte Mira, das halte ich nicht aus. Sie machte ein paar Schritte, und als die Füße sie trugen, tastete sie sich an der Wand entlang aus dem Zimmer, in der Hoffnung, dass Anni noch wach sei.

In der Küche war es dunkel, der Fernseher ausgeschaltet. Mira klopfte zaghaft an Annis Schlafzimmertür, bist du noch wach, fragte sie, und trat an Annis Bett.

Mama, ich habe Angst!

Was ist? Anni hob verwirrt den Kopf.

Ich habe eine Panikattacke, flüsterte Mira.

Was hast du?

Panik, Mama, furchtbare Angst.

Es ist mitten in der Nacht.

Mira überlegte, ob sie schildern sollte, wie die Zimmerdecke kreiste, wie sich überall Wirbel und Böen bildeten, aber sie wollte Mutter nicht beunruhigen. Wie sollte sie ihr begreiflich machen, was ihr selbst rätselhaft war. Sie sank unschlüssig auf den Bettrand nieder und spürte, wie Anni ihr zögerlich mit den Fingerspitzen über den Rücken fuhr, ein Streicheln, so schläfrig, unbeholfen und fragend, dass Mira am liebsten geweint hätte.

Ich lege mich wieder hin, sagte sie.

Ist gut, flüsterte Anni.

Im Flur ebbte der Schwindel ab. Mira schloss das Haustor auf, die Luft, die hereinströmte, war weich und kühl. Beim Nachbarn brannte noch Licht. Aus einem geöffneten Fenster drangen Schlachtgeräusche, eine Komposition aus Maschinenlärm, Krachen, Keuchen und ersterbenden Schreien. Im Inneren des Zimmers flimmerte und zuckte das Bildschirmlicht. Miras Schatten zeichnete sich in der mattgelben Lichtschneise ab, die aus der offenen Haustür in den Hof fiel, dann, unversehens, hasteten zwei Igel Richtung Stall, schnaufend, im Liebeskampf. Die Wirkung der Tablette setzte ein. Miras Glieder wurden schwer und fühllos.

Sie schlief bleiern und erschöpft bis zum frühen Vormittag. Im Wachwerden hielt sie die Augen geschlossen, denn sie war noch eingehüllt in einen Traum, aus dem heraus sie ein Kettenklirren vernahm, als ob sich in Nachbars Stall die Tiere bewegten. Ein mit rotem Lippenstift bemalter männlicher Mund näherte sich ihrem Gesicht. Der Mann trug einen schwarzen seidenen Anzug und hatte schulterlanges dunkles Haar. Sie wollte ihn küssen, aber das Tageslicht kam ihr zuvor und vertrieb die nächtliche Gestalt.

Vor dem Fenster waren Schritte zu hören, die sich entfernten, Wortfetzen, ein kaum vernehmliches Zischeln. Aus ihrer Brust war eine fremde Stimme gekommen, eine ausgebrochene Stimme, die nicht mehr wusste, wie man sich mitteilt, orientierungslos. Jurij, pochte es in Miras Kopf. Tief in ihr stand eine Tür offen, etwas hatte sich davongemacht und wollte nie wieder zurück. Ich bin zu spät gekommen, dachte Mira, zu spät, um bei Jurij zu bleiben.

Anni hatte wieder im Herd eingeheizt und saß auf dem Diwan.

Du hast aber lange geschlafen!

Mira schaltete den Wasserkocher ein. Ich glaube, wir sollten den Besuch im Altenheim verschieben. Ich bin etwas zittrig heute.

Wirst aufpassen müssen, dass es dich nicht so erwischt wie damals. Ich habe mir Sorgen um dich gemacht, sagte Anni.

Du hast dir Sorgen um mich gemacht?

Ja, was glaubst du denn!

Mira bestrich ein Stück Reindling dick mit Butter und tröpfelte einen Löffel Honig darüber. Der mit Rosinen gefüllte Germkuchen half ihr, die Mattigkeit zu überwinden. Als der dickflüssige Honig an ihren Fingern herabtropfte und sie ihn mit der Zunge ableckte, spürte sie eine zaghafte Zuversicht. Es wird schon gehen, dachte sie, es geschieht ja nicht das erste Mal.

Nach dem Frühstück schlüpfte sie in eine Windjacke und ging mit langsamen Schritten durch das Dorf. Obwohl sie auf der Straße niemandem begegnete, fühlte sie sich beobachtet und bei einer unnützen Tätigkeit ertappt, denn ein zweckloses Gehen im Dorf war an Arbeitstagen nicht vorgesehen. Sie hatte auf einmal die Befürchtung, dass sich jemand hinter den Thujenhecken oder hinter den Fenstern verbergen könnte. Zu verdächtig still war der Ort, wenn gerade kein Auto beschleunigte oder kein Traktor die Erdbatzen aus seinem tiefen Reifenprofil auf dem Asphalt verstreute.

Als sie hierhergezogen waren, erinnerte sich Mira, hatte sich das Dorf noch als Spielplatz dargeboten. Die

Kinder hielten sich nie an Begrenzungen oder an Einzäunungen, sondern kreuzten das Dorf in alle Richtungen. Man hörte sie toben und schreien, wobei Mira glaubte, vor allem Stanko und Franz zu hören, wie sie auf ihren Fahrrädern jauchzten und später mit den auffrisierten Motorrädern durch das Dorf rasten. Man ließ die Buben gewähren, wenn sie sich auf den Feldwegen austoben wollten, während Mira den Gehöften eher ausgewichen war. Ein Mädchen soll sich nicht allein im Dorf herumtreiben und nicht lärmen, hieß es. In der Früh mischte sich Mira unter die Wartenden an der Bushaltestelle, sie grüßte und schwieg, weil es ihr schwerfiel, mit den wenigen Erwachsenen zu reden, und die jüngeren Schüler interessierten sie nicht. Sie blickte auf die Felder ringsum, bei Nebel, Sonne, Regen und Schnee, sie beobachtete, wie sich die Farben der Wiesen und Äcker den Jahreszeiten gemäß veränderten, wie einmal die Tage andauerten und später die Dunkelheit nicht mehr aufhören wollte. Man ging und kam in der Nacht, bis es wieder heller wurde, sodass man glauben konnte, der Morgen dauere ewig. Genaugenommen kannte Mira einen Teil der Dörfler nur aus dem Postbus, mit dem sie zur Arbeit fuhren. Sie hatte die Frauen und Männer in allen Phasen der Erschöpfung, des Schweigens und der Redseligkeit gesehen. Die Männer nickten in der Früh gewöhnlich ein, ihre Schädel an die Busscheiben gelehnt. Die Frauen dagegen rutschten tiefer in die Sitze, sodass sie ihre Köpfe an die Sitzlehnen legen konnten, oder sie schwiegen aufrecht sitzend bis zum Ausstieg. Ihre Blicke waren leer und apathisch. Spätnachmittags waren die Fahrgäste redseliger. Sie grüßten einander und unterhielten sich mit den Sitznachbarn. In der Früh roch es in den Bussen nach Schlaf und nach billigem Parfum, nach Schülerjause oder nach Schulklasse, oft auch nach Seife und Weichspüler. Abends zuweilen nach Frittierfett, nach Zigarettenrauch, nach Schweiß und nach Gemischtwarenhandlung, da die Frauen in der Stadt eingekauft und ihre Taschen und Körbe auf den Nebensitzen oder in der Gepäckablage verstaut hatten. Obwohl Mira jeden Tag in das Dorf zurückkehrte, war ihr, als sei sie ein vorübergehender Gast, der in regelmäßigen Zeitabständen das Basislager aufsucht, um es gleich wieder zu verlassen. Daran hatte sich seit ihrer Schulzeit nichts geändert.

Mira gelangte an das Ende der asphaltierten Straße, die in einen Schotterweg mündete. Am Fuße eines bewaldeten Hangs bog sie auf den Rosalienweg ab. Das Dorf lag hinter ihr, die Landschaft präsentierte eine karge Oberfläche. Sie blickte über die Felder mit ihren weitläufigen Buckeln und Geländewellen. Ein Wäldchen hatte sich korrekt neben einem gerade umgepflügten Acker aufgestellt, in Reih und Glied standen die Fichten wie Maisstauden im Herbst vor der Ernte. Alle ehemaligen Geister und Tiere waren aus dieser Landschaft verschwunden, hatten sich in ihre Schlupfwinkel zurückgezogen. Unter keinen Umständen, dachte Mira, wollte sie noch einmal in eine derart tiefe Krise geraten wie damals als Studentin, als sie leibhaftige Gespenster in der Landschaft zu erblicken glaubte und sich die Bäume bei völliger Windstille bewegten. Sie hatte damals buchstäblich das Gras flüstern gehört, und sobald sie im Freien unterwegs war, hatte sie das Gefühl, von Dohlen attackiert zu werden.

Hinter einer Kehre machte sie ein paar Dehnübungen, kreiste mit den Armen und hüpfte auf der Stelle, um die Gelenke zu lockern. Mutter hatte also damals befürchtet, sie wieder auf dem Buckel zu haben. War sie deswegen so streng und unnahbar gewesen, als sie sie im Krankenhaus besucht hatte? Dabei hatte ich Angst, sie zu verlieren, fiel Mira ein. Anni war wie versteinert, geradezu abweisend an Miras Spitalsbett gesessen, auf dem Schoß hatte sie eine verschlissene violette Kunstledertasche gehalten. Mira war der Farbtupfen sofort aufgefallen, als sie die Augen öffnete. Sie war von den Medikamenten, die ihr verabreicht worden waren, so betäubt, dass sie Anni kaum erkannte. Sie tastete nach Annis Hand, aber Anni hatte die Handtasche so fest umklammert, dass ihre Fingerknochen hervortraten. Ihre Augen waren entsetzt auf Miras bandagierte Unterarme gerichtet.

Was hast du mit deinen Armen gemacht?, fragte sie, aber Mira konnte ihr nicht erzählen, dass sie sich mit einer Zigarette Verbrennungen zugefügt hatte. Anni würde das nicht verstehen, sie würde glauben, dass ihre Tochter verrückt geworden sei. Verrückt oder schwer krank, oder etwas dazwischen. Mira konnte sich selbst kaum eingestehen, dass sie ein paar Tage zuvor auf dem Rasen gekniet und mit bloßen Händen versucht hatte, den Boden aufzugraben, mit bloßen Händen. Es war dunkel, regnerisch, dreckig und nass. Die aufgerissene Erde stank nach Hundepisse. Sie grub und grub, um gegenüber dem Eingang des Hauses, in dem Fabian mit seiner Familie wohnte, den Fötus in die Erde zu legen. Eigentlich wollte sie eine Rose pflanzen, das würde doch gut aussehen, eine Rosenstaude im Park, wer könnte etwas dagegen haben. Die

Frau, die ihr den Folder mit den vergrößerten Embryonen in die Hand gedrückt hatte, war feindselig gewesen. Mit ihren Blicken hatte sie sie schuldig gesprochen. Was maßen sich die Menschen an, hatte Mira gedacht, warum behandeln sie mich wie eine Verbrecherin. Danach raste der Notarztwagen mit Blaulicht daher. Irgendjemand musste auch die Polizei gerufen haben, eine ganze Armada mit Blaulichtringelspielen umstand unversehens den Platz. Was soll das, hatte Mira gedacht, ich habe nichts angestellt, ich will in Ruhe gelassen werden, ich will nur, dass Fabian erkennt, dass er mich nicht auszahlen kann wie eine Magd.

Sie müsse da durch, hatte er gesagt, er wolle ihr doch helfen, sie solle aufstehen und nach Hause gehen, bevor die Leute aufmerksam würden. Er werde bei ihr bleiben, sie solle sich beruhigen, sie könne ja von den Tabletten nehmen, die er ihr gegeben habe. Du darfst nicht aufgeben, hatte er sie angefleht, du musst stark bleiben, es wird schon, hatte er ein paar Mal wiederholt, wie er einen Monat zuvor auf sie eingeredet hatte, bevor sie in die Frauenambulanz gefahren war.

Die Wände des Krankenpavillons auf der Baumgartner Höhe waren semmelfarben getüncht und ungewöhnlich hoch. Die Schwarzkieferbäume vor den Fenstern warfen lange Schatten ins Zimmer, oder waren es womöglich Rotbuchen gewesen, überlegte Mira. Mit ihr im Zimmer lagen zwei alte Frauen. Wenn sie nicht apathisch dahindämmerten, irrten sie manchmal in ihren zerknitterten Nachthemden, auf deren Rückseite ein langer Schlitz klaffte, durch die Gänge. Die Tage und Nächte klebten aneinander, die Stimmen der behandelnden Ärzte, die

Hände der Pflegerinnen durchbrachen die Eintönigkeit der Benommenheit. Die Stunden wollten nicht vergehen, sie versanken und ergaben einen Bodensatz, der an nasse Erde erinnerte. Darüber leuchtete das Neonlicht, manchmal kalt und abweisend, dann wieder vielversprechend, geradezu grell. Erinnerungsschnipsel kreisten um das Loch, das Mira gegraben hatte. Irgendwann wollte sie nichts mehr sehen, nichts wissen und ließ sich in den Krankenwagen helfen.

Lange ist Mutter an meinem Bett gesessen, erinnerte sich Mira. Ich wusste nicht, was ich sagen sollte, und habe sie schließlich gefragt, ob sie mit dem Zug nach Wien gekommen sei.

Stanko hat mich zum Bahnhof gebracht, ja.

Anni beugte sich zur Einkaufstasche, die sie auf den Boden gestellt hatte, und packte einen Reindling aus. Sie schob den Kuchen auf das Nachtkästchen, dann schimpfte sie über den Taxifahrer, der eine Ewigkeit gebraucht habe, um die Baumgartner Höhe zu finden. Er hat immer Steinhof, Steinhof gesagt, dabei habe ich betont, dass ich auf die Baumgartner Höhe will. Das ist auch für dich.

Anni öffnete die violette Handtasche und legte einen Rosenkranz auf das Nachtkästchen. Ich habe den Rosenkranz segnen lassen, damit er dich beschützt. Der Arzt hat gemeint, dass man dich in einem Park aufgelesen hat. Was hast du da gemacht?

Was soll ich gemacht haben?

Na, das mit den Unterarmen.

Die habe ich mir zu Hause verletzt.

Ježešmaria! Ich habe schon befürchtet, dass etwas kommen wird. In letzter Zeit träume ich nur von Schweinen und Schlangen. Sobald ich von Schweinen träume, geschieht immer Furchtbares. Mädchen, mach mir bitte keine Schande! Bist du schwanger?, fragte Anni.

Nein, kam es aus Miras Mund, ein Wort, so hart und spitz wie ein Stein. Nein, auf gar keinen Fall.

Mach keine Dummheiten, Mira, oder willst du dir das Studium verpfuschen?

Ich schaff das schon, Mama.

Nichts rührte sich auf den Wiesen und den fettglänzenden Äckern. Mira hoffte inständig, ein Tier zu erblicken, ein verirrtes, bebendes Reh, das sich zu weit aus dem Unterholz gewagt hatte, einen dahinhuschenden Fuchs, eine Hirschkuh mit zitternden Flanken oder eine Schleiereule, auf dem Fluchtflug in das Halbdunkel einer aufgelassenen Tenne. Etwas, das sie sanft anstoßen und berühren könnte. Danach sehnte sie sich jetzt, nach einer Fühlung, die etwas in ihr in Schwingung versetzen würde.

Am südlichen Straßenrand begannen die Holunderbüsche, die Haselsträucher und Weiden, die den Wegverlauf säumten, auszutreiben. Die nackten Äste waren noch porös, geradezu fragil, wie offengelegte Nervenbahnen. Der Himmel erschien hellblau, und die Wolkenwülste, die auf halber Höhe den Horizont entlangzogen, trugen die Feuchtigkeit der nächtlichen Regenfälle in sich.

Aus der Richtung des Nachbardorfs kam Mira ein Traktor entgegen. Er kam rasch näher und zermalmte den Kies unter den dröhnenden Rädern. Es war Starman, der Mira erkannte und mitten auf dem Weg anhielt. Soll ich dich mitnehmen?, fragte er aus der Fahrerkabine.

Nein, nein, ich muss mir die Beine vertreten. Die Luft ist so klar und rein heute Morgen.

Genieße es, sagte Starman, denn gleich werde ich anfangen, die Gülle auf die Felder zu bringen, dann wird es nicht mehr gut riechen. Er lachte und grüßte, indem er sich die Hand an die Stirn hielt wie ein Soldat, der salutiert.

Mira glaubte weit genug gegangen zu sein, obwohl sie nicht bis zum Rosalienkreuz gekommen war. Ich muss aufpassen, dass ich die Gespenster nicht zu nahe an mich heranlasse. Diese Tabletten werfen einen aus der Bahn.

Auf das Gespräch mit Kaunitz bereitete sie sich mit ein paar Notizen vor. Ihr Chef entschuldigte sich, dass er sie im Urlaub anrufe, und fragte, ob er ihr den Stellenausschreibungstext zuschicken dürfe, der noch diese Woche rausmüsse. Es eilt, unser Serviceangebot muss dringend erhöht werden, ob sie das verstehe. Er habe den Text auch ihrer Kollegin zukommen lassen.

Sie verstehe sehr gut, es sei ja auch ihre Initiative gewesen, trotzdem mache sie sich Sorgen. Heißt das, Sie sind mit meiner Arbeit nicht zufrieden?, platzte es aus Mira heraus.

Aber nein, wie kommen Sie darauf? Kaunitz klang verwundert. Man reagiere doch nur auf die Auswertung der Nutzerinnenbefragung, darüber hätten sie doch oft gesprochen.

Mira entschuldigte sich für die Irritation, und Kaunitz wünschte ihr eine schöne verbleibende Woche. Wie ist denn das Wetter in Kärnten?, fragte er zum Abschluss, zum Baden zu früh, oder? Sie erzählte, dass sie sich um ihre Mutter kümmere, es stünden mehrere Entscheidungen an, es sei nicht einfach.

Es wird schon gutgehen, sagte Kaunitz, bleiben Sie zuversichtlich.

Kaum hatte sie das Gespräch beendet, blinkte das lautlos gestellte Handy. Jurij rief an.

Ich sitze allein im Büro. Treffen wir uns am Samstag, kannst du?

Schon, aber ich möchte Mutter in der Nacht nicht allein lassen, es ist gerade ungünstig.

Sie verabredeten sich auf dem Lkw-Parkplatz am alten Zollgebäude, sozusagen auf halber Strecke. Wie problemlos es manchmal gehen kann, staunte Mira.

Anni schaffte es frühmorgens nicht aus dem Bett. Sie klagte über starken Schwindel, Mira solle doch allein ins Altenheim fahren, sie selbst wisse sowieso, was sie erwarte, und habe keine Lust, die Räume zu besichtigen, nein, wirklich nicht, jammerte sie.

Mira verstand, dass es sinnlos war, auf Anni einzureden. Sie brach allein auf, um sich ein Bild von der Einrichtung zu machen. Sie hatte sich telefonisch für ein Erstgespräch angemeldet, aber jetzt musste sie sich eingestehen, dass es auch ihr an diesem Morgen zu schnell ging. Die Vorstellung, ihre Mutter irgendwo abzugeben, erschien ihr plötzlich völlig abwegig.

Das städtische Altenheim war ursprünglich als Außenstelle des Landeskrankenhauses am Stadtrand erbaut worden, aber war über die Jahre von der Peripherie ins Zentrum gerückt. Man hätte es für ein unauffälliges Schulgebäude halten können, wäre nicht an der Frontseite der Name der Institution in großen Buchstaben angebracht gewesen.

Mira betätigte die Klingel, das Eingangstor aus Aluminium öffnete sich selbsttätig. Frau Regina, die leitende Pflegeschwester, wartete auf sie und erkundigte sich nach Anni, man kenne einander aus dem Bildungshaus, ob es ihr wohl gutgehe. Ein kleiner Schwächeanfall, sie wollte im Bett bleiben, erzählte Mira, aber vergangene Woche sei sie noch ganz munter und unternehmungslustig gewesen.

Dass alle Heime nach ranzigem Butterschmalz und nach Suppengewürz riechen müssen, dachte Mira, während sie über den dunkelorangen Linoleumboden im Entree schritt, der sie an den Fußboden ihrer Bibliothek erinnerte. Befangen folgte sie Schwester Regina. Sie durchquerten die Eingangshalle. Die zahlreichen, an den Wänden aufgereihten Sessel ließen darauf schließen, dass dieser Bereich auch für Veranstaltungen genutzt wurde. An einem Tisch spielten zwei greise Männer und zwei Frauen Mensch ärgere dich nicht, das Spielfeld war stark vergrößert, offensichtlich für sehschwache Menschen gedacht. Die passioniert Spielenden machten freundliche Gesichter.

Der dahinterliegende Speisesaal schloss direkt an die Eingangshalle an, die Räume waren durch eine faltbare Schiebetür miteinander verbunden. In den Gängen, die rechter und linker Hand zu den Zimmern führten, standen Servierwagen mit Thermoskannen, Teeschalen und Wasserbehälter.

Wir achten darauf, dass die Senioren genug zu trinken bekommen, alte Menschen verspüren wenig Durst, erklärte Schwester Regina und schob ein paar Teeschalen auf dem Servierwagen zurecht. Sie öffnete die erste Tür und fragte die Bewohnerinnen, ob sie etwas dagegen hätten, wenn jemand das Zimmer besichtige, Mira sei die Tochter der Radar Anni, die vielleicht demnächst in das Haus einziehen werde.

Die jüngere der beiden Frauen blickte irritiert. Sie stand mitten im Zimmer und hatte die langen weißen Haare zu einem Zopf geflochten, der ihr seitlich über die Schulter hing. Auf ihr Shirt waren weiße und pinkfarbene Blüten gedruckt. Sie zuckte mit den Schultern, von mir aus, sagte sie. Die andere, behäbigere Frau in hellblauer Strickjacke und Stützstrümpfen nickte, Anni, ja, sie kenne sie aus der Rosenkranzgruppe.

Schön, sagte Mira und blickte hilfesuchend zu Schwester Regina.

Wir haben auch Einbettzimmer, wo man eventuell ein Möbelstück von zu Hause mitbringen kann, aber diese Zimmer sind teurer, fuhr Schwester Regina fort, trat auf den Flur hinaus und öffnete die Tür zu einem Raum, in dem ein einzelnes, unbenutztes Pflegebett stand. Der Rest des Zimmers war leer. Hier zieht nächste Woche eine Frau ein, man bemühe sich, für ihre persönlichen Möbel und Gegenstände etwas Platz zu schaffen, damit sich die Patientin schnell heimisch fühle.

Mira folgte der Heimleiterin durch den Gang, obwohl sich alles in ihr dagegen sträubte, weitere Räume zu besichtigen.

Meine Mutter ist kein Pflegefall, sagte sie laut. Sie muss nur aus dem Haus ausziehen, sonst aber kommt sie mit etwas Unterstützung gut zurecht.

Ich verstehe, meinte Schwester Regina. Sie können sich das ja überlegen. Im Moment seien die Kapazitäten des Hauses ohnehin ausgeschöpft, aber das ändere sich von Monat zu Monat.

Eine Frau, die ein helles Kopftuch mit schwarzem Muster trug, das sie im Nacken verknotet hatte, winkte Mira zu. Mira kannte die Greisin nicht. Sie spricht kaum, sagte Schwester Regina, und hat noch Probleme, sich einzugewöhnen. Ein kindisches Lächeln breitete sich auf dem Gesicht der Alten aus.

Drei Pflegerinnen in weißen Hosen und blauen Shirts eilten in Richtung Eingangshalle an Mira vorbei. Sie unterhielten sich laut und sprachen geradezu aufgekratzt mit den Mensch-ärgere-dich-nicht-Spielern, als ob sie die Alten aus einem tiefen Schlaf holen müssten. Mira entschied, den Besichtigungsgang abzubrechen. Sie gab vor, einen Termin in der Stadt zu haben.

Im Besprechungszimmer drückte ihr Schwester Regina ein Informationsblatt in die Hand, auf dem die Gebühren, die angebotenen Leistungen und die öffentlichen Zuschüsse angeführt waren. Den Patienten blieben nach Abzug aller Kosten zwanzig Prozent ihrer Pension als Taschengeld, über das sie frei verfügen könnten, den Differenzbetrag übernehme die gesetzliche Pflegeversicherung.

Längst stellte sich Mira vor, wie ihre Mutter, der Selbstständigkeit beraubt, in tiefer Lethargie oder in Selbstmitleid versinken würde. Sie verabschiedete sich übereilt und fasste den Entschluss, sofort zum Gemeindeamt zu fahren, um sich nach anderen Unterkunftsmöglichkeiten zu erkundigen.

Die Mitarbeiterinnen in der Abteilung für Soziales und Wohnen rieten ihr, eine kleine Gemeindewohnung in Betracht zu ziehen und außerdem in den Nachbargemeinden nachzufragen, ob etwas frei wäre.

Die neuen Aussichten und Empfehlungen ließen Mira etwas zuversichtlicher auf die Straße treten. Vielleicht könnte uns so eine Wohnung etwas Luft verschaffen, damit wir nicht alle Habseligkeiten entsorgen müssen. Furchtbar, dachte Mira, an so einen Gedanken kann man sich doch nicht gewöhnen.

Sie rief Stanko an, der einsilbig meinte, wenn Mutter damit einverstanden sei, könnte man so eine Lösung in Betracht ziehen, aber ob sich das auszahle, für eine so kurze Zeit?

Mehr haben wir nicht, sagte Mira, das ist alles, was uns bleibt.

Anni saß provisorisch angekleidet im Bett. Sie hatte sich eine Wolldecke über die Beine gebreitet und hielt einen Rosenkranz in der Hand.

Wann wollt ihr mich verfrachten?, höhnte sie.

Könntest du dir vorstellen, in eine Gemeindewohnung zu ziehen, in eine Wohnung mit Lift oder ebenerdig gelegen?, fragte Mira.

Ich soll in eine Stadtwohnung?

Warum nicht, du könntest einen Großteil der Sachen, die dir lieb sind, mitnehmen.

Anni richtete sich auf. Darüber muss ich nachdenken.

Mira ging in die Küche und verstaute die Lebensmittel, die sie gekauft hatte, in der Kredenz und im Kühlschrank. Es fiel ihr auf, dass sich Anni nicht einmal den obligaten

Kräutertee zubereitet hatte, denn die Teekanne stand unberührt in der Kredenz. Sie ging zu Anni ins Schlafzimmer und fragte, ob sie zum Essen aufstehen könne.

An solchen Tagen schaffe sie es mit Mühe nur aufs Klo, gestand Anni. Sie habe schon überlegt, sich einen Nachttopf zu besorgen und ihn unters Bett zu schieben, damit sie nicht auf den Flur hinausmüsse, wenn die Not komme.

Aber Mutter, das hättest du mir sagen sollen.

Und, hätte es was gebracht, nichts! Früher einmal haben die Kinder und Enkel auf die Alten aufgepasst, aber du willst mich nicht in deiner Wohnung haben, und Kinder hast du auch keine.

Du würdest nach Wien kommen wollen?

Für ein paar Monate schon, behauptete Anni.

Mira wusste nicht, was sie in größere Aufregung versetzte, dass Mutter sich vorstellen konnte, in Wien zu leben, wo sie niemanden kannte, oder dass sie ihr wieder einmal die Kinderlosigkeit vorwarf. Am besten, ich überhöre alles, entschied sie.

Sie zog Anni die Hausschuhe an und platzierte den Rollator neben ihrem Bett. Anni stand zitternd und unsicher auf den Beinen.

Weißt du noch, wie Franz seine Mutter gepflegt hat? Er ist jeden Tag gekommen, um nach ihr zu sehen.

Das war bewundernswert, ja, Mama! Mira begleitete Anni aus dem Zimmer.

Oft geht mir durch den Kopf, dass ich zwar wollte, dass du studierst, aber nicht, dass du in Wien bleibst.

Kaum hatte Anni den Rollator über die Türschwelle geschoben, hastete Mira in die Küche und zog ruckartig an der Bratpfanne mit den gefüllten Nudeltaschen. Die zerlassene Butter schwappte aus der Pfanne auf die Herdplatte.

Wenn du zurückgekommen wärst, hättest du dich im Kulturleben nützlich machen und Sonja unterstützen können, du bist doch befreundet mit ihr, hörte sie Mutter sagen.

Was hat das eine mit dem anderen zu tun?

Sonja wird von unseren Leuten geschätzt und geachtet. Dich aber kennt man kaum.

Hättest du es lieber gehabt, dass ich zu Hause geblieben wäre?

Mira behielt nur mit Mühe die Contenance. Sie mischte den Salat und goss zu viel Essig darüber. Verflixt noch einmal, soll ich dir den Salat auf einem eigenen Teller anrichten?, fragte sie.

Ich esse aus der Schüssel, bockte Anni und blickte trotzig wie ein Kind.

Nach dem Essen legte sie sich auf den Diwan und bat um die Kirchenzeitung. Sie blätterte nur oberflächlich darin und ließ die Zeitung bald sinken. Im Einnicken rutschte ihr die Lesebrille auf den Boden. Mira bückte sich danach und schob sie auf den Küchentisch, dann ging sie in ihr Zimmer.

Lange lag sie bewegungslos in der Embryostellung auf dem Bett und fröstelte, bis es ihr zu viel wurde und sie unter die Decke schlüpfte.

Im Traum stand sie an einer Steinmauer und blickte auf eine buschbewachsene Savanne. Sie hob den Blick und sah am Himmel kleine faserige Wolkenknäuel schweben. Etwas stimmt nicht, dachte sie und versuchte sich zu entsinnen. Sie horchte in die Savanne hinein und vernahm aus nächster Nähe ein Wimmern, woher kommt das Wimmern, dachte Mira und beugte sich über die Mauer. Sie erblickte das weinende Kind, von Blättern und Ästen bedeckt. Es strampelte nicht und hatte ein altes Gesicht. Habe ich das Baby vergessen, überlegte Mira. Hoffentlich erfährt niemand von diesem Kind, denn ich kann es nicht auf die Reise mitnehmen. Im Rücken hörte sie Anni rufen, sie werde das Kind allein großziehen. Wir holen es morgen ab, komm, jetzt komm schon, sie warten auf uns.

Tags darauf stieg Mira wieder auf den Dachboden und schaffte ein paar Schuhschachteln und Kartons ins Zimmer. Schreibutensilien, gebrauchte Radiergummis, rostige Heftklammern und farbige Kunststoffspitzer mit fleckigen Klingen lagerten in einer Schachtel neben einem ramponierten Briefbeschwerer aus Muranoglas, Theaterkarten, Muscheln, Modeschmuck, einem Kajalstift und diversen Farb- und Bleistiften.

Der Fund in einem weiteren Karton beunruhigte Mira. In Zeitungspapier eingeschlagen lagen ihre Tagebücher aus der Jugendzeit. Zuoberst eine linierte Kladde mit rotem Einband, das erste Tagebuch, dem sie sich anvertraut hatte. Darunter zwei farbige, mit chinesischen Motiven bedruckte Notizbücher mit Stoffeinband, die Mira in den ersten Studienjahren verwendet hatte.

Sie schlug die rote Kladde auf und begann zu lesen. Worum geht es eigentlich, dachte sie, worüber habe ich geschrieben? Sie blätterte im Heft und strich mit den Fingerspitzen über die eigene Schrift, die ihr erstaunlich korrekt vorkam, bedacht darauf, gut lesbar zu sein. Allerdings wich die zugängliche Form vom Inhalt ab. So viel Nebel lag über den Sätzen, dass Mira beim Lesen kaum erkennen konnte, wo sich die schreibende Person aufgehalten hatte, ob sie überhaupt einen Körper hatte oder nur eine Wolke war, aus der etwas auf die Seiten fiel, Wortgeräusche, Sprachtropfen, Dunst. In welchem Haus, in welchem Zimmer, in welcher Jahreszeit, an welchem Ort habe ich das geschrieben, überlegte Mira.

Die Schreibende formulierte, als wäre sie betrunken, von einer Schwere betäubt, die ihre Gedanken die immer gleichen Kreise ziehen ließ. Die Sätze tasteten blind, instinktiv, wenn auch vergeblich nach der Wirklichkeit. Die Schreibende glitt an den Wörtern ab, die Wörter rutschten ihr unter der Hand weg, sie trieb und taumelte auf sich zu und verfehlte sich doch mit den eigenen Sätzen.

Das sollte ihr Leben gewesen sein, dieses blinde, hungrige Schnappen nach Wörtern, diese langen Satzschleifen, die sich im Nichts verloren? Wäre es nicht besser gewesen, sie hätte alles, was vorgefallen war, Wort für Wort, nacherzählt, anstatt einzig ihre Erregung niederzuschreiben?

Jurij kam nur in wenigen Sätzen vor. Mira hatte seinen Namen nie ausgeschrieben, nur die Initiale verwendet, mehr nicht, kein Wort darüber verloren, wer er war, ob und wann sie sich getroffen hatten. Er blieb genauso verschwommen wie alles andere. Als hätten die eigenen Sätze Mira nur dazu gedient, falsche Spuren zu legen, denen irgendjemand einmal folgen und dabei in die Irre gehen sollte.

Wozu das alles, dachte Mira. Sie fand in dem Gelesenen keinen roten Faden, als hätte sie damals nichts zu sagen gehabt, außer, dass sich eine bedrückende Atmosphäre aus Scham und Schuld auf alles gelegt hatte.

Im chinesischen Heft, das Mira aufschlug, fügten sich die Sätze endlich zu Skizzen des studentischen Alltags. Wien blitzte in Umrissen auf, wiederholt Geldsorgen, die Herausforderung, sich im universitären Dschungel zurechtzufinden. Welcher Dschungel eigentlich, dachte Mira, war nicht alles ein Dschungel gewesen, das Leben ohne Richtung, ohne ein klares Ziel, das alle anderen Studierenden gehabt zu haben schienen, nur ich nicht. Die ersten Einführungsseminare und Prüfungen, das Jazzlokal, überhaupt die Entdeckung des Jazz, die ersten Ausflüge ins Stadtleben, das erste Mal Boden unter den Füßen, die erste, lang andauernde Zuversicht, die Reisepläne, der Traum, Europa mit dem Zug zu bereisen, die Vorstellung, es allein tun zu müssen, da es niemanden gab, der mit ihr fahren wollte, nicht einmal Gabi, ihre Freundin, sie kannten sich nicht lange genug. Sonja war auf Besuch in Wien, sie hat mich besucht, wunderte sich Mira, das hatte sie völlig vergessen. Sonja hatte gerade Mirko kennengelernt, sie blieben von da an zusammen, merkwürdig so was, dachte Mira, zwei, die sich fanden, während sie selbst Angst davor hatte, jemandem zu begegnen, jemandem wirklich nahezukommen. Kaum auszuhalten, im Nachhinein kaum zu ertragen, diese Verzagtheit, dieser Irrwitz. Irgendwann fiel der Name Fabian, er verstehe sie, hatte Mira notiert.

Dann fehlte ein Heft, oder hatte sie die schwierigste Zeit gelöscht? Nichts aus dem Krankenhaus, nichts aus der Psychiatrie, alles gestrichen, verdrängt. Das Heft, das dunkle schwierige Heft, das mich verraten könnte, habe ich vermutlich entsorgt, dachte Mira. Es fiel ihr auf, dass ihre Sätze inzwischen genauer, die Einträge konkreter geworden waren, nachdem sie sich mit Hilfe der Sprache an den Haaren aus dem Sumpf gezogen und in den Gesprächen mit der Therapeutin zu mehr Klarheit und Einsicht gefunden hatte.

Das dritte oder vermeintlich vierte Heft begann mit Leselisten und kurzen Nacherzählungen. Mira las damals über Depressionen, über Emanzipation und über die Geschichte des Feminismus. Die Tagesberichte waren kürzer und verdichteter, weniger assoziativ. Sie schrieb in größeren Zeitabständen, und als Martin in ihrem Leben auftauchte, hörte sie auf, Tagebuch zu führen. Auf der letzten Seite hatte sie noch ein paar Begegnungen mit Martin notiert, ihren Zigarettentausch, die ersten Küsse, danach kam nichts mehr, es fiel nichts mehr ab für das Heft, als ob Mira einen Raum verlassen und dabei vergessen hätte, die Tür zu schließen.

Sie schlug das Tagebuch zu und legte es auf die rote Kladde. Eigentlich war sie enttäuscht, es fehlte ihr etwas, vielleicht hatte sie etwas übersehen, also nahm sie noch einmal jedes Heft vom Stapel und hielt es in die Höhe, damit die aufgefächerten Seiten ihre letzten Geheimnisse preisgaben. Mira schwang die Blätter hin und her, die grau gewordenen, verblichenen Schmetterlingsflügel, damit noch etwas zwischen ihnen herausfiele, aber nichts außer Staub hatte sich zwischen die Seiten gestohlen. Sie nahm die Tagebücher mit in die Küche, in der Hoffnung, dass das Feuer im Herd noch schwelte und Anni ein paar Holzscheite nachgelegt hatte.

Die Küche war leer, der Herd noch warm, in der Feuerstelle war reichlich Glut vorhanden. Mira stapelte etwas Kleinholz darauf. Sie blies auf die glimmenden Holzreste, damit die neuen Stücke Feuer fingen, und legte als Erstes die rote Kladde in die Flammen. Die Feuerzungen schnappten hastig und gierig nach dem Papier. Die Seiten rollten sich ein, der Brand zog grellrote Schneisen über den Umschlag, die Blätter hoben ihre Flügel und lösten sich aus der Bindung, bis die Kladde zerfiel. Das erste chinesische Heft brannte etwas länger, es schmolz nicht dahin wie die Kladde, sondern glomm, als hätte das Feuer etwas Unverdauliches im Magen. Der Einband erwies sich als störrisch und gab erst nach längerer Zeit nach. Die letzten beiden Bände legte Mira zusammen auf die Glut. Die Flammen mussten mehrere Anläufe nehmen, bis es wieder zischte und krachte und schmorte, bis die Rippenbögen der Bände auseinanderbrachen und sich das zusammengeknüllte Leben zu verflüchtigen begann, allen voran die Ängste, die sich in den Heften ihre Wohnstätten eingerichtet hatten. Kleine Mottennester aus Angst, die sich schlussendlich in Rauch auflösten, der sich fein und grau über den Flammen kräuselte. Soll nun auch kommen, was kommen will, dachte Mira und wunderte sich darüber, dass sie keine Erleichterung verspürte, dass sie nicht jubilieren konnte.

Das Einfamilienhaus von Sonja und Mirko war im Mikrokosmos des Nachbardorfes leicht auszumachen. Ein befreundeter Architekt hatte dem Paar ein elegantes Eigenheim entworfen, das unter den umstehenden Gebäuden durch seine Zurückhaltung auffiel. Mira parkte vor dem heruntergelassenen Rolltor der Garage. Sie hatte für Sonja einen Blumenstrauß besorgt, denn sie wusste um ihr Faible für schöne Dinge und Dekoratives. Sonja liebte es, Räume zu gestalten, wobei sie sich an diversen Einrichtungszeitschriften orientierte und nichts dem Zufall überließ.

Auch diesmal bot sich, wohin Mira nach dem Eintreten auch blickte, ein untadeliger Anblick. Ein langer, massiver Holztisch nahm die Mitte des Küchen- und Wohnbereichs ein. Er bot nicht nur der Familie Platz, sondern dem gesamten Vorstand des Slowenischen Kulturverbandes, der sich manchmal hier, wie ihr Sonja einmal erzählt hatte, zu seinen Besprechungen einfand. Auf der Anrichte seitlich an der Wand war eine Art Kaffeebar eingerichtet, mit einer glänzenden italienischen Kaffeemaschine aus poliertem Stahl.

Sonja wirkte abgespannt. Sie hatte sich achtlos gekämmt und kein Make-up aufgelegt, was Mira an ihr nicht kannte.

Ich schlafe schlecht, seit man mir mitgeteilt hat, dass ich über ein Gleitzeitmodell in Pension geschickt werde. Ich kann mich nicht darüber freuen. Und die Jüngste studiert noch, erzählte sie. Sie hantierte an der Kaffeemaschine und stellte zwei Tassen auf ein ovales Tablett, das mit einer weißen Papierspitze ausgelegt war.

Ich fürchte, dass meine Arbeit von niemandem fortgesetzt wird, seufzte Sonja. Im besten Fall wird man mir eine Urkunde überreichen, zum Dank für meine Verdienste um die Volksgruppe.

Mit einem Knopfdruck ließ sie den Kaffee in die Tassen sprudeln.

Was werden sie ohne dich machen?, fragte Mira. Du bist und bleibst eine Paradeslowenin, ich meine, dein Engagement ist bewundernswert.

Sonja winkte ab. Meine Leidenschaft ist inzwischen etwas abgekühlt. Aber ich werde vieles vermissen, das Team, die Menschen, die Gruppe. Das Einzige, was ich nicht vermissen werde, sind die jährlichen Subventionsansuchen und Kostenabrechnungen, die immer mehr Zeit beanspruchen. Kaum hat man ein Formular ausgefüllt, folgt das nächste, eine unendliche Geschichte, eine bürokratische Kreislaufwirtschaft.

Mira ließ einen Löffel Zucker in den Kaffee rieseln und rührte im Getränk.

Sonja blickte abwesend auf die Terrasse, dann sagte sie übergangslos, Mirko betrügt mich. Er betrügt mich schon lange, aber jetzt halte ich es nicht mehr aus.

Mira hörte auf, im Kaffee zu rühren. Sie wollte nach Sonjas Hand greifen, aber die saß mehr als eine Armlänge von ihr entfernt.

Vor Jahren, als die Kinder noch zu Hause waren, habe ich etwas bemerkt, begann Sonja zögerlich. Schlagartig ist mir nach einem Telefongespräch, das Mirko auf der Veranda geführt hat, klargeworden, dass es jemanden gibt, der in seinem Kopf umging. Komisch, zu sagen, im Kopf umging, wenn er sie begehrte, ich meine, wenn er daran dachte, sie zu vögeln. Ich konnte und wollte ihn nicht fragen, denn ich hatte Angst, angelogen zu werden. Noch mehr aber habe ich mich davor gefürchtet, die Wahrheit zu erfahren. Was ist denn die Wahrheit, wie sieht die Wahrheit aus? Denn der Mensch, weißt du, Mira, der Mensch ist für sich, ich meine ungreifbar.

Einmal habe sie Mirko dann doch zur Rede gestellt, beim Frühstück, ob er eine Geliebte habe, setzte Sonja fort. Geliebte, wie das klingt! Er habe keine Miene verzogen und klipp und klar nein gesagt. Nein, und basta. Sie sei erleichtert gewesen und habe beschlossen, nicht mehr daran zu denken. Das hat gut funktioniert, ständig kamen Leute ins Haus, die Kinder waren zu betreuen, Mirko war ein guter Vater, er chauffierte die Kinder zu Chorproben und Fußballspielen, er fuhr die Jüngste zum Klavierunterricht, er verbrachte Zeit mit den Kindern, war bei jeder Schulaufführung, bei jedem Musikwettbewerb dabei. Kein Wunder, er hat als Lehrer nachmittags oft frei, oft übernahm er auch das Kochen. Was wollte ich mehr?

Über Sonjas Wangen liefen Tränen.

Wir waren glücklich, bildete ich mir ein, und solange wir ab und zu miteinander schliefen, war es in Ordnung. Es ist ein gutes Leben, verstehst du, wieso sollte ich mit so einem Leben nicht zufrieden sein. Ich hatte meine Arbeit, ständig Termine und Aufregungen, kleine Missverständnisse, Streit, aber auch Erfolg und gute Laune. Wir haben uns wie jedes andere Paar gestritten, es gab Krisen im Verband, als uns das Geld ausgegangen ist und die zugesagten Subventionen nicht überwiesen wurden. Mirko beriet mich und redete mir zu. Die Launen der Politik haben mir mehr zugesetzt als unsere Auseinandersetzungen. Ich war überzeugt, dass unser Verband bedrohter war als meine Ehe.

Hast du herausgefunden, mit wem sich Mirko trifft?

Natürlich nicht, sagte Sonja. Sie habe zwar überlegt, einen Detektiv zu engagieren, aber das sei eine kostspielige Angelegenheit. Und überhaupt, wie sieht das aus, dem eigenen Mann nachzuspionieren? Das hätte nur Sinn, wenn ich mich scheiden lassen wollte, aber ich will mich nicht scheiden lassen.

Sonjas Tränen versiegten. Sie schnäuzte sich und nippte an der Tasse.

Weißt du, ich wünsche mir, dass alles nur Einbildung ist, fuhr sie fort, aber ich ahne die Möglichkeit, das ist das Schreckliche. Ich fürchte mich davor, dass sich Mirko eines Tages aufraffen könnte, mir zu sagen, dass er eine andere hat, und mich verlässt. Dieser Gedanke vergiftet mich. Es gibt keine Medizin dagegen, da helfen keine Worte, keine Beteuerungen, keine Treueschwüre, da hilft nur die Hoffnung, dass alles gut wird. Was heißt schon gut, erträglich eben.

Übrigens habe sie zuletzt am Aufbau einer slowenischen Mediathek gearbeitet und altes Filmmaterial gesammelt und kopieren lassen. Weißt du, Mira, was ich mir dabei gedacht habe, dass der Gedanke an die Vernunft durchaus seine Berechtigung hat, ja. Wenn man Glück hat, wird es eines Tages besser. Die Fernsehdokumentationen aus den sechziger und siebziger Jahren, die ich mir angesehen habe, strotzen vor Vorurteilen gegenüber den Slowenen. Man kann sich das nicht vorstellen, wie den alten Nazis, die sich natürlich als Parteigänger der bürgerlichen Parteien ausgegeben haben, die Stimme gezittert hat, sobald sie vor der Kamera über die Slowenen sprachen. Furchtbar. Wie schwer gewissen Herren die Wortwahl gefallen ist und wie sehr sie sich dabei konzentrieren mussten, vornehmlich auf das, was sie verbergen wollten. Das hat mir zu denken gegeben, erzählte Sonja. Natürlich sind das zwei Paar Schuhe. Aber was mir durch den Kopf ging, war, dass es vielleicht besser ist, angelogen zu werden, nicht die Wahrheit zu wissen, verstehst du. Wir wollen den anderen immer nackt vor uns sehen, nackt und durchschaubar, das ist doch demütigend, es geht doch darum, miteinander auszukommen, oder nicht?

Miras Kaffee stand kalt geworden vor ihr auf dem Tisch.

Bist du noch verheiratet?, fragte Sonja.

Mira nickte. Vergangene Woche habe ich völlig überraschend Jurij getroffen, nach siebenunddreißig Jahren. Das hat mich aufgewühlt. Plötzlich hatte ich das Gefühl, nicht mehr weglaufen zu müssen.

Wie meinst du das?

Ich weiß es selbst nicht.

Du warst immer gut darin, auf Distanz zu gehen.

Vorletzte Nacht habe ich geglaubt, sterben zu müssen, aber das konnte ich Mutter nicht erklären. Ich stand in der Nacht neben ihrem Bett und machte wieder kehrt. Sie hätte mich für verrückt gehalten, was sie vielleicht sowieso tut, erzählte Mira.

Wir haben bisweilen von dir geredet, nicht immer gut, sagte Sonja. Es hat sich etwas aufgestaut im Verein, was wir dir insgeheim zum Vorwurf gemacht haben, als wärst du uns in den Rücken gefallen.

Das habe ich befürchtet.

Warum hast du dir mit uns so schwergetan? Magst du noch einen Kaffee? Sonja trat zur Espressomaschine und schob eine Tasse unter den Auslass.

Als Mira den frisch gebrühten Kaffee zum Mund führte, bemerkte sie, dass sie zitterte. Sie nahm einen Schluck und stellte die Tasse wieder ab.

Ich sag dir was, begann sie, ich fühlte mich als Außenseiterin, ich meine, ungewollt, denn in Wahrheit, weißt du, Sonja, wollte ich dazugehören, aber es ging nicht. Ich habe viel nachgedacht und sogar mit Martin darüber debattiert. Seltsamerweise sieht er es wie du, er glaubt, dass ich aus Angst oder Feigheit abgehauen bin, weil ich den Konflikt gescheut habe, und manchmal glaube ich das selbst. Aber es ging um mehr, es ging um den Platz in der Welt, wie soll ich sagen. Ihr hattet den Kulturverein, ihr konntet euch gegenseitig stützen, aber ich bin der Gruppe abhandengekommen, weil ich eine deutschsprachige Schule besucht habe. Natürlich war es der indirekte Druck, dem ich ausweichen wollte. Ich duckte mich, ich gebe es zu. Aber viel bedrückender war die Geldknappheit zu Hause, für die ich mich geschämt habe, wie ich mich auch für etwas anderes geschämt habe, was ich dir noch nie erzählt habe, für die Übergriffe auf mich als Kind, in Bela, als Vater noch gelebt hat. Ständig und abwechselnd saßen zwei alte Nachbarn in der Küche, die meine Eltern gut kannten und gerne bewirteten. Der jüngere hat meinem Vater im Wald geholfen, er war ein Säufer, ein kaputter Mensch. Diese Männer haben mich, wenn sich ihnen die Gelegenheit bot, im Vorübergehen gepackt, der Säufer ist mir einmal mit seinen Händen zwischen die Beine gefahren, der andere hat stets nach meinen Brüsten gegrapscht. Ich kann mich noch jetzt an ihr hämisches Lächeln erinnern, an ihre Blicke, als hätten sie gewusst, dass ich niemandem etwas erzählen werde oder erzählen kann. Sie hatten recht, denn ich schämte mich und habe mir bis in meine erwachsenen Jahre Vorwürfe gemacht, dass ich zu leichtfertig gewesen bin und es zugelassen habe. Eine alte Geschichte, ich weiß, und schon während ich sie dir erzähle, spüre ich die Peinlichkeit. Nur, was bedeutet sie, was glaubst du, Sonja? Als Kind, das in einem überforderten Elternhaus aufwächst, spürst du, dass du allein auf der Welt bist, ein Menschenversuch, der mit deiner Geburt beginnt und irgendwann endet. Du suchst nach einem Platz, denn du willst nicht im Regen stehen. Es gibt Orte, und oft sind es Kindheitsorte, an denen stehst du immer im Regen, egal wie das Wetter ist. Du siehst dir zu, wie du dastehst, wie es nicht aufhört zu regnen, und du spürst, dass dich die Blicke, die auf dich gerichtet sind, immer an dieser Stelle sehen wollen, auch wenn du es irgendwann geschafft hast, aus der festgefrorenen Position wegzukommen. Ich hatte Glück im Unglück, Sonja, dass wir nach Vaters Tod fortziehen konnten. Ich hatte keine Kraft, mich mit dem Schicksal meiner Urgroßeltern oder gar mit Tante Dragica auseinanderzusetzen, mit all den Partisanen- und Kriegsgeschichten, ich wollte alles vergessen. Ich wollte diese Konflikte mit Geringschätzung von außen betrachten, so, wie ich die besoffenen Männer als Kellnerin gemustert habe, wenn sie ihre schlechten Witze erzählten oder an der Schank vor sich hinbrüteten. Spätnachts wurden sie oft übergriffig. Ihre Hände waren dann überall, sie glaubten wohl, mir einen Gefallen zu erweisen, wenn sie mich anmachten. Ich habe alle Versuche freundlich abgewehrt, obwohl mir schlecht war vor Verachtung. Ich habe mir eingebildet, mit dieser Verachtung auch die alten Männer aus der Kindheit besiegen zu können, ein Pyrrhussieg, wie sich herausgestellt hat. Es ist lächerlich, das alles zusammenzubringen, aber was ich damit sagen will, ist, dass ich mich nicht einfach dazustellen und behaupten kann, da gehöre ich hin, verstehst du. Ich habe alles Mögliche dafür getan, dazuzugehören, und es tut mir immer noch weh, mir einzugestehen, dass ich getroffen bin. Es gibt Blicke, die dich draußen im Regen sehen möchten, ganz einfach. Und es gibt die Freiheit, zwischen allen Stühlen zu sitzen, die man als Pein erlebt, und doch ist es eine Freiheit.

Sonja blickte verstört. Du übertreibst, du hast dich ja emanzipiert und bist weggegangen, sagte sie mit dünner Stimme, um dann kurz zu verstummen. Es tut mir leid. Ich frage mich, wie ich dir hätte helfen können, und bin gleichzeitig froh, das nicht erlebt zu haben. Sei mir nicht böse, Mira! Magst du dir noch das Haus anschauen?

Mira nickte. Sie erhob sich mit leichtem Schwindel. Der Kaffee war wieder unberührt geblieben.

Auf dem Parkplatz des Zollgeländes hielt Jurij die Wagentür auf und küsste Mira stürmisch auf den Mund. Der Innenraum seines Autos war im Gegensatz zur Wohnung penibel aufgeräumt. Nachdem sie eingestiegen waren, beugte sich Mira zu Jurij, um den Kuss fortzusetzen. Warm und etwas ledrig war Jurijs Nähe, sie musste lachen wegen ihrer verrenkten Körperhaltung, wie einst, als sie im Auto nicht wussten, wohin mit den Beinen.

Jurij schlug vor, essen zu gehen, er kenne ein gutes Restaurant in der Nähe. Die Gegend sei ihm vertraut, er sei viel in der Region unterwegs.

Mira war einverstanden, es fiel ihr nichts Besseres ein. Seit dem Aufwachen hatte sie überlegt, wie dieser Tag verlaufen könnte. Von ihren überbordenden Fantasien fühlte sie sich jetzt angeschlagen, geradezu erschöpft. Sie hatte es nicht geschafft, den übermütigen Wunschbildern, die die Zukunft vorwegnehmen wollten, Einhalt zu gebieten. Es schauderte Mira vor dieser Unrast, die imstande wäre, ihr den herbeigesehnten Tag zu verleiden.

Nun saß sie neben Jurij in einem Wagen, der wie ein ausladendes Boot auf der Straße trieb.

Sie schwiegen zunächst, während die Gegend an ihnen vorbeiglitt, mit wechselnden Aussichten, einmal ländlich idyllisch, dann wieder von einer beklemmenden Trostlosigkeit, die von aufgelassenen Wirtschaftsgebäuden neben der Straße ausging. Der ökonomische Aufschwung in dieser Gegend hatte die alten Betriebsstätten überflüssig gemacht, sie verfielen und verrotteten.

Er lade seine Geschäftspartner häufig in jenes Restaurant ein, erzählte Jurij. Das Team des Hauses sei jung und engagiert, er sei sicher, dass sie sich behaupten werden. Man sieht es mir an, wie gut sie kochen, scherzte er, obwohl er zu Hause kaum den Herd einschalte, außer wenn die Mädchen zu Besuch sind. Sie wünschten sich dann seine Spezialität, Butterschnitzel mit Kartoffelgratin. Zu Hause lebten sie hingegen vegan.

Ob immer beide kämen, fragte Mira.

Die Ältere gehe schon eigene Wege, nur die Nachzüglerin komme regelmäßig und habe meistens schlechte Laune. Die legt sich erst, wenn sie wieder zurückmuss, dann wird Alexandra anhänglich. Und wie ist es bei dir?

Es ist mir peinlich, dass ich neulich schlechte Laune hatte.

Ich habe nichts davon gemerkt, sagte Jurij. Und ich finde es übrigens schön, mit dir unterwegs zu sein.

Das von Jurij ausgesuchte Lokal war in einem restaurierten, alten Bauernhaus untergebracht. Die Trennwände zwischen dem vormaligen Stall und dem Wohngebäude hatte man entfernt, die Gäste nahmen in einer großzügigen Gaststube mit hoher Holzdecke Platz. Die Tischwäsche war aus dezentem Leinen, man hörte nur die Geräusche der Ausschank und der Küche im Hintergrund sowie einen Hauch alter Musik aus dem Vorraum, in dem Vintage-Fauteuils gruppiert waren.

Jurij ließ sich vom Hausherrn an den angestammten Tisch führen.

Wir machen die ganze Runde und lassen nichts aus, magst du?

Sie bestellten, stießen mit einem Glas Crémant an, kosteten, schmeckt ja wunderbar.

Wie geht es dir in Slowenien? Mira schob den Rest einer geräucherten, delikat gewürzten Forellenhaut an den Tellerrand.

Jurij tat, als ließe er sich gerade eine Delikatesse auf der Zunge zergehen.

Bergamotte und Habanero-Salz, was für ein Geschmack! Er kniff die Augen zusammen, seine Stirnfalten traten hervor.

Ich habe viel gelernt, seit ich hier arbeite, und bin froh, diese Erfahrung gemacht zu haben. In der Jugendzeit haben wir, wie du weißt, kaum Kontakt zu Slowenien gehabt. Ich kannte absurderweise nur ein paar politische Funktionäre, die unsere Veranstaltungen besuchten. Wir hatten zwar Verwandte in Slowenien, einen Urgroßonkel, der nach 1920 dorthin auswandern musste, aber gesehen habe ich ihn nie. Er hatte bei der damals vielbeachteten Volksabstimmung nicht für Österreich gestimmt. Inzwischen ist Slowenien Teil der EU. Ich habe das Gefühl, als schließe sich ein Kreis, sagte Jurij.

Er hob das Glas und prostete Mira noch einmal zu.

Ich hatte unlängst auch eine Art Begegnung mit Slowenien, auf dem Ausflug mit Mutter.

Ja? Jurij sah sie fragend an.

Wir haben nur über Vergangenes geredet, über die Nachkriegszeit vor allem, als sich die Grenze noch einmal verfestigt hat. So erkläre ich mir das. Die jüngere Schwester meines Großvaters ist nach dem Zweiten Weltkrieg auch in Jugoslawien geblieben. Für uns war sie wie aus der Welt, nur Mutter hielt Kontakt zu ihr. Tante Dragica hat mich, ohne dass ich es gewusst habe, unterstützt. Eine seltsame Geschichte.

Jurijs Finger strichen über Miras Handrücken.

Dragica war die erste Frau in unserer Familie, die einen Beruf ausgeübt und sogar maturiert hat. Die nächste war dann ich, aber ich habe das nie aus diesem Blickwinkel betrachtet, habe nie daran gedacht, dass ich in ihrer Nachfolge stehe, sagte Mira.

Jurij hörte auf, Miras Hand zu streicheln.

Mein Urgroßonkel galt in unserer Familie mit seinem Panslawismus als elitär und bürgerlich. Der Rest meiner Vorfahren war damals überzeugt, in Österreich in Frieden leben zu können. Aber sie haben die Rechnung ohne die Nazis gemacht. Sagt dir der Name Frauenaurach was?, fragte Jurij. Dorthin hat man sie deportiert. Ich habe nie verstanden, dass sich meine Familie nach dem Krieg so defensiv verhalten hat. Ich jedenfalls habe rebelliert, ich wollte, dass die Welt von den politischen Versäumnissen Österreichs erfährt. Deswegen bin ich den jugoslawischen Geheimdienstlern auf den Leim gegangen, die ein paar Sprengstoffattentate in Südkärnten inszenieren wollten. Und was habe ich davon, graue Haare! Jurij grinste.

Das Hauptgericht wurde serviert, im Heu gekochte Erdäpfel und Lamm mit gedämpftem Suppengemüse.

Eigentlich wollten wir die Provinz hinter uns lassen, und jetzt essen wir im Heu gekochte Erdäpfel. Mira lachte und presste die Serviette auf ihre Lippen.

Schmeckt es dir nicht?

Ich bin süchtig nach Heu!

Sie kicherten, bis Jurij sagte, du lachst schön.

Die Gäste an den Nebentischen waren inzwischen aufgestanden und hatten sich verabschiedet. Im hinteren Teil des Saales funkelten leere Weingläser im Regal.

Mira rückte kaum merklich von Jurij ab und betrachtete ihn aus einer gespielten Distanz. Sie glitt in den Fluss des Tages, der ihr zufiel und fand, dass Jurijs Gesicht inzwischen an Kontur und Kenntlichkeit gewonnen hatte. Sie verständigten sich mühelos, wie sie fand, nichts musste erklärt oder hervorgehoben werden, ihre Sätze schienen traumwandlerisch das Gegenüber zu erreichen.

Nach einem abschließenden Orangendessert setzten sie die Reise nach Slovenj Gradec fort, einem kleinen Städtchen, dem der Ruf vorausging, selten in überregionale Schlagzeilen zu geraten.

Das einzige Mal, dass ich mit meinem Chef einen Disput hatte, war anlässlich einer Ausstellung in der Wiener Stadtbibliothek, als Hugo Wolfs Briefe an seine Geliebte ausgestellt wurden, erzählte Mira. Mir ist in der Nähe von Michael Kaunitz herausgerutscht, dass ich nicht verstehe, warum man so ein Theater um die Briefe des großen Sohnes von Slovenj Gradec macht. Die seien doch hochgradig verklemmt und größenwahnsinnig, habe ich behauptet. Außerdem ließ ich mich zur Aussage hinreißen, dass ich mit seinen Liedkompositionen nichts anzufangen weiß. Da ist er aber in Saft gegangen, der Herr Kaunitz, und hat mir den Stellenwert der Wolf'schen Musik erklärt. Mir war es echt peinlich.

Sollen wir sein Geburtshaus besuchen?, fragte Jurij.

Ich weiß nicht.

Im Arkadenhof der Städtischen Galerie drang keine menschliche Stimme aus den geöffneten Fenstern. Es war so still, dass sie glaubten, allein zu sein. Jurij küsste Mira auf den Mund mit spitzen, stoßenden Lippen. Ein junger Mann löste sich jäh von der beschatteten Mauer neben dem Eingang und schritt eilig an ihnen vorbei. Er starrte sie unverhohlen an. Sie folgten ihm mit etwas Verzögerung ins Obergeschoss und gerieten in den Aufbau einer Ausstellung. Onkraj meja – Jenseits der Grenzen – stand auf einem Plakatständer. Wie für uns gemacht, lachte Mira.

Neben ihnen flammte eine Lichtbox auf. Sie beugten sich zur Installation, um die Beschriftung zu lesen, Geometry of Time. Alle jemals gezogenen Grenzen Europas waren übereinandergelegt. Man konnte vor lauter Linien den Umriss der Länder nicht mehr erkennen. Jeder Staat sah wie die Kopfgeburt eines Nervenkranken aus, ein Gestrüpp aus ineinander verflochtenen Linien und Ausbuchtungen.

Die Ausstellung sei noch nicht zu Ende aufgebaut und eröffnet, sagte eine Stimme aus dem Hintergrund. Eine Frau mittleren Alters stellte sich als Kuratorin vor. Es tue ihr leid, aber die Vernissage fände erst in ein paar Tagen statt, ob sie ihnen weiterhelfen könne.

Gibt es was anderes zu sehen?, fragte Jurij.

Im Seitentrakt hängen Bilder von Jože Tisnikar aus

der hauseigenen Sammlung, die könnten Sie besichtigen, meinte die Kuratorin.

Die Lichter im Nebentrakt gingen an.

Dunkle, in naiver Manier gemalte, in Schwärze getauchte Bilder traten vor Miras Augen, Fantasmagorien des Sterbens und des Todes, die sie erschaudern ließen. Jurij wusste, dass der Maler auf der Prosektur des städtischen Krankenhauses gearbeitet hatte und mit dem Sterben nahezu täglich in Berührung gekommen war.

Der Tod ist auch eine Grenze, die überschritten werden muss, oder nicht?, sagte er.

Mira legte den Arm um seine Hüften. In Fühlung mit Jurijs Körper machten ihr die magische Tristesse der Bilder, all die alptraumhaften Gestalten und ihre überdimensionierten leeren Augen nichts mehr aus.

Die Bilder seien typisch für die slowenische Kultur, für die Dunkelheit und das Leiden. Das gehe ihm zuweilen gehörig auf die Nerven, sagte Jurij, es sei schwer auszuhalten.

Mira betrachtete sein konzentriertes Gesicht. Sie war jäh so verliebt, dass sie fürchtete, lächerlich auszusehen.

In einer Bar am Hauptplatz bestellten sie Kaffee. Sie waren an dem Punkt angelangt, an dem sie sich entscheiden mussten, ob sie in ein Hotel gehen oder die Autofahrt fortsetzen sollten, aber niemand sprach den Gedanken aus.

Mira fragte den Kellner, ob er einzelne Zigaretten verkaufe. Er verneinte, zog jedoch eine Schachtel aus seiner Hosentasche und bot Mira eine an. Sie müsse aber ins Freie, das wisse sie schon, im Lokal wird nicht geraucht.

Seveda, selbstverständlich, sagte Mira.

Schließlich standen sie und Jurij vor dem Stadthotel, worüber sie sich wortlos verständigt hatten.

Jurij ließ Miras Hand los. Ich kläre alles, sagte er, und Mira sah ihn durch die Drehtür ins Foyer treten. Sie folgte ihm mit etwas Verzögerung. Ist doch nicht notwendig, so laut ein Zimmer zu bestellen, dachte sie, es muss ja nicht jeder mitbekommen, dass wir in der Nacht wieder abreisen. Lachte Jurij sie aus? Nein, er lächelte sie an.

Im Aufzug lehnte sich Mira an die Wand der Kabine. Sie versuchte nicht zu zittern, nicht die Augen zu schließen, gerade zu stehen. Szenen aus diversen Filmen jagten durch ihren Kopf, wie sich die Paare, kaum fällt die Zimmertür hinter ihnen ins Schloss, aufeinanderstürzen, wie die Frau vom Mann gegen die Wand gedrückt wird und er im Stehen in sie eindringt, nachdem er kurz an ihren Kleidern herumgefummelt hat. All die hochdramatischen, bis ins kleinste Detail durchchoreografierten Szenen, in denen makellose Körper zu sehen sind, Szenen, die dazu dienen, dass man sich im wahren Leben glanzlos und hässlich vorkommt. Miras größte Angst war, dass sie versuchen würden, bei den vorgefertigten Bildern zu bleiben, aber nichts dergleichen geschah.

Im Zimmer half ihr Jurij aus dem Mantel und fasste mit der Hand in ihre Haare. Sie löste sich von ihm und trat ans Fenster, das den Blick auf die Hofseite des Hotels freigab. Sie wollte sich das kleine Gartenstück unten einprägen, eine mit Efeu bewachsene Wand, daneben drei übereinandergestapelte Gartenstühle, die an den Beinen Rost ansetzten und möglicherweise im Freien überwintert hatten.

Jurij nahm eine Piccoloflasche Sekt aus dem Kühlschrank, ließ den Korken knallen und reichte Mira ein Glas. Sie tranken und küssten sich, sie tranken das Getränk aus dem Mund des anderen. Ich habe alles verlernt, dachte Mira flüchtig, ich weiß nicht mehr, wie sich ein Liebhaber anfühlt, bis sie merkte, dass sie sich auf ihren Körper verlassen konnte.

Hinterher lagen sie eng umschlungen, wie ineinandergedreht und verkeilt. Jurij war eingeschlafen und schnarchte, bis ihn Mira sanft von sich schob. Sie drehte sich auf den Rücken und blickte zur Zimmerdecke. Ihre Haare knisterten, ihr Körper lag schwerelos und ermattet auf dem Bett, nur ihr Oberarm unter Jurijs Kopf schmerzte. Mira versuchte, ihn hervorzuziehen, aber er klemmte fest, sodass sie es aufgab, um Jurij nicht zu wecken. Sie lauschte seinem Atem, der den Moment vor sich hertrieb und in die Länge zog.

Im Traum sah sie sich in einem Hotelzimmer liegen, dem die Außenwand abhandengekommen war. Jurij legte sich im Morgengrauen wieder zu ihr ins Bett, nachdem er vor Mitternacht aufgestanden war, um den Rest der Nacht bei seiner Geliebten zu verbringen. Alle wissen es, ich weiß es, er weiß es, die Geliebte weiß es sogar im Schlaf, dachte Mira und streichelte Jurijs Hand, die auf ihrem Bauch lag.

Anni stand nervös im Flur, als Mira die letzten Plastiktaschen mit Unterlagen und Mappen in den Kofferraum des Autos stellte und die Tür zufallen ließ.

Du musst dich beeilen, es wird dunkel, bevor du in Wien bist.

Das macht mir nichts aus, sagte Mira.

Sie ging an Anni vorbei in die Küche, um den Namen der zweiten Betreuerin auf ein Blatt Papier zu notieren. Ursprünglich hatte sie vorgehabt, früher aufzubrechen, aber die späte Heimkehr letzte Nacht hatte alles nach hinten geschoben. Sie schlief in den Vormittag hinein, und etwas sträubte sich in ihr, jene Insel zu verlassen, auf der sie neben Jurij lag, eingehüllt in sein Lächeln, gewärmt von seiner Haut.

Der Streit mit Martin folgte fast zwangsläufig. Er reagierte verärgert auf ihre Ankündigung, dass sie nicht rechtzeitig zum Abendessen, zu dem Martins Kollege eingeladen hatte, in Wien sein würde. Sie hatte versucht, Martin die etwas fadenscheinigen Gründe für die Verspätung auseinanderzusetzen, ohne Erfolg natürlich, denn es war schwer, ein gutes Argument zu finden. Ob sie auf diese Weise demonstrieren wolle, dass sie ihn in Wahrheit nicht ernst nehme, fauchte Martin ins Telefon.

Fast hätte Mira einen Müllsack, den sie mit alten Kleidern vollgestopft hatte, um sie bei einer Sammelstelle abzugeben, im Zimmer zurückgelassen. Als sie ihre Bücher in den Rucksack schob, fiel ihr auf, wie wenig sie in den zwei Wochen gelesen hatte, so gut wie nichts.

Sie trat auf die Schwelle des Hauses. Die Hofgebäude standen im dunstigen Nachmittagslicht. Sie wirkten zutraulicher, einnehmender als sonst, und Mira verstand, dass sie flüchtig der Versuchung nachgegeben hatte, einen Schleier aus Sentimentalität über sie zu breiten.

Nichts wie weg, dachte sie und küsste Anni auf beide Wangen.

Sie stieg ins Auto und rollte langsam vom Hof. Der

Kies knirschte unter den Rädern, ein Geräusch, das Mira so vertraut vorkam, dass sie einen Moment lang nicht unterscheiden konnte, ob sie gerade erst ankam oder schon wegfuhr. Im Rückspiegel sah Mira Anni auf der Schwelle stehen, an genau jener Stelle, an der sie vorhin selbst gestanden war. Am liebsten hätte Mira mit dem Auto ein paar Ehrenrunden um das ausgediente Gebäude gedreht, wie man einen Knoten schnürt, wenn man an etwas erinnert werden möchte.

Vor einem leerstehenden Haus in der Mitte des Dorfes parkte ein Pickup aus Wiesbaden, so groß, dass er die Eingangstür verdeckte. Die Nächsten, die kommen, dachte Mira und blickte etwas zu lange in Richtung des Hofes, fast hätte sie eine Katze überfahren, die die Straße überquerte. Sie erschrak und fuhr im Schritttempo weiter, dann fingerte sie nach dem Lippenstift in der Handtasche und zog sich die Lippen nach. Bevor sie auf die Landstraße einbog, schob sie eine CD in den Player. Die Stimme von Abbey Lincoln begann Throw it away zu singen. Throw it away, summte Mira und machte es sich auf dem Autositz bequem.

Gleich hinter den ersten Äckern blieb das Dorf zurück, es verschwand so schnell aus Miras Augenwinkeln, wie ein Stein im Wasser versinkt. Nur der Gedanke an Annis Gebrechlichkeit, an die Entscheidungen, die anstanden, krallte sich in ihr fest.

Der Parkplatz eines größeren Landgasthauses, an dem sie vorbeifuhr, war mit Autos vollgestellt. Eine Hochzeit vielleicht, dachte Mira, oder eine Geburtstagsfeier, irgendwo tun sich die Menschen eben zusammen, wenn sie ihre Häuser verlassen.

Es fiel ihr ein, dass sie vergessen hatte, auf dem Bauernmarkt einzukaufen. Sie würde ohne Salami, die Martin so gern mochte, ohne Topfen, ohne Roggenbrot und ohne Waldhonig nach Hause kommen. Für Martin bestimmt eine Bestätigung, dass etwas durcheinandergeraten war, aber was genau, würde sie ihm nicht erzählen können.

Kurz dachte Mira daran, Jurij anzurufen, und tat es doch nicht. Sie fürchtete, von einem solchen Telefonat enttäuscht zu werden, Jurij würde ihre ungestellten Fragen nicht beantworten können, und was sie ihn gerne gefragt hätte, hörte sich infantil an. Sie würde mit einem Gefühl des Ungenügens zurückbleiben, fürchtete Mira, hungrig nach Sätzen, die gerade nicht gesagt werden konnten.

Inzwischen hatte sie die Autobahn erreicht, der Verkehr rollte zu dieser Nachmittagsstunde gleichförmig, sodass sie sich allmählich entspannte. Sie fuhr langsam, sie hatte keine Eile, aus dem Süden fortzukommen. Sonja kam ihr in den Sinn, wie sie traurig am großen Esstisch gesessen war. Ich hätte ihre Fragen nach meiner Distanz zu den Slowenen anders beantworten sollen, überlegte Mira. Ich hätte sagen sollen, dass ich es bei meinen Besuchen im Dorf furchtbar gefunden habe, wie alle, die Deutschkärntner und die Kärntner Slowenen, versucht haben, sich ständig voneinander abzugrenzen. Ich hätte ihr sagen müssen, dass ich mich oft gewundert habe, dass sie überhaupt mit mir spricht, weil ich ja von den Slowenen abgeschrieben worden bin, als ob es nichts Wichtigeres auf der Welt gäbe als irgendeine Zugehörigkeit, deren Nachtseite die Verbannung ist, das hätte ich sagen sollen und habe es nicht herausgebracht.

Martin, was aber sage ich Martin. Mira war sich bewusst, dass sie ihn an diesem Tag verärgert, richtiggehend beleidigt hatte. Es kann doch passieren, dass man zu spät kommt, dachte sie, da muss man doch nicht alles in Frage stellen. Aber hatte nicht sie alles in Frage gestellt, ohne überhaupt eine Frage gestellt zu haben? Sie starrte auf die Fahrbahn und schaltete das Abblendlicht ein.

Wenn Jurij sie im Restaurant gebeten hätte, zu erklären, was aus ihr geworden war, seit sie sich aus den Augen verloren hatten, hätte sie versucht, ihm begreiflich zu machen, dass sie ständig das Gefühl hatte, sich vor etwas in Sicherheit bringen zu müssen. Sie hätte ihm erzählt, dass sie inzwischen davon träume, endlich in die plombierte Kammer aus Trauer vorzustoßen, die ihr verschlossen geblieben und doch immer gegenwärtig war, weil sie alles dafür getan hatte, sie nicht aufsperren zu müssen. Zu groß war ihre Angst gewesen, die Kontrolle zu verlieren, sich lächerlich zu machen. Nicht um das Vergangene hatte sie sich scheren wollen, sondern um die Zukunft, um das, was kommt und hätte kommen können.

Lass die Gespenster frei, würde Jurij sagen, sie können dir nichts mehr anhaben, hab keine Angst.

Mira wusste, dass Jurij so etwas nie sagen würde. Sie hatte sich das nur gewünscht. Sie sah sich zu Hause ankommen und den Koffer im Vorzimmer abstellen. Sie sah sich die Türen öffnen und nach Martin Ausschau halten. Dann würde ihr einfallen, dass er an diesem Abend ja auswärts aß. Sie sah sich in die Küche gehen und Teewasser aufsetzen. Sie würde Tee trinken und überlegen, ob sie angekommen sei, ob sich hinter oder vor ihr ein Durchlass zeige in etwas Unbekanntes und Unerwartetes, eine Bestimmung, die ungewiss blieb.

Eine Regenwand schob sich von Osten über den Wechsel, die Dunkelheit stellte sich beinahe übergangslos ein, so mächtig, dass das Licht der Scheinwerfer an ihr abprallte. Mira glaubte von einer Sekunde auf die nächste nichts mehr zu erkennen, ins Zentrum der Schwärze zu steuern. Dann schüttete sich ein Gewitter über der Gegend aus, so heftig, dass Mira fürchtete, mitsamt dem Auto vom Regenwasser weggespült zu werden. Die Wischer fuhren in kürzesten Intervallen über die Frontscheibe.

Mira lenkte das Auto auf den Pannenstreifen und blieb mit eingeschalteten Warnblinkern stehen. Ihr Herz raste. Sie klammerte sich an das Lenkrad. Am liebsten hätte sie geschrien, aber ihr Schrei würde nicht gegen den Lärm des prasselnden Regens ankommen, er würde ungehört bleiben.

Nach endlosen Minuten beruhigte sich das Unwetter. In einigem Abstand hatten andere Fahrzeuge am Rand der Fahrbahn gehalten und warteten wie sie. Das Licht der Scheinwerfer spiegelte sich in den Wasserlachen der Straße. Überall blinkte und funkelte die Nässe, sie zog sich in öligen Wirbeln über den Asphalt. Mira betätigte den Blinker. Auf dem Nebensitz leuchtete das Handy auf.

TEIL II

Was, wie bitte, schrie Anni ins Telefon. Martins Stimme klang gepresst, er redete derart unverständlich, dass sie im ersten Moment glaubte, er sei betrunken. Man habe sie ins Spital gebracht.

Wen?, fragte Anni.

Die Ärzte wollen Mira ein paar Tage behalten, zur Beobachtung, bis sie sich wieder stabilisiert hat, sagte Martin, aber sie ist unverletzt.

Wie unverletzt? Wenn sie aber im Krankenhaus liegt?

Martin schilderte, wie Mira von einem Lkw gegen die Leitplanken abgedrängt worden sei, auf der Autobahn, in der Nacht, nach einem heftigen Gewitter, sie sei offenbar noch aus dem lädierten Fahrzeug ausgestiegen und musste sich dann übergeben, sie habe wohl eine leichte Gehirnerschütterung.

Ježešmaria, stieß Anni aus. Ihr Atem stockte, das Herz klemmte fest.

Ich war schon bei ihr im Spital. Mira meint, sie habe kurz die Kontrolle verloren. Sie hat viel Glück gehabt, aber es ist alles in Ordnung, versicherte Martin.

Annis Hand klammerte sich ans Telefon, sie schwitzte.

Du meinst, es ist alles in Ordnung, bist du sicher?

Sie kommt in zwei, drei Tagen nach Hause, sobald die Untersuchungen abgeschlossen sind.

Was ist mit dem Auto?

Abgeschleppt, mit Totalschaden, aber das ist mir egal wie schon lange nichts mehr, sagte Martin.

Anni spürte, wie sich ihr Herz aus der Klemme löste.

Seit Tagen hatte sie ein ungutes Gefühl, aber sie hatte es zur Seite geschoben, schließlich hatte sie sich mit der Tochter so gut wie versöhnt. Mira war vor der Abreise zwar hektisch im Zimmer hin und her gerannt, sie hatte ihre Sachen überstürzt zusammengesucht und den Namen der neuen Betreuerin nahezu unleserlich auf ein Blatt Papier gekritzelt. Aber sie hatte auch versprochen, dass sie mit Martin wiederkommen würde, um die Wohnungen zu besichtigen, die man ihr angeboten hatte. Sie hatte gemeint, nach den Fotos im Internet zu schließen, müsste man in jeder Wohnung die Böden neu verlegen oder das Bad renovieren. Eine große Investition für eine Übergangszeit, die man gut überlegen sollte.

Anni wäre auch mit einem abgewohnten Bad zufrieden gewesen, es grauste ihr nur vor den Spannteppichen, die man nicht sauber halten konnte. Nein, alles war wie gewöhnlich gewesen, nichts hatte auf eine Katastrophe hingedeutet.

Sie schlurfte in die Küche, wo sie sich zerstreut umdrehte. Was will ich eigentlich, dachte sie und machte wieder kehrt, um in Miras Schlafzimmer nachzuschauen, ob noch ein Teil von ihr im Raum zugegen war, ein Geruch oder ein Atemrest, den ein Mensch an einem Ort hinterlässt.

Dieses Mädchen, was macht dieses Mädchen für Sachen, seufzte Anni. Was hätte alles passieren können, wenn Gott nicht die Hand über sie gehalten hätte.

Miras Zimmer war inzwischen ausgekühlt, ein Fenster war angekippt geblieben. Unter dem Schreibtisch stapelten sich Schuhkartons. War sich Mira am Vortag nicht mit Martin in die Haare geraten? Anni glaubte gehört zu haben, dass Mira kurz die Nerven verloren hatte, aber danach war kein lautes Wort mehr aus ihrem Schlafzimmer zu vernehmen gewesen. Sie schloss das Fenster und ließ sich auf Miras Bett nieder. Sie atmete und betete gleichzeitig. Das Beten war so tief in Annis Bewusstsein eingegraben, dass die Gebetsformeln wie von allein, ganz ohne ihr Zutun und wie ein unterirdischer Strom in ihren Kopf und von dort auf ihre Zunge flossen, wo sie sich als zartes Vibrieren bemerkbar machten.

Nicht nur Miras Schlafzimmer, auch das Haus erschien Anni auf einmal leer, als hätte es sich ein für alle Mal aufgegeben.

Sie zog das Handy aus der Schürzentasche und rief Mira an.

Wie geht es dir, was ist denn passiert, um Gottes willen?

Es geht schon, Mama. Ich war beim Fahren mit den Gedanken woanders, es war stockdunkel, und ich habe für einen Moment nicht aufgepasst. Der Lkw ist buchstäblich aus dem Nichts aufgetaucht. Ich verstehe es auch nicht …

Ich werde eine Messe für dich zahlen, dafür, dass du so einen Schutz gehabt hast. Und seelisch, geht es dir gut?

Ehrlich gesagt, bin ich etwas durcheinander, murmelte Mira.

Jetzt ruh dich aus. Martin wird dir helfen, er holt dich bald nach Hause, nicht?

Ja, schon, sagte Mira, er ist besorgt um mich.

Dann ist ja gut!

Anni drückte die Aus-Taste und blieb eine Weile auf dem Bett sitzen. Sie wusste nicht, ob das Vibrieren im Kopf vom Gerät oder von ihren Befürchtungen herrührte. Über alles Mögliche hatte sie sich den Kopf zerbrochen, nur nicht darüber, dass sie eines ihrer Kinder verlieren könnte. Obwohl, ehrlich gesagt, einmal hatte sie doch daran gedacht, an jenem Morgen, als Mira in völlig aufgelöstem Zustand vor ihrer Tür gestanden war.

Ein minutenlanges Schellen der Türglocke hatte damals Anni aus dem Schlaf gerissen. Gewöhnlich blieb das Haustor unversperrt, also hatte Anni geglaubt, dass sich Starman einen Spaß erlaube. Sie eilte zur Tür, um sich mit dem Ruhestörer anzulegen. Auf der Schwelle stand jedoch Mira, mit käsigem Gesicht. Sie wirkte verstört, noch dazu konnte man den Alkohol riechen. Die Ausdünstungen kamen direkt aus ihrem Mund.

Schau nicht so, fauchte Mira, schau nicht so.

Ja, wie hätte sie denn schauen sollen, erinnerte sich Anni, wenn die eigene Tochter wie ein Gespenst aussah.

Wo kommst du her, um Gottes willen, was ist denn passiert?

Anstatt zu antworten, war ihr Mira um den Hals gefallen, sodass Anni nicht wusste, was sie tun sollte. Es war ihr kalt über den Rücken gelaufen, nicht auszuhalten, eine schluchzende Tochter am Hals.

Anni hatte sich von Mira losgerissen und war kopflos in die Küche gerannt, um Taschentücher zu holen.

Warum musste ich in diesem Moment Taschentücher holen, dachte Anni.

Als sie zurückkam, kauerte Mira auf dem Boden im

Flur. Man muss sich das vorstellen, auf dem Boden, schauderte es Anni.

Sie hatte versucht, Mira zum Aufstehen zu bewegen, und unbeholfen an ihren Armen gezerrt. Erst als sich Mira von allein aufgerafft hatte, gelang es Anni, sie in die Küche zu bugsieren. Dort war Mira auf dem Diwan eingeschlafen. Nach dem Aufwachen hatte sie erzählt, dass sie aus Wien geflohen sei und das Semester vorzeitig abbrechen wolle. Ein Mann verfolge sie, aber sie werde alles in Ordnung bringen und den Sommer über kellnern, Anni solle sich keine Sorgen machen.

Wie hätte sie sich damals keine Sorgen machen sollen, erinnerte sich Anni, sie hatte in den Nächten kaum geschlafen vor Ratlosigkeit. Nun aber, mit der neuen Angst um Mira im Herzen, erkannte Anni in der Bangigkeit auch eine Art Sehnsucht, die sie erfolgreich verdrängt hatte. Tief in ihr ruhte die Erinnerung an eine große Nähe zu Mira, eine Nähe, die sie später, als ihre Tochter der Kindheit entwachsen war, kaum mehr empfunden hatte. Warum hat sich dieses Kind so gegen mich gewehrt, sodass ich beleidigt war und sie manchmal habe schmoren lassen, überlegte Anni, und jetzt das.

Sie wollte aufstehen, aber die Beine ließen sie im Stich. Das kann doch nicht wahr sein, dass ich so ein Wrack geworden bin, dachte sie und streckte die Unterschenkel aus, aber der Schmerz gab nicht nach, also winkelte sie die Beine wieder an. Mit einer Hand stützte sie sich auf den Kopfteil des Bettes, mit der anderen fischte sie nach dem Stock und stemmte sich in die Höhe. Die Beine trugen sie wieder, wenn auch unsicher.

Sie humpelte in die Küche, heizte im Herd ein und

wärmte das Essen vom Vortag auf. Mira hatte den Küchenboden gewischt und mit einer Politur eingelassen. Sie hatte sogar Annis Souvenirsammlung abgestaubt. Wäre alles nicht notwendig gewesen, dachte Anni. Trotzdem gefiel ihr, was sie sah, denn die aufgeräumte Küche strahlte Behaglichkeit aus.

Nach dem Essen schob Anni den Küchensessel zum Herd und ließ sich in seinem Wärmefeld nieder. Sie saß, überlegte und hörte dem leisen Knistern des Herdfeuers zu. Die Holzscheite sackten weich in sich zusammen. Dann glaubte sie ein Geräusch von draußen zu vernehmen. Jemand schien am Küchenfenster vorbeizustampfen, aber es war niemand auszumachen. Anni mühte sich vor die Haustür, wo sie sich auf den gepolsterten Gartensessel setzte, den Mira ins Freie gestellt hatte. Keine Spur von einem Ungeheuer, dachte Anni, jetzt werde ich auch schon verrückt, wie die Alten in meiner Kindheit, die ständig irgendwelche Gespenster gesichtet oder gehört haben.

Die Sonne erwärmte den Innenhof, Starmans Katze lag ausgestreckt an der Wand des Holzschuppens, vereinzelte Bienen schwirrten durch die Luft. Die Satteldächer des Dorfes schienen sich gleichsam ineinander verkeilt zu haben. Je nach Blickwinkel ergaben sie eine eigene Landschaft aus Wegkreuzungen, Verstrebungen und Abgrenzungen, die Anni so vertraut waren wie das Geschirr in der Küchenkredenz. Ein leichter Wind, der aus dem Obstgarten herüberwehte, kitzelte ihre Haare.

Wie unsinnig, eine erwachsene, selbstständige Frau als Kind zu betrachten, sann sie. Das geht nicht zusammen, Kindsein und Grauwerden. Sie stocherte mit dem Stock in einem Grasstück, als wollte sie etwas ausgraben, was ihr unangenehm war, dann schlurfte sie wieder ins Haus.

Die Sehnsucht nach der vormaligen Nähe mit Mira ließ Anni keine Ruhe. Sie wusste sich nicht zu helfen, wusste nicht einmal, was Mira bewegte, woran sie glaubte, was sie dachte, womit genau sie sich beschäftigte. Es war Anni alles zu viel, zu viel des Unbekannten, Irritierenden. Sie beneidete Mira um ihr Leben, um die Ausflüge und Reisen mit Martin, um die Freundinnen und Freunde, mit denen sie unterwegs war. Immer fiel es Anni leichter, sich nach Miras Reisen zu erkundigen als nach Miras Überzeugungen, die imstande waren, ihre eigene Welt ins Wanken zu bringen. Es reichte ja, dass sie sich neben Mira unwissend und beschränkt vorkam. Was blieb ihr anderes übrig, als sich in die Mutterposition zu flüchten, von der aus sie ihre Urteile fällen konnte. Nur als Mutter hatte sie ein Recht darauf, die Kinder zu kommentieren. Sobald sie jedoch versuchte, Mira nahezukommen, glaubte sie eine Hecke mit Dornen zu umarmen. Anni musste auf der Hut sein, nicht etwas Falsches zu sagen, sie musste jedes Wort abwägen, denn sie fürchtete sich vor Miras Ausbrüchen, bei denen sie stets das Gefühl hatte, für eine unbekannte, weit zurückliegende Sünde zu büßen.

Nun fiel ihr ein, dass sie damals, beim Auszug aus Bela, Miras erstes Schulheft an sich genommen und aufbewahrt hatte, aus einer Gemütsbewegung heraus, die sie sich heute nicht recht erklären konnte. Vielleicht wollte sie sich etwas aus Miras Kindheit, aus der Zeit ihrer größten Vertrautheit, bewahren. Als sie das Heft versteckt hatte, war sie sich wie eine Diebin vorgekommen. Das Heft, wo ist dieses Heft, sann Anni.

Im Schlafzimmer bückte sie sich vorsichtig zum Kleiderschrank und zog die unterste Lade heraus. Ein paar zusammengelegte Notenblätter, Zeitungsausschnitte und lose Schnittzeichnungen rutschten ihr entgegen. Darunter lagen alte Häkel- und Kreuzstichbroschüren und, wie erhofft, Miras rostrotes Schulheft mit der Aufschrift 1. Klasse. Anni nahm es aus der Lade. Am liebsten hätte sie es sich an die Brust gedrückt. Nicht auszudenken, was auf der Autobahn hätte passieren können, nicht zu verkraften, dachte sie.

Mira hatte aus Begeisterung jeden Buchstaben des Alphabets, den sie erlernt hatte, mit einem Rufzeichen versehen. Zwischen den Buchstaben und an den Seitenrändern prangten Wiesenblumen, die Anni gemeinsam mit Mira gezeichnet hatte. Sie hatten sich einen Spaß daraus gemacht, die Buchstabenwelt zu bebildern, sie mit Menschen zu bevölkern, die zwischen den Zeilen herumspazierten. Anni konnte sich daran erinnern, dass sie Mira Geschichten aus der eigenen Schulzeit erzählt hatte, wie sie durch einen gewaltig großen Wald gehen musste und dass es zu ihrer Zeit keine Schulhefte, sondern Schiefertafeln gegeben hatte. Mira hatte Annis Erzählungen illustriert, sie hatte tatsächlich ein paar Fichten gezeichnet und eine Schiefertafel, die aussah wie ein Fenster.

Beim Blättern im Heft sehnte sich Anni nicht nur nach Mira, sie sehnte sich auch nach der eigenen Kindheit, nach all den unbekümmerten Empfindungen, die sie sich später verboten hatte. Wie wäre es, wenn ich mir auch so ein Heft zulegte, dachte sie.

Die Vorstellung, freimütig und ohne Scheu zu zeichnen, machte ihr gute Laune. Außerdem hätte ein Zeichenheft den Vorteil, dass man es überallhin mitnehmen könnte, ins Altenheim, in die Kirche, sogar ins Grab. Eine Grabbeigabe, das wäre nicht schlecht, dachte Anni. Ich könnte mit dem Zeichnen meine Tage verbringen und müsste nicht ständig darüber nachdenken, warum niemand kommt, um nach mir zu sehen.

Sie würde ihre Erinnerungen auffrischen, stellte sich Anni vor, aber bei diesem Gedanken wurde sie bereits unsicher, denn es gab solche und solche Erinnerungen, manche Erlebnisse und Vorkommnisse waren Anni klar im Gedächtnis geblieben, andere hingegen nur vage. Sie konnte keine Logik darin erkennen. In ihrem Leben hatte es Ereignisse gegeben, die sich völlig der Beschreibung entzogen. Über die konnte Anni nicht einmal nachdenken, sie lagerten irgendwo in ihrem Körper und machten sich als Ahnungen oder Stimmungen bemerkbar. Diese Erlebnisse ergaben keine zusammenhängende Geschichte, sie tauchten höchstens als einzelne Bilder auf, bei denen Anni nicht wusste, ob sie sie geträumt oder erfahren hatte.

Sie würde die Haushaltshilfe bitten, ihr ein unliniertes Heft und Farbstifte zu besorgen, beschloss sie. Als Erstes würde sie die Holztiere ihres Vaters zeichnen. Mit der Kuh, dem Hasen, dem Pferd, dem Vogel und dem Fisch, die ihr Vater Jaki während seines Fronturlaubs geschnitzt hatte, würde sie ihre Erzählung beginnen. Alles Weitere könnte sich daraus ergeben.

Am späten Nachmittag hatte sich Stanko angekündigt, er würde mit Nada und Julia vorbeikommen. Anni wollte einen Schokoladenkuchen backen und nahm ein paar zusammengefaltete Rezepte aus der Kredenz, die sie aus Illustrierten herausgerissen hatte. Dann aber entschied sie, eine einfache Nascherei zuzubereiten, bei der sie ihre Backkünste nicht unter Beweis stellen musste. Früher einmal, als sie noch bei Kräften war, hatte sie, wenn die Familie zusammenkam, Biskuitrouladen, gefüllt mit Oberscreme, Himbeer-, Erdbeer- oder Rhabarberschnitten, Obstkuchen mit Topfen und Ribisel, Linzer Schnitten und Mandelgebäck auf den Tisch gezaubert. Nun aber musste sie improvisieren. Sie legte eine Backform mit Biskotten aus, die sie mit Milch und Rosinenwasser beträufelte. Darüber verteilte sie Marillenmarmelade und Bananenscheiben. Die Milch für den Vanillepudding war rasch erhitzt und die cremig gerührte Masse zum Kühlen ins offene Fenster gestellt, dann schlug sie das Obers schaumig, gut so, stellte Anni fest, nachdem sie mit dem Finger gekostet hatte.

Sie schaltete den Fernseher ein, aber die vorabendliche Talkshow interessierte sie nicht besonders. Sie freute sich auf die Enkelinnen, wenn sie auch Schwierigkeiten hatte, ihnen zwanglos zu begegnen. Sie machte dafür Nadine verantwortlich, da die Schwiegertochter keine Gelegenheit ausließ, irgendetwas Kritisierbares an Anni zu entdecken. Sie hält mich nicht für gesellschaftsfähig, dachte Anni und mischte das Obers unter die lauwarme Vanillecreme, goss alles über die Biskotten und schob die Kuchenform in den Kühlschrank.

Vielleicht aber hatte sie es nur verabsäumt, sich um die

Enkelinnen zu bemühen, aber einschmeicheln wollte sie sich bei den Mädchen auch nicht. Heutzutage versuchten die Erwachsenen, die Kinder mit Geschenken auf ihre Seite zu ziehen, war Anni überzeugt. Dieses Bestechen der Jugendlichen war nicht auszuhalten, sie dagegen hatte sich die Aufmerksamkeit der Mutter mit Arbeit verdienen müssen, sonst hätte man sie einfach vergessen. Nein, sie würde dieses Getue nicht mitmachen, entschied sie.

Als Stanko und seine Töchter eintrafen, ließ sich Anni von Nada und Julia auf beide Wangen küssen.

Wie geht es, Omi, wie geht es dir? Papa hat erzählt, dass du ausziehen musst, ist das schlimm?

Anni konnte nicht anders, als Nada und Julia zu loben, dass sie wieder einmal den Weg zu ihr gefunden hatten. Julia, die Jüngere, trug rosa schimmerndes Lipgloss und hatte die langen Haare zu einem Pferdeschwanz gebunden.

Wo sind deine Locken, Julia?

Schrecklich, Omi, sobald ich schwitze, sind sie wieder da, meine Haare bleiben nie glatt, wie ich es haben möchte, ich glätte und föhne und glätte und föhne, alles umsonst. Niemand in unserer Verwandtschaft hat so lockige Haare wie ich. Weißt du, von wem ich sie habe?

Von meinem Vater vielleicht. Anni schluckte, von eurem Urgroßvater, er ist im Krieg gefallen.

Das Wort Krieg verklang ohne Widerhall. Nada lehnte die Bananenschnitte ab, ob Omi ihre Laktoseintoleranz vergessen habe. Anni entschuldigte sich mehrmals und hoffte, dass wenigstens Stanko und Julia zugreifen würden. Stanko stopfte zu Annis Zufriedenheit große Bissen in sich hinein und erzählte, mit welchem Gemeindebediensteten er sich über die Wohnungen ausgetauscht hatte. Julia und Nada waren wieder mit ihren Smartphones beschäftigt. Sie wischten und tippten, geräuschlos, flink und versonnen. Bevor sie aufbrachen, steckten alle ihre Köpfe zusammen für ein Selfie mit Oma.

In der Nacht lag Anni hellwach in ihrem Bett. Sie überlegte, ob sie aufstehen, die Fenster öffnen oder doch lieber einen Rosenkranz beten sollte. Sie knipste die Nachttischlampe an und richtete sich das Kissen zurecht. Das Beten gelang ihr nicht, denn der Gedanke an ihren bevorstehenden Auszug stand dem Vaterunser im Wege.

Ich kann doch nicht mir nichts, dir nichts meine Zelte hier abbrechen, als ob mein Leben keine Bedeutung gehabt hätte. Ich habe doch Gefühle gehabt, große Gefühle, sann Anni, auch wenn sie niemanden interessiert haben.

Das Alleinsein lag auf ihrer Brust, quälend und beklemmend. Sie hätte es gerne abgeschüttelt, es irgendwo abgeladen, es jemandem wie einen schweren Korb in die Hände gedrückt und gesagt, hier, ich gebe dir was, was ich nicht haben will, nimm es. Aber so einfach ließ sich das nicht bewerkstelligen.

Anni schob einen Arm unter den Kopf und überlegte, ob sie die Einsamkeit allenfalls zeichnen könnte. Sie würde sich allein im Bett liegend zeichnen, aber das ergab noch keine Geschichte, fand sie. Allein im Bett liegen konnte jeder, das hieß noch nicht, dass er einsam war. Man müsste schon allein in einem Bett auf einem verlassenen Dorfplatz liegen, dann erschiene man erst verloren und vergessen.

Anni stellte sich vor, wie sie auf einem menschenleeren Dorfplatz in einem Bett lag und in den sternenlosen Himmel starrte. Der Himmel würde ihr etwas näher rücken, oder ihr Bett würde in der Luft schweben. Sie würde dann dem Dunkel ihr Alleinsein schildern, einen Zustand, in den sie nie hatte geraten wollen. Vielleicht aber hat sich Gott die Einsamkeit für mich ausgedacht als Strafe, denn er weiß um mich und um meine Sehnsüchte. Ob er mich auslacht deswegen, überlegte Anni.

In dieser Nacht blieb ihr Himmel ohne Gott und ohne Heilige. Sosehr sich Anni auch anstrengte, sie konnte dort oben, wo sie Gott vermutete, keinen goldenen Thron und keine Engelscharen erblicken. Sie sah nur Unendlichkeit und hörte die donnernde Stille und die sausenden Planeten singen. Die Planeten bewegen sich doch, oder nicht, dachte sie. Sie machen Geräusche, oder ist es das Licht, das knallt.

Es war ihr bewusst, dass ihr maßlose Gedanken im Kopf herumschwirrten, aber, lieber Gott, dachte sie, ich möchte nur nicht, wenn ich schon sterben muss, wie ein kleiner Kieselstein von dieser Erde rollen, ein kleiner Kiesel, der keine Geräusche macht.

Sie knipste die Nachttischlampe aus, und noch während sie überlegte, ob ihre Anrufung den Himmel erreicht hatte, überkam sie doch noch der Schlaf.

Die Haushaltshilfe brachte ihr bald das gewünschte Heft und die Farbstifte. Anni wollte nicht warten, sie schlug das Heft auf dem Küchentisch auf und legte sich die Stifte zurecht. Wie soll ich das bloß anstellen, dachte sie, und überlegte, Jakis Holztiere nach einer Vorlage zu zeichnen, aber dann entschied sie sich für Skizzen aus dem Gedächtnis, denn die Tiere ihres Vaters waren grob geschnitzt gewesen und hatten kaum Ähnlichkeiten mit den lebenden Tieren, was Anni als Kind nicht im Geringsten gestört hatte. Sie konnte mühelos zwischen der Kuh, dem Hasen, dem Pferd, dem Vogel und dem Fisch unterscheiden, obwohl Fisch und Hase so groß wie die Kuh waren.

Die Tiere, die Anni nun zeichnete, bestanden aus einer dicken Einfassungslinie. Sie malte die leere Fläche mit Farbe aus, braun, grau, blau schillernd und gesprenkelt. Sie glaubte wieder in der Volksschule zu sitzen, aufgeregt und mit dem unbedingten Willen zu lernen. So schlecht bin ich gar nicht, fand sie. Sie dachte daran, wie mysteriös und wunderlich ihr zeit ihres Lebens die gemalten Tiere auf den heimischen Kirchenwänden vorgekommen waren, all die Adler, Drachen, Löwen, Einhörner, Wölfe und Lämmer, Bären, Hirsche, Ochsen und Esel, Hähne und Schlangen, die sie betrachtet hatte. Sie würde sich genauso viel künstlerische Freiheit bei der Gestaltung der Tiere herausnehmen wie die Maler der Fresken, beschloss Anni.

Mein Lehrer wäre mit meinen Zeichnungen zufrieden gewesen, wie er auch mit meinen ersten Buchstaben zufrieden war und sie nicht sogleich mit dem Schwamm abgewischt hat wie bei anderen Schülern, denen er zuweilen die Schiefertafel aus der Hand gerissen und gedroht hat, sie gegen die Wand zu schmettern. Dieser schnaufende, stets etwas gehetzte Lehrer, der sich immerhin die meiste Zeit beherrschen konnte, ist gar nicht so übel gewesen, fand Anni. Im Gegensatz zum Pfarrer, der in der

Kirche die Gewohnheit hatte, einem Messbesucher das Gebetsbuch an den Kopf zu werfen, wenn er während der Predigt einnickte oder falsch sang.

Anni prüfte die bunten Farbstifte in der Metallbox.

Sie hatte ihren Lehrer gerngehabt, denn er war der erste Mensch gewesen, der sich ernsthaft mit Kindern abgegeben hatte. Den Einheimischen galt er als launisch und im Umgang mit den Schülerinnen und Schülern zu nachlässig, weil er sie zu selten züchtigte. Nur einmal in der Woche ohrfeigte er, der Reihe nach, die Buben, die lustlos in der Schulbank saßen oder in der Nase bohrten. Er zerrte die Burschen an den Haaren aus der Bank und verteilte Kopfnüsse, damit in den sturen Schädeln der Groschen fiele, wie er behauptete. Die Mädchen ohrfeigte er gewöhnlich nicht, er schlug ihnen nur vereinzelt und selten mit dem Rohrstock auf die Finger oder ließ sie zur Strafe in der hinteren Ecke knien.

Anni musste schmunzeln, obwohl ihr noch immer der Schreck in die Knochen fuhr, sobald sie an ihren Kinderfreund Jozi dachte, der vom Lehrer gegen die Tür geschleudert worden war, sodass er der Länge nach hinstürzte und alles, was er in der Hosentasche getragen hatte, Zündhölzer, ein Klappmesser, eine selbstgedrehte Zigarette, verstreut auf dem Boden lag.

Es fiel Anni aber auch auf, dass sie keine Erinnerung an die Gestalt des Vaters hatte, obwohl er in ihren Kindheitsjahren für das Lachen in der Familie zuständig war. Sie sah sich ständig zu ihm hinaufblicken, denn von oben, von dort, wo in der Erinnerung Annis Blick nicht hinreichte, kamen ein Brummen, ein Zungenschnalzen, ein Gemisch aus Worten, zusammengehalten von einem

Lachen oder Krächzen. Der Schwundvater mit seinen dicken Fingern, die trotzdem sanft sein konnten im Gegensatz zu den ungeduldigen Händen der Mutter, die ständig an etwas herumzupften, mit etwas hantierten und sich höchstens an der Schürze rieben, die vom Schmutz und vom Schweinefett ledrig war. Würde Anni die Gestalt der Mutter zeichnen, so würde sie eine Frau darstellen, die in den Kriegstagen am Rande des Hofangers steht, in den Talgraben hinunterblickt und darauf wartet, dass ihr Mann von der Front zurückkehrt. Sehr lange müsste Agnes an jener Aussichtsstelle ausharren und die Lagerfeuer beobachten, die die flüchtenden militärischen Verbände auf dem Rückzug aus Jugoslawien im unteren Talgraben angezündet hatten. Jene Einheiten, die in den Nachkriegstagen neben dem Bach rasteten und ihre Wäsche in den Weihern wuschen. Einmal, das hatte die Mutter erzählt, war ein General auf dem Hof aufgetaucht und wollte das Pferd mitnehmen. Wir haben kein Pferd, sagte Agnes, dann gib uns ein Kalb, soll der General auf Kroatisch gerufen haben. Wir haben keine Kälber, sagte Agnes. Was habt ihr dann, brüllte der General. Nichts, gar nichts, soll Agnes mit dem Mut der Verzweiflung entgegnet haben.

Anstelle der Mutter zeichnete Anni sich selbst, wie sie im blauen Wollrock und einer scheckigen Weste, die ihr Agnes aus Resten gestrickt hatte, auf einer abschüssigen Wiese steht und den Blick gegen die Waldkuppe gerichtet hat, hinter der ein Weg in den benachbarten Graben hinunterführt. Im Talgrund dahinter, auf einer ebenen Wiese, stand Annis Schule, umgeben von Kastanienbäumen.

Anni zeichnete den Waldhügel als grüne Wand und

zog eine hellbraune, gewundene Linie durch die gezackte Fläche. Sie zögerte, denn ihr Kindheitswald war schwer zu fassen. Er hatte eine sichtbare und eine unsichtbare Seite. Sie würde den Wald nicht zeichnen können, glaubte Anni, zu undurchschaubar und gefährlich war er ihr immer vorgekommen. Auf dem Schulweg hatte sie ihn in Abschnitte eingeteilt, in denen sie langsam gehen konnte oder ihre Schritte beschleunigen musste. Es gab den verwachsenen Wald mit geschlossener Decke, der mit seinen Wurzeln und dem moosigen Boden sich selbst und den Geistern, die ihn bewohnten, überlassen war. Auf den Baumleichen, die herumlagen, wuchsen Flechten, oder sie hingen von trockenen Ästen herab. In sein unzugängliches Gelände hatten sich Wesen zurückgezogen, die auf Ortsfremde lauerten. Gab man einmal nicht acht oder trödelte beim Gehen, griffen sie jäh aus dem Unterholz an. Da konnte es schon passieren, dass man angerempelt wurde und froh sein musste, am Leben geblieben zu sein, erinnerte sich Anni.

Auf die nächste Seite des Heftes malte sie ein rechteckiges, ebenerdiges Gebäude mit grauem Dach und hohen Fenstern. Der Lehrer und der Kaplan schwebten über dem Eingang der Schule, zwei magere Männer, der eine in dunkler Hose mit hellem Hemd, der andere in schwarzer Soutane. Sie hielten jeder ein Buch in der Hand. An der Hausfront lehnte das Motorrad des Lehrers, mit dem er in die Schule fuhr. Vor dem Schuleingang standen die Kinder in Reih und Glied, als Strichmännchen, abwechselnd Mädchen und Buben, mit ihren Schulranzen, die ihnen von den Schultern hingen oder an ihren Armen baumelten.

Anni betrachtete die Zeichnungen. Es wurde ihr mit einem Mal klar, dass sie mit dem Zeichnen nicht weit kommen würde. Die Seiten gaben nur einen schwachen Abglanz wieder, ein Geräusch aus der Vergangenheit, fand Anni, sagten aber nichts darüber aus, was sich wirklich zugetragen hatte. Sie müsste die Erinnerungen aufschreiben, aber das würde alles verkomplizieren. Die eigenen Wörter weigerten sich zu kommen, waren entweder zu klein oder zu groß, sie passten nicht oder klangen fremd, sie schwindelten. Zum Schreiben fehlte ihr schlicht das Können, im Unterricht hatte sie nur die Grundkenntnisse erlernt.

Die Schriftsprache war für Anni eine unerreichbare Übersprache, mit der sie zu kämpfen hatte wie mit einem wildgewordenen Pferd. Sie riss an den Wörtern, aber auch die Wörter strebten von ihr weg, irgendwohin, ins Freie oder ins Leere.

Mit den deutschen und den slowenischen Wörtern hatte sie in der Schule zudem eine Welt kennengelernt, in der sie sich nicht wiederfinden konnte. Die Kinder, von denen sie hörte, hatten Väter und Mütter, sie lebten glücklich in eigenen Häusern, die Sonne schien nahezu Tag und Nacht. Im Winter war es in den Häusern warm, und den Sommer verbrachten die Kinder beim Spielen. In den Schulgeschichten gab es keine Toten, keinen Krieg, keine Gefallenen oder Verschollenen, keine trauernden Mütter. Alle Großeltern saßen mit Brillen und schön gekleidet in Lehnstühlen und lasen den Enkelkindern Geschichten vor, man hatte sie nicht in Lager verschleppt oder umgebracht.

Anni erinnerte sich, dass der Lehrer einmal den Satz an

die Tafel geschrieben hatte, Mutter schaltet beim Hinausgehen das Licht aus. Die Kinder hatten sich gefragt, was denn das für ein Licht sei, das man ausschalten könne, denn zu Hause hatte man noch Petroleumlampen verwendet.

Wie sollte sie alles, was sie sagen wollte, zur Sprache bringen. Im Alltag fiel es Anni schwer, die richtigen Worte zu finden, und auch die Menschen, die sie kannte, drucksten beim Sprechen herum, als hätten sie Steine im Mund. Meistens schwiegen sie, weil sie keinen Sinn darin sahen, etwas zu sagen, da die Missverständnisse hinter jedem noch so mühsam errungenen Wort lauerten. Kaum hatte man etwas gesagt, wurde man schief angeschaut, als hätte man jemandem einen Stein aus dem Hinterhalt nachgeworfen. Alle Sätze, die mit Ich begannen, hatten etwas Anrüchiges, Vorlautes an sich. Sie galten als Regelverletzung, als maßlos und eingebildet. Wer viel redete, wurde nicht ernst genommen. Der Wert einer Frau wurde auch daran gemessen, wie gut sie ihren Mund halten konnte. Die Schweigsamkeit einer Frau galt als noble Eigenschaft. Woher also die Wörter nehmen, wenn eine Art allgemeines Sprechverbot herrschte. Lieber nichts sagen, hieß es, besser, die Wörter hinunterzuschlucken.

Allerdings tanzten in Annis Kopf Sätze und Wörter, die sie singen konnte. Sie waren nicht dazu da, den Ernst der Lage darzustellen, sondern dem Leben etwas vorzugaukeln. Sie überflügelten jedes gesprochene Wort. Beim Singen musste Anni nicht lange nachdenken. Die Wörter lachten in ihrem Mund, sie waren biegsam und getragen von der Sehnsucht nach Harmonie, die alles Unbezähmbare bezwingen konnte. Zudem konnte Anni gewisse Wörter und Sätze einzelnen Menschen zuordnen, der Wortgesang setzte ihre Erinnerung in Gang. Sie hatte als Erstes eine Melodie, einen Tonfall im Kopf. Gleich danach traten die Sprecher in Erscheinung. Wollte sie, dass ihr ein Wort einfiel, dachte Anni an bestimmte Menschen.

Die wichtigste Sprache, die Anni gelernt hatte, war die würdige Sprache, mit der sie sich an Gott, an die Heiligen, die heilige Maria, an die Engel und Märtyrerinnen wenden konnte. Eine glanzvolle, getragene, festliche Sprache, in der sich alle denkbaren Wunder zutrugen, eine Sprache, die weit über den Alltag hinauswies und in den Himmel reichte.

Diese Sprache schätzte Anni am höchsten, da sie berauschend und erregend, aber auch voller Reue und Demut war. So tief, wie sie sich in dieser Sprache verbeugen konnte, so klein, wie sie sich in dieser Sprache machen konnte, würde sie es in der Alltagssprache nicht vermögen. Sogar ihre ungreifbare Seele fand in den Anbetungen Platz. In der religiösen Sprache beschwor sie, bat sie, schwärmte sie, hoffte sie, die Sprache war ihr Wegweiser durch das Dickicht der Tage, eine Festsprache, die sie nie ganz verstand, die ihr letztlich ein Rätsel blieb. Anni bildete sich ein, zuweilen beim Beten in der schönen Sprache eine Antwort zu erhalten, aber darüber würde sie ein anderes Mal nachdenken, denn es berührte einen Teil ihres Lebens, der voller dunkler Winkel und der Ausgangspunkt für die größten und allerbittersten Auseinandersetzungen mit Mira war.

Wie schade, dass sich Mira den wichtigsten Sprachen, wie Anni fand, verweigert hatte, der slowenischen Schriftsprache und dem Beten. Anni sah darin ihre größte und endgültige Niederlage als Mutter, einen unverzeihlichen Makel, von dem sie sich nicht freisprechen konnte, denn es war ihr nicht gelungen, ihre Kinder von der Muttersprache und vom Glauben an Gott zu überzeugen. Sie schloss das Heft in der Befürchtung, dass sich ihr ganzes bisheriges Leben zu etwas Unausgesprochenem, Verschwiegenem verwandeln könnte. Der annähernd größte Teil ihres Lebens versank ohnehin in Wortlosigkeit, er erschien ihr als dunkle Erdmasse, in der ein paar Erinnerungen steckten wie hellgelbe Keimlinge. Sie hätte diesen verschwundenen, verschwiegenen Lebensanteil nicht zeichnen können. Wie sollte die Wortlosigkeit wohl aussehen, wie Nebel, in den man einsinkt, wie Tränen, die aus dem Nichts regnen, wie Magenschmerzen, wie zeichnete man einen Magenschmerz?

Mit dem Zeichnen wird es wohl nichts werden. Am besten, ich gebe Mira das Schulheft wieder zurück. Was sie wohl sagen wird, dachte Anni.

Sie begann in einer Fernsehzeitschrift zu blättern, in der Hoffnung, eine Sendung für die Abendstunden zu finden. Anni schwärmte von Dokumentarfilmen über die Tierwelt, über die Natur, über bekannte Landschaften und ferne Kontinente. Aber auch Geschichtsdokumentationen sah sie sich an und hörte bei politischen Debatten zu. Krimis und Klamauksendungen verabscheute sie, aber die Filmromanzen waren ihr ans Herz gewachsen. Dabei konnte es schon passieren, dass ihr die Tränen kamen, vor allem, wenn die Liebespaare in schöner Umgebung zueinanderfanden. Dann und wann genehmigte sich Anni einen Gefühlsausbruch, ein wenig Aufruhr und Theaterdonner konnten nicht schaden, fand sie.

An diesem Abend stand zu ihrer Freude eine Dokumentation über die Alpen auf dem Programm. Sie empfand es als Geschenk, dass ihr die Tiere und Landschaften, die sie teils aus eigener Anschauung kannte, in nächste Nähe rückten, all die flüchtenden und flüchtigen Geschöpfe, die man im wahren Leben nur für Sekunden zu Gesicht bekam. Erschienen die Tiere auf dem Bildschirm, stieß Anni Seufzer der Verzückung aus, während die Lerchen und Gebirgsstelzen, die Blaukehlchen und Rotkehlchen, die Drosseln und Schilfrohrsänger im Geäst saßen. Zuweilen versuchte Anni sogar das Vogelgezwitscher zu imitieren, meistens aber sprach sie jeden Stieglitz und Birkenzeisig, jede Eule und jeden Kauz, die auftauchten, freundlich an, denn Anni glaubte alte Bekannte zu treffen, die ihr das Leben verschönerten. In den Zärtlichkeitsbekundungen machte sie keinen Unterschied zwischen den Nutztieren und den Tieren in freier Wildbahn.

Nur für Reptilien konnte sie keine Begeisterung aufbringen, Schlangen verfolgten Anni sogar bis in ihre Träume. Einmal hatte sie Mira von ihren Schlangenträumen erzählt, davon, dass sie mit unzähligen kleinen, großen, glatten und kräftigen Schlangen in eine Grube geworfen wurde und um ihr Leben bangen musste. Mira hatte etwas von unterdrückter Sexualität erwähnt, sodass sich Anni von ihrer Tochter provoziert fühlte. Denkwürdig fand sie, dass ihr Mira von antiken, weiblichen Schlangengottheiten erzählte, die Weisheit oder Erneuerung bedeuteten. Mira behauptete sogar, eine Schlange habe den Kosmos geboren, so was, dachte Anni, denn sie konnte nicht einmal mit der Paradiesschlange, die Eva und Adam verführt hatte, etwas anfangen. Die Schlange sei die Verkörperung des Teufels und der Sünde, hatte sie gelernt, aber das würde ja bedeuten, dass ich in meinen Träumen mit der Sünde kämpfe, überlegte Anni. Vielleicht hat Mira doch recht, nein, Blödsinn alles, befand sie und konzentrierte sich auf die Alpen und die alpine Tierwelt.

Im Fernsehen erschien ihr die Natur stets behaglich und in eine Ferne gerückt, die sie bezauberte. In der Kindheit hatte sie sich vor den dunklen Wäldern und mächtigen Bergen gefürchtet. Sie hatte die Landschaft auch später noch als Plage empfunden, war sie doch jahrelang damit beschäftigt gewesen, gegen die Steilhänge und stechenden Dornbüsche, gegen all die Abweisungen der Natur wie Kälte, Frost und übermäßige Hitze zu kämpfen. Sie hatte in der Erde gegraben, die Beete umgestochen und die Erdäpfel in aufgebrochene Furchen gesetzt. Ihre Hände waren hart und schwielig, ihre Fingernägel ständig eingerissen und dreckig, ihre Beine und Arme aufgekratzt oder mit blauen Flecken übersät, die sie sich im Arbeitseifer zugezogen hatte. Agnes hatte ihr beigebracht, jedes Fleckchen Boden nutzbar zu machen, zu bestellen, zu mähen und zu jäten, denn es stand ihnen nicht viel zur Verfügung, ein Garten, ein kleiner Acker, auf dem Erdäpfel und Kraut gediehen. Roggen oder Hafer gab das gepachtete Grundstück nicht her, das Wiesengras musste für die einzige Kuh gemäht werden, und das Buchenlaub hinter dem Haus diente als Streu.

Die schroffen Bergkare im Süden hatten auf Anni immer abweisend gewirkt, geradezu feindlich, sodass sie lange nicht verstehen konnte, warum die Städter auf hohe Berge kletterten und bereit waren, ihr Leben in schwindelerregenden Felswänden aufs Spiel zu setzen. Die Bauern und Keuschler in Bela hatten die spärlichen Ausflügler stets belächelt, die von ihnen erfahren wollten, welchen Weg sie nehmen sollten. Nein, niemand, den Anni gekannt hatte, wollte seine wenige arbeitsfreie Zeit auch noch im Gelände verbringen, dort, wo man sich bis zur Erschöpfung geplagt und geschunden hatte. Die Einheimischen kannten sich auf den Bergwiesen aus, im Wald, überall dort, wo man Hand anlegen musste, aber nicht im unkultivierten, unzugänglichen Gelände.

Später, als Anni aus Bela weggezogen war und in der Nähfabrik arbeitete, machte sie im Urlaub oder an den Wochenenden manchmal Ausflüge in die nahen Berge. Sie hatte auf einmal freie Zeit und wollte die Natur bewundern. Sie wusste, wie lächerlich sie sich vormals, als Kori noch gelebt hatte, mit solchen Wanderungen gemacht hätte. Nun nickte sie vor dem Fernseher ein, während die Kamera über einen langgezogenen Bergkamm fuhr.

Das muss Franz sein. Anni erkannte das Motorengeräusch seines Autos. Sie trat vor die Tür und sah ihren Neffen mit einem unbekannten Mann aus dem Fahrzeug steigen.

Hab ich's doch gewusst!, grüßte sie.

Franz stellte ihr Herrn Schaunig vor, er sei Architekt und werde ihm helfen, die Gebäude instand zu setzen und umzubauen.

Ein Architekt, soso. Anni gefiel der Mann mit der braunen Lederjacke, der sich höflich verbeugte.

Was werden Sie bauen?, fragte sie.

Warten wir ab, was notwendig sein wird. Sie sind also Frau Anni?

Ich bin die Tante dieses Mannes, ja. Anni hob ihr Kinn und deutete auf Franz, der zu lächeln versuchte.

Der Architekt nahm ein Tablet aus dem Auto, mit dem er das Anwesen fotografierte. Alle paar Schritte hielt er inne und richtete das Gerät auf ein Gebäude, zuletzt auch auf Annis Häuschen.

Kann ich später Ihren Keller fotografieren, haben Sie was dagegen?

Kommen Sie nur, sagte Anni, es steht Ihnen frei.

Sie folgte den Männern mit etwas Abstand. Nehmt mich mit, bat sie schließlich.

Franz streckte die Hand aus. Komm, Tante, sagte er und half ihr über die Stufen des Haupthauses.

Lange hatte Anni die Räume von Paul und Frieda nicht mehr betreten. Sie besaß zwar einen Schlüssel, aber allein und ohne Grund hatte sie im Haus nicht herumstöbern wollen. Die Zeit, in der sie wie selbstverständlich in die Küche gekommen war, um den beiden guten Abend zu sagen, war lange vorbei. Die Möbel von Paul und Frieda waren zwar im Haus geblieben, aber Franz hatte schon begonnen, die Einrichtung zu entsorgen. In allen Zimmern stand das Inventar zum Abtransport bereit.

Die Männer musterten die Räume und besprachen die notwendigen Sanierungsarbeiten, während Anni durch das Erdgeschoss schlich, auf der Suche nach dem, was die vormalige Vertrautheit wiederherstellen könnte. Die einmal verhaltenen, dann wieder hallenden Stimmen der Männer klangen geschäftig, unbekümmert, zuweilen polternd. Sie klopften die Wände ab, öffneten die Fenster, unterhielten sich über Türstöcke.

Ich würde gerne ins Schlafzimmer gehen, hilfst du mir die Treppe hinauf?

Da ist fast nichts mehr zu sehen, sagte Franz, willst du wirklich in den ersten Stock?

Bitte, sagte Anni und biss die Zähne zusammen, um das Brennen in den Beinen auszuhalten.

Im Obergeschoss betrat sie einen hellen, weitläufigen Raum, dessen Nordwand mit einem nussbraunen Kleiderschrank verbaut war. Eine Tür stand offen, der Spiegel auf ihrer Innenseite blinkte. Die Matratzen lagen übereinandergestapelt.

An der Wand über dem Kopfende des Ehebettes hingen gerahmte Schwarzweißfotografien. Zwei frischvermählte Paare, Paul und Frieda, sowie Annis Eltern, Agnes und Jaki, waren darauf zu sehen, jeweils umgeben von einer vielköpfigen Hochzeitsgesellschaft. Es fehlen nur Kori und ich, dachte Anni, als sie die Bilder von der Wand nahm.

Die Hochzeitsgäste ihrer Eltern blickten ernst und verblasst aus der Vergangenheit, eine Winterhochzeit, wie könnte es anders sein, der Vater erstaunlich fesch, da hatte Mutter schon recht gehabt, dachte Anni. Agnes trug ein dunkles Kleid und einen Kopfschmuck aus Wachsblumen. Der Bräutigam, der Kranzlführer und die Trauzeugen hatten große florale Anstecker am Revers. An jeder Rispe Tränen aus Wachs. Die Menschen wirkten verbittert und müde, heute würde man so ein Foto nicht billigen, dachte Anni, die Hochzeitsgäste würden inzwischen zum Lachen regelrecht gezwungen, von Fotografen, die Witze reißen, das hatte sie schon erlebt.

Die Hochzeitsgesellschaft von Paul und Frieda wirkte

ungezwungener, die Braut trug einen steifen Schleier, der von ihren toupierten Haaren abstand, dazu ein helles Kostüm mit knielangem Rock. Komische Mode, dachte Anni und spuckte auf das Glas, unter dem das Foto lag. Sie rieb es mit ihrer Schürze trocken. Das Polieren brachte die Menschen genauer zum Vorschein. Die meisten Gesichter hat Gott schon aussortiert, einen nach dem anderen, das ist der Lauf der Welt, flüsterte Anni.

Mit ihrem eigenen Hochzeitsfoto würde es ihr ähnlich ergehen, ein Besuch auf dem Friedhof wäre das. Wenigstens hatten Kori und sie ihre Hochzeit groß gefeiert, mit Musik und Tanz und üppigem Essen. Es war ein schöner Tag gewesen, alle waren gut gelaunt und übermütig, erinnerte sich Anni. Sie würde Franz fragen, was er mit den gerahmten Fotos vorhabe.

Ohnehin war ihr nicht klar, was sie mit ihrer eigenen Hochzeitsfotosammlung anstellen sollte, die in diversen Schachteln in ihrem Häuschen lagerte. Sie hatte die Fotos aller Verwandten zusammengetragen. Auf dieses Menschenarchiv war sie besonders stolz, denn jede Hochzeit stand für einen Neuanfang, für ein Versprechen, für Zukunft und Nachwuchs. Davon konnte man nie genug bekommen, dachte Anni. Nur Mira ist in dieser Hinsicht gescheitert, ihr Hochzeitsfoto, auf dem bloß die Braut und der Bräutigam zu sehen sind, macht nicht viel her. Wie kann man so ohne Aufputz, ohne festliche Kleidung und ohne Hochzeitsgesellschaft heiraten! Eine Frechheit, dass ich nicht zur Hochzeit eingeladen worden bin, empörte sich Anni. Sie schnaufte und hängte die alten Fotografien wieder an die Wand. Mit zwei Beamten als Zeugen zu heiraten, da ist doch was im Busch, und im Sommer ein

Gartenfest für die engsten Verwandten und Freunde auszurichten, das zählt nicht. Anni brachte die Erinnerung an Miras Hochzeit in Rage. Auf diesem Gartenfest hatte sie Mira weinend im Auto vor dem Gasthaus erwischt, weinend! Eine Braut, die nicht vor Glück weint, sondern aus Kummer oder aus irgendeinem anderen Grund, hat alles verspielt.

Anni ließ den Blick über die Wände wandern, von Gegenstand zu Gegenstand. Der Raum mit den abgenutzten Möbeln wühlte sie auf. Sie stellte sich vor, wie Paul und Frieda es gut miteinander hatten, wie sie in diesem Bett gescherzt haben mochten, denn am allermeisten hatte Anni Paul und Frieda um ihren freundlichen Umgangston beneidet, um die teilnehmende Art, in der sie miteinander gesprochen hatten.

Anni hatte in ihren einsamen Stunden und Tagen die beiläufigen Zärtlichkeiten eines Partners vermisst, Gespräche im Bett und kleine Sticheleien. Das erschien ihr als eine Form von Glück. Sie stellte sich vor, mit Kori zu scherzen, aber er war so weit weggerückt, dass sie sein Wesen kaum mehr erreichen konnte.

In Wahrheit, dachte Anni, hat nur Lutz mit mir gescherzt und dabei englische Wörter mit den slowenischen gemischt, die ich nicht gleich verstanden habe, Hannianni hat er mich gerufen, Hannianni war aber nicht das Einzige, was ihm eingefallen ist. Allein wie er mich berührt hat, wie er meinen Rücken gestreichelt hat, ein sanftes, schläfriges Auf und Ab, erinnerte sich Anni. Ich wollte, dass er nie aufhört mit der Hand über meinen Rücken zu fahren. Es ist mir ganz anders geworden. Ich bin dagelegen und konnte mich nicht rühren. Es war kaum zu ertragen. Er war doch verheiratet, das durfte nicht sein! Ich habe innerlich die Augen fest zugedrückt, um nicht zu sehen, wie mich Gott bei einer Sünde beobachtet. Aber ich habe sie zugelassen. Heute tut es mir nicht mehr leid, aber damals irgendwie schon.

Anni trat in den Flur hinaus und rief nach Franz.

Vielleicht habe ich einen Blödsinn gemacht, als ich Lutz gebeten habe, mich nicht mehr zu besuchen, vielleicht aber war es richtig so, wie es gekommen ist, dachte Anni.

Franz reichte ihr von unten die Hand und führte sie die Treppenstufen hinunter. Jetzt trippele ich wie eine Königin, sagte Anni, so geht nur die englische Königin an der Hand eines Kavaliers.

Der Architekt lachte, ich komme gleich auf eine Audienz vorbei, Frau Anni, wenn das genehm ist.

Bitte, bitte, sagte Anni.

Wieder in ihrem Haus, kramte sie ein rostrotes Kuvert aus dem Sockenfach des Kleiderschranks. Sie setzte sich damit auf ihr Bett und zog ein Bündel Schwarzweißfotos heraus. Obenauf lag das Foto, das Lutz bei seinem überraschenden Besuch in Bela von ihr aufgenommen hatte. Anni posierte hochschwanger vor ihrem damaligen Häuschen. Das nächste Foto, das von einem unbekannten Fotografen mehr als dreißig Jahre später aufgenommen worden war, zeigte Lutz in Wanderhosen und kariertem Hemd mit aufgekrempelten Ärmeln. Zur Erinnerung an eine schöne Zeit, stand auf der Rückseite. Lutz stemmte auf diesem Foto einen Arm in die Hüfte, während er sich mit der anderen Hand auf einen Wanderstock abstützte.

Das muss in der Mela sein, unter dem Košutamassiv. Es

sieht aus, als wandert Lutz auf einem anderen Planeten, dabei war es gar nicht weit weg von hier, dachte Anni.

Lutz posierte auf einer rutschigen, rieselnden Halde, dahinter reckte sich ein Felshang in die Höhe. Das Licht fiel von oben auf ihn, sodass sein Gesicht vor dem hellen Hintergrund etwas beschattet war. Im Sommer, in dem sie zugelassen hatte, dass sie sich nahekamen, wollte Lutz Anni überreden, mit ihm auf die Mela zu gehen. Aber Anni hatten ihre Beine damals schon Probleme bereitet, was wohl vom stundenlangen Stehen in der Küche herrührte, von den heißen Temperaturen am Herd und dem ständigen Wechsel aus der Küche in den Kühlraum.

Ježešmarija, flüsterte sie, nun ist er auch schon tot, der Lutz. Gestorben und begraben im Südwesten Englands, ich weiß nicht einmal wo, weil ich mir den komplizierten Namen der Stadt nicht gemerkt habe.

Das Haustor knarrte, Franz und der Architekt traten in den Flur.

Ich bin hier, im Zimmer, sagte Anni laut und nachdrücklich. Franz schob seinen Kopf durch die Tür, ob Herr Schaunig und er in den Keller dürften.

Anni zuckte mit der Schulter, was fragst du, das Haus gehört doch dir.

Sei nicht böse, Tante, versuch bitte zu verstehen.

Mach dir keine Sorgen, Franz, sagte Anni und blickte so freundlich, wie sie nur konnte.

Ich werde dir helfen, ich meine, beim Auszug mit anpacken, und wenn in der neuen Wohnung die Böden ausgetauscht werden müssen, werde ich sie verlegen. Es wird schon gutgehen, hoca, sagte Franz.

Anni fasste etwas Zutrauen zu diesem hünenhaften

Menschen, der sie nach langer Zeit wieder einmal mit dem slowenischen Kosewort angesprochen hatte. Sie glaubte in diesem Moment die Stimme ihres Bruders zu hören, eine Stimme, die nur hin und wieder aus Franz kam, aber manchmal eben doch.

Ohne deinen Vater und deine Mutter ist es auch kein Leben hier, man vereinsamt, weißt du, sagte sie.

Franz verschwand aus der Tür. Die Stimmen der Männer zogen sich in den Keller zurück, sie glichen einem tiefen Knurren, als ob sie aus einer Rinne sprechen würden, die in die Erde führt.

Anni zog eine zusammengefaltete Zeitungsseite aus dem Kuvert, einen Bericht über die Grubenarbeiter im alten Glančnikstollen, den sie zur Erinnerung an den Ausflug mit Lutz aufbewahrt hatte. Lutz hatte sie auf ihrer gemeinsamen Reise nach Ravne überredet, auch den aufgelassenen Stollen zu besuchen. Sie fuhren mit einem Zug ein, in dem sich Anni wie eine Gefangene vorgekommen war. Der Stollen war anfangs so niedrig und schmal, dass man den Kopf einziehen musste. Man glaubte, in den engen Schlund eines riesenhaften Wesens vorzudringen, das einen erdrücken und zermalmen könnte. Anni hatte sich in großer Furcht an Lutz gepresst, der ihre Hand genommen hatte und fest gedrückt hielt.

Anni faltete den Bericht auseinander, Frauen mit Kopftüchern und Grubenlampen standen hinter sitzenden Knappen, die festliche Hüte und weiße Hemden trugen. Offenkundig war das Foto an einem Feiertag aufgenommen worden. Auf einem anderen Foto wurde unter großer Anteilnahme der Bevölkerung ein neuer Stollen eröffnet, wieder auf einem anderen Bild posierten die

Knappen in Arbeitsmontur vor der Einfahrt in die Helenengrube.

Anni war Lutz zuliebe in den damals schon nur noch touristisch genutzten Stollen gefahren. Lutz sprach von seiner Leidenschaft für den Bergbau, obwohl er nie unter Tage gearbeitet hatte, sondern als Ingenieur in einem Stahlwerk für Beschichtungen zuständig war. Er hatte ihr den Namen seines Betriebes und seiner Tätigkeit aufgeschrieben, merkwürdige Namen waren das, und erzählt, dass es in England neben der englischen Sprache auch andere Sprachen gebe. Dort, wo er lebe, werde Walisisch gesprochen, die Gegend sei zweisprachig wie hier in Kärnten und Walisisch sei eine keltische Sprache, sagte Lutz. Im Grunde aber gehe es mit der Stahlindustrie dort, wo er arbeite, bergab. Er fühle sich wie eine Art Sterbebegleiter. Sein Werk werde gerade verkauft, es verliere mehr und mehr an Bedeutung, hatte Lutz erzählt.

Anni wurde auf eine blaue Notiz am unteren Rand der Zeitungsseite aufmerksam, ein paar Großbuchstaben zufällig nebeneinanderstehend, EBBW VALE. So hieß doch der Ort, an dem Lutz gearbeitet hatte. Das Blau der Tinte hatte sich in die raue Papierseite hineingefressen, ein Fremdwort unter dem Bericht über die slowenischen Bergknappen. Ach, Lutz, flüsterte Anni, wie sie damals im beengten Stollenzug geflüstert hatte.

Die Grube hatte sich, Gott sei gedankt, nach der Einfahrt geweitet. Die Besucher konnten einen Abschnitt der Strecke sogar zu Fuß zurücklegen. Anni war voller Staunen und Ehrfurcht gewesen, die Stollen erinnerten sie an die Gänge in einem Ameisenbau. Zu Lutz hatte sie gesagt, dass sich die Menschen wie die Ameisen in den

Berg gegraben haben, auf der Suche nach Metall. Lutz hatte gelacht, wenn Anni ihre Vergleiche zog. Du bist mir eine, hatte er gesagt und ihr den Arm um die Schulter gelegt. Er hatte ihr die verschiedenen Gesteinsschichtungen erklärt und auf die Reste des grau schimmernden Bleis hingewiesen, als sie an einer Ader vorbeikamen. Der Berg schwitzt also Metall aus, sagte Anni, und Lutz musste wieder lachen.

Die Männerstimmen kletterten aus dem Keller und wurden mit einem Mal wieder verständlich. Wir sind fertig, sagte Franz.

Anni legte die Zeitungsseite und das Kuvert auf das Bett. Ich komme, sagte sie und mühte sich in den Flur. Wie wäre es mit einem Gläschen Schnaps? Man soll nie einen Haushalt verlassen, ohne sich hingesetzt und etwas getrunken zu haben.

Herr Schaunig bat um ein Glas Wasser, der Tag wäre noch lang, ein Schnaps auf leeren Magen würde ihn umhauen.

Aber, aber, sagte Anni, nun übertreiben Sie nicht. Mein Schnaps hat noch jedem gutgetan, er stammt von unseren Zwetschkenbäumen, und es ist der letzte Schnaps, den mein Bruder gebrannt hat.

Die Männer tranken hastig. Herr Schaunig schrieb unentwegt in sein schwarzes Notizbuch.

Das wird eine große Sache, hoca, beteuerte Franz, es wird dir gefallen.

Glaubst du, dass ich die Eröffnung deines Betriebes noch erlebe?

Selbstverständlich, du musst es nur wollen, hoca.

Wenn es so einfach wäre mit dem Willen, dachte Anni, nachdem die Männer aufgebrochen waren. Wenn dieser Wille nur nicht so eigensinnig wäre. Sie hatte sich stets von ihrem Willen leiten lassen, aber irgendetwas hinderte sie in letzter Zeit daran, eine Art Leichtfertigkeit, die stärker war als alle Willensanstrengungen.

Auf der Fensterbank im Schlafzimmer leuchteten ockerfarbene Kristalle auf zwei dunklen Steinen, als sie flüchtig ins Sonnenlicht gerieten. Anni griff wie gewohnt danach und rückte sie zurecht. Die Wulfenitsteine hatte ihr Lutz zur Erinnerung an den Glančnikstollen geschenkt. Er hatte sie im dazugehörigen Museum erworben. Die auffälligen Steine hatten vor allem die Neugier von Annis Kindern geweckt, aber sie wollte niemandem verraten, woher sie die Mineralien hatte.

Nach dem Ausflug mit Lutz hatte Anni wiederholt davon geträumt, mit einem Zug in einen Stollen einzufahren, in dem sich ein Teil ihres Lebens abspielte. Komisch, so etwas zu träumen, woher diese Träume wohl kommen, rätselte Anni. Fremde und ihr bekannte Menschen lebten im Berg, ohne zu wissen, dass sie sich unter Tage befanden. Häuser und Altäre fügten sich in die Felswände ein, es gab Musik, bunte Lampions, aber auch Wind, einen Wind, der durch die langen Gänge des Berges fuhr und sie wärmte.

Einmal, auch das fiel Anni jetzt wieder ein, hatte es ihr beim Fernsehen den Boden unter den Füßen weggezogen. Sie glaubte in ein abgrundtiefes Loch zu blicken, das sie direkt unter ihren Füßen nicht vermutet hätte. Sie hatte sich eine Dokumentation über die Tiefsee angesehen, bizarre, ihr völlig unbekannte Tiere leuchteten im

Schein der Kamera auf, angstverzerrte Ungeheuer, die sich in der Sekunde davonmachten und in der Schwärze verschwanden. Das kann doch nicht sein, dass oben und unten, Traum und Leben zusammenfließen, sodass man ganz dumm wird, schoss es ihr durch den Kopf. Als die Kamera an den unterirdischen Schornsteinen, aus deren Kratern schwarzer Rauch aufstieg, vorbeischwebte, schrak Anni auf, dasselbe Grauschwarz wie im Stollen, dasselbe Schwefelgelb, und blickte verdattert auf den Wasserkontinent, von dem sie keine Ahnung gehabt hatte. Sie erinnerte sich, dass sie ein paar Mal mit der Dunkelheit zusammengestoßen war, der man immer auszuweichen versuchte, einer Dunkelheit, die nicht nur die Nacht umfasste, sondern viel mehr, viel mehr, dachte Anni. Kein Wunder, dass wir ständig mit Licht hantieren, wenn uns aber die Dunkelheit zeigt, wie blind wir sind.

Wie wäre es, wenn ich mich als Kind, umgeben von tiefer Nacht, zeichnete, im roten Rock und einer grell leuchtenden gelben Bluse, in einer Nacht, die ich einmal erlebt habe und die immer noch in mir herumgeistert.

Kurz bevor sie mit Mutter und Paul die Hube verlassen musste, erinnerte sich Anni jetzt, waren zwei Männer zu Besuch gekommen, der Rogaunigbauer und ein unbekannter Mann, die beim Umzug ins Tal helfen wollten. Anni hatte die Mutter lachen gehört, ungehörig laut lachen, und hätte am liebsten gebrüllt, aber sie schluckte die Eifersucht, die in ihr wütete, hinunter. Argwöhnisch lugte sie in die Küche, aber Agnes befahl ihr, ins Bett zu gehen. Geh schlafen, sagte sie, es gibt nichts mehr zu tun. Dabei war es noch nicht einmal dunkel draußen, sogar Pauli spielte im Flur mit den Katzen. Wie konnte Mutter sie dermaßen kalt abweisen. Sie würde sich an ihr rächen und heimlich zu Tante Vroni gehen, ohne Mutter etwas zu sagen, beschloss Anni. Sollte Mutter dann rätseln, wo sie geblieben ist, und sich Sorgen machen, sollte sie doch Angst um sie bekommen.

Anni packte eine Wollweste, eine Kerze und Streichhölzer zusammen, lief über die Wiese hinauf und kauerte sich am Waldrand in ihren gewohnten Muldenplatz, von dem aus sie das ganze Anwesen überblicken konnte. Sie wartete, bis das Elternhaus im Dämmerlicht zu verschwimmen begann.

Ein blassweißer Mond schälte sich aus dem Horizont und hing über den Bergspitzen im Süden, das Licht in der Küche leuchtete dunkelorange. Das war das Zeichen für Anni aufzubrechen. Sie nahm den Waldweg, den sie zwar kannte, der ihr aber in der Dunkelheit verändert vorkam. Er verschwamm, er wuchs in die Höhe und Breite. Ein kühler Luftzug wehte Anni entgegen, als wäre sie in einen unbekannten, Ehrfurcht gebietenden Kirchenraum eingetreten. Die Vögel, die im Dämmer gesungen hatten, verstummten wie auf ein Zeichen, ein Waldkauz flog aus dem Dickicht auf, sein Flügelschlag kaum mehr als ein vorüberziehender Windhauch, ein Tannenast vibrierte, ein Nachttier hielt auf seinem Streifzug inne, oder war Anni auf einen trockenen Zweig getreten? Ein Spinnennetz klebte an ihrem Gesicht, eine tote Fliege oder eine Motte, grässlich. Die Luft duftete, als hätte der Waldboden alle Poren geöffnet, die tagsüber geschlossen waren. Anni hörte ihre Angst flüstern, sie war so hellhörig in dieser Nacht, dass sie die Vorsicht der Tiere rundherum wahrnehmen konnte. Sie befürchtete, den Weg unter ihren Füßen zu verlieren, und zündete die Kerze an. Sie sah sich im matten Lichtschein in einer fremden Umgebung und hielt die kleine Flamme in die Höhe. Jeder Borkenausschnitt, jedes Baumblatt, jedes bisschen Moosteppich glühte in auffälligen, geheimnisvollen Farben. Der Mond tauchte über den Wipfeln der Bäume auf, um dann wieder zu verschwinden. Anni nahm sich zusammen, wenigstens bis zur ersten Lichtung wollte sie gehen, wo die Jäger einen Ansitz gebaut hatten, und dort etwas rasten. Als sie die Lichtung erreicht hatte, rollten ihr Tränen über die Wangen, Tränen der Verzweiflung und des unbändigen Zorns. Mit letzter Kraft, wie ihr vorkam, kletterte sie die Leiter zur Kanzel hinauf und warf sich auf den Holzboden, der mit Stroh ausgelegt war. Sie weinte und bebte sich in den Schlaf, bis die Vögel im Morgengrauen sie mit ihrem Trillern und Zwitschern weckten. Anni hörte zu, als erwachte sie zu neuem Leben. Sie blickte durch die Schlitze der Bretterblende in den taufrischen Wald und fröstelte. Langsam stieg sie die Leiter hinunter und lief mit eingezogenen Schultern nach Hause. Sie hatte keine Zeit nachzudenken, denn die Angst, die ihr im Nacken saß, ließ keinen anderen Gedanken in ihren Kopf als den, so schnell wie möglich alles hinter sich zu bringen.

Wo warst du?, fragte Agnes, als Anni in die Stube trat. Bei Tante Vroni, behauptete Anni und wollte an Mutter vorbei, aber Agnes schnappte sie sich an den Haaren und ohrfeigte sie wortlos. Dann sagte sie, wasch dich, zur Strafe wirst du die Böden im Haus aufwaschen und alle Fenster putzen.

Nach dem Frühstück füllte Anni einen Metalleimer

mit lauwarmem Wasser und begann, die Böden mit Lauge zu schrubben. Gegen Mittag kam das Fieber, das in der Nacht stark anstieg. Im Fieberschlaf spürte sie, wie ihr Agnes Essigumschläge anlegte, aber Anni hatte ihre Mutter aufgegeben. Sie wollte sich nicht mehr an diese Frau klammern, das hat keinen Sinn mehr, dachte sie.

Wenn ich meine Mutter zeichnen wollte, würde ich sie als dunkle Bergkönigin zeichnen, die im Eis lebt und die Eigenschaft hat, an manchen Tagen als Riesin aufzutreten, an anderen hingegen als durchsichtiges Geschöpf, überlegte Anni, aber sie gab die Idee gleich auf, zu anspruchsvoll erschien ihr das Bild, das sie im Kopf hatte. Ein bewegliches Bild, in dem sich das Eis über die Landschaft breitete, in der sich Agnes bewegte, ein Bild, das sich ständig veränderte und doch über Minuten bestehen blieb.

Anni stellte sich vor, wie das Eis mit Agnes in die Welt kam und in den herbstlichen Frostnächten in den feuchten Schattseiten des Talgrabens zutage trat. Es bedeckte zunächst die Wasserpfützen, die sich in den Schlaglöchern der Zufahrtswege gesammelt hatten. Sie stellte sich vor, wie der Frost schon bald die Wäsche erstarren lassen würde, die zum Trocknen auf dem Dachboden aufgehängt worden war. Der kalte Hauch von Agnes kroch in die frisch gewaschene Wäsche, die nach dem Abnehmen von der Leine krachte und rumpelte. Die erfrorenen Leintücher und Hemden waren stocksteif und ließen sich kaum stapeln. Um Weihnachten herum überzog das Eis nicht nur die Pfützen, Wiesen und Wege, es legte sich auf die Fensterscheiben des Hauses, malte Blumenmuster, Ranken und Girlanden mit aufflammenden Sternen, Blütendolden und Schneeflocken auf das Glas. Im Flur schwappten dünne Eisplatten in den Wasserkübeln, bis in den Raunächten der Frost die Schlafkammern erreichte und Bettdecken und Wände mit einer Reifschicht überzog. In der Früh glitzerte alles, drinnen wie draußen, im Morgenlicht, in dem Agnes herumging, ja, sie hatte etwas Herrschaftliches an sich, dachte Anni, nur musste sie das vor aller Welt verheimlichen.

Nicht nur die Kälte kam mit Agnes in die Welt, Mutter hatte auch ein Tages- und ein Nachtgesicht. Während des Tages überwog die Unbeugsamkeit in ihren Gesichtszügen, in der Nacht jedoch konnte man sie zuweilen weinen hören. Es war Anni, als breche in den Minuten, in denen sie glaubte, Mutters Wimmern zu vernehmen, die Welt zusammen. Sie konnte sich nicht vorstellen, in Mutters Kammer zu gehen, sich zu ihr ins Bett zu legen, denn sie hätte eine Grenze überschritten. Sie hätte damit ihre eigene Angst gezeigt, mit der sie Agnes nicht belasten wollte. Anni blieb daher liegen, starr und zitternd, bis die Geräusche aus Mutters Kammer verstummten.

Anni schlug das Zeichenheft auf und machte ein paar dunkle und silbrig-weiße Striche. Das ist das Eis, murmelte sie, in dem meine Mutter als graue, glitzernde Schneeflocke schwebt. Eine Mutter, die man fürchtet, muss man schön malen, dachte Anni. Am besten, man stellt sie auf ein Podest, so wie ich das in der Haushaltsschule getan habe.

Damals wurden die Schülerinnen dazu angehalten, einen Aufsatz über Vater und Mutter zu schreiben. Anni schämte sich, zu erzählen, wie es bei ihr zu Hause zuging und dass der Vater aus dem Krieg nicht mehr nach Hause gekommen war. Wer damals über den Krieg sprach, machte sich verdächtig, dieses Reden galt als unrein. Die Nonnen fanden es ungehörig, über Tod und Zerstörung auch nur nachzudenken, denn es galt, beides zu überwinden und ihre Spuren zu tilgen.

Anni saß in der Schulbank mit der Last der Verschwundenen und Getöteten im Nacken, über die sie nichts sagen durfte, also schrieb sie über die Heldentaten ihrer Mutter. Sie erzählte davon, wie Agnes sehr früh, mit den Hühnern, aufstehe und zu arbeiten beginne, wie sie allein für ihre Kinder sorge, wie sie stets lieb, aber auch streng zu ihnen sei und viel bete. Das Beten und der Kirchgang seien der Schmuck der Familie, aber auch der reinliche Haushalt, in dem nichts herumliege. An diesem Punkt angekommen, fiel es Anni leicht, Dinge zu erfinden, oder hätte sie schreiben sollen, dass sie seit dem Umzug ins Tal allein für das Wäschewaschen zuständig war, aber das hätten ihr die Nonnen nicht geglaubt. Sie erzählte auch, dass ihre Mutter sich wegen der Kinder und wegen der slowenischen Sprache geweigert hatte, noch einmal zu heiraten, obwohl sie einen ehrlichen Verehrer gehabt hatte, einen Geschäftsmann übrigens, der in der Bezirksstadt einen Laden besaß. Die Mutter hätte eine Kauffrau werden können, aber sie hätte aufhören müssen, Slowenisch zu sprechen, das sei die Voraussetzung für die Heirat, das hatte ihr der Kaufmann klipp und klar gesagt. Ihr Leben wäre anders verlaufen, wenn sie in diese Ehe eingewilligt hätte, aber Agnes wollte nicht, sie wollte den eigenen Kindern diesen Kaufmann nicht zumuten.

Anni schrieb, wie schwer Agnes im Gasthaus ihrer

Schwester arbeite und wie sie mit ihrer Bescheidenheit dafür Sorge trage, dass es im Wirtshaus sittsam zugehe. Hätte Anni berichten sollen, dass mit einer gewissen Regelmäßigkeit Flüchtlinge und Schmuggler illegal über die grüne Grenze kamen und zuweilen sogar im Heu des Gasthausstadels übernachteten, dass es Streitereien und kaum verhohlenen Hass unter den Nachbarn gab, dass Betrunkene im Hof randalierten und sich unter ihrem Fenster erbrachen, dass sie schon hatte zusehen müssen, wie sich dieser oder jener Mann über eine Frau hergemacht hatte, ein Kämpfen und Keuchen war diese Liebe, die gleich auf dem Boden, auf der Tenne oder sogar auf dem Klo hinter dem Häuschen, in dem sie lebten, vollzogen wurde. Es war zum Fürchten, und es war abstoßend, was Anni zu sehen bekam. Hätte sie über diese Vorkommnisse schreiben sollen? Dafür, für die harte Wirklichkeit, fehlten Anni schlichtweg die Worte. Die Wirklichkeit war nur in der Verschönerung und als Ausflucht zu ertragen, also verlor Anni darüber kein Wort. Sie berichtete, dass ihre Mutter Agnes im Grunde sehr fröhlich, oft zu Späßen aufgelegt und überhaupt ein optimistischer Mensch sei, der sich nie beklage.

Anni hatte Agnes in ein schönes Licht gestellt, von dem letztendlich auch für sie etwas abfiel, denn sie durfte den Aufsatz der ganzen Klasse vortragen. Die Klassenlehrerin lobte Anni über alle Maßen, sie habe sich als gute Schülerin und als gute Tochter erwiesen, die die Leistungen ihrer Mutter zu würdigen wisse.

Wie schön aber wäre es gewesen, dachte Anni, wenn Agnes mehr von sich erzählt hätte, wenn sie sich wenigstens einmal verplaudert hätte, aber es kamen ihr in Anwesenheit ihrer Kinder keine Erlebnisse aus der Kindheit oder Jugendzeit über die Lippen. Nur Befehle, Belehrungen und Gebete, der Rest war Schweigen, ein Schweigen, von dem Anni glaubte, dass es in Stein gemeißelt sei, als ob ihre Mutter alle Sätze, die nicht die Arbeit betrafen, verschluckt hätte, als ob es nichts Nennenswertes, Persönliches jenseits der Pflichten zu sagen gäbe.

Das Wesentliche, was Mutter mir vererbt hat, war der unbedingte Wille, mich mit den fleißigsten Frauen zu messen, dachte Anni. Mit jenen Frauen, die sommers wie winters, ohne zu murren, mit den Hühnern aufstanden, um zu arbeiten. Es galt, schnell zu sein, nicht zu trödeln, nicht den Tagträumen nachzuhängen. Jeden Tag würde bei den Frauen der Weizen von der Spreu geschieden, hatte Agnes behauptet. Die Bäuerinnen und Mägde wetteiferten untereinander, wer das gemähte Gras auf einem Wiesenhang am schnellsten mit dem Rechen wenden konnte, wer mit einem bis oben hin beladenen Weidenkorb am Rücken als Erste den höchsten Kogel erreichte, wer am Tag die meisten Kornbündel band, in kürzester Zeit die meisten Kühe molk, wer die gesündesten Kinder zur Welt brachte und am furchtlosesten den Schmerz missachtete, ihn am längsten aushielt, so lange, bis sich andere ihrer erbarmten und die Leidende ersuchten, endlich nach Hause zu gehen und sich hinzulegen. Eine Frau muss ihr Leid wie einen Glorienschein tragen, hatte Agnes verlangt.

Anni seufzte. In den Augen meiner Mutter war ich ein leichtfertiger Mensch, weil ich in die Schule gehen und mich unterhalten wollte. Sie hätte mich nicht aus dem Haus gelassen, wenn ich nicht geheiratet hätte, obwohl ihr Kori nicht gefallen hat, weil sie ihn für einen Trinker hielt, aber ein Trinker war damals, nach dem Krieg, keine Ausnahme, erinnerte sich Anni.

Olga, die neue Haushaltshilfe, stammte aus Slowenien. Schon beim Antrittsgespräch hatte Anni den Eindruck, ein neues Familienmitglied kennenzulernen, so wohl fühlte sie sich in der Gegenwart der jungen Frau. An diesem Tag hatte Olga Verspätung, weil sie ihr letzter Kunde, wie sie erklärte, etwas länger beansprucht hatte. Er habe in der Nacht ins Bett gemacht, also musste sie es neu beziehen, die Wäsche waschen und alles reinigen, das habe gedauert, außerdem habe sie dem verwirrten Witwer eine Reissuppe gekocht, damit er was Warmes in den Magen bekomme.

Anni bat Olga, ein paar Kleidungsstücke und Bettwäsche zu bügeln und ihren Kleiderschrank auszuwischen, es habe sich in letzter Zeit reichlich Staub angesammelt. Olga könne den Bügeltisch gleich neben dem Schrank im Schlafzimmer aufstellen, meinte Anni, dann befände sich alles in Reichweite.

Die junge Frau war flink und geschickt, sodass Anni etwas ratlos neben ihr stand und überlegte, was sie tun sollte, denn zu bemängeln gab es nichts. Eigentlich hätte sie gerne noch einen Wunsch geäußert, denn sie fand es in letzter Zeit aufregend, Aufträge zu erteilen, aber es fiel ihr gerade nichts ein.

Haben Sie Familie?, fragte sie schließlich.

Olga nickte, einen Mann und zwei Kinder, auf die ihre Mutter aufpasse, damit sie arbeiten gehen kann.

Ich habe auch zwei Kinder, sind beide schon älter,

sagte Anni. Meine Tochter hat studiert und ist verheiratet. Mein Sohn Stanko hat mit seiner Frau zwei Töchter.

Sie müssen sehr stolz auf Ihre Kinder sein.

Anni nickte, natürlich bin ich stolz, das sagt ein jeder.

Wo lebt Ihre Tochter?, fragte Olga.

In Wien, in einer Wohnung mit hohen weißen Wänden und vielen Büchern in weißen Regalen. Sie können sich gar nicht vorstellen, wie viele Wände mit Büchern vollgestellt sind. Ob sie die alle gelesen hat, habe ich mich immer gefragt, wenn ich einmal auf Besuch gewesen bin, allzu oft werde ich ja nicht eingeladen, rutschte es Anni heraus.

Möchten Sie Ihre Tochter öfter besuchen?

Jetzt geht es nicht mehr, ich kann nirgendwohin. Früher bin ich, wenn ich einmal in der Stadt war, viel mit der Straßenbahn gefahren. Martin, so heißt der Mann meiner Tochter, hat mir genau aufgeschrieben, wo und wann ich aussteigen und auf was ich achten soll. Ich habe die Telefonnummern der beiden in der Tasche gehabt und bin dann losgegangen. In ihrer Wohnung habe ich es nicht lange ausgehalten, wissen Sie, man kommt sich, wenn alles so etepetete ist, fehl am Platz vor. Man kann nicht anfangen herumzustöbern. Da passt jedes Kissen zum Sofa, jeder Gegenstand hat seinen Platz, da liegt nichts herum, das schmutzige Geschirr wird gleich in den Geschirrspüler geräumt. Das kommt, weil Miras Mann so ein Hausmann ist. Er ist zwar Lehrer an einem Gymnasium, aber zu Hause hat er auch die Hosen an. Das muss nicht sein, finde ich. Ein Haushalt, in dem der Mann mitmischt und den Kühlschrank sortiert, das würde ich nicht aushalten. Ich hatte praktisch nichts zu tun, in Wien, ich hätte mich nützlich machen wollen, aber es ist nicht erwünscht gewesen.

So haben Sie wenigstens etwas von der Stadt gesehen, oder nicht?

Durch die Straßen zu fahren war nicht so interessant, da steht ein altes Haus neben dem anderen. Oft bin ich allein ins Zentrum gefahren und in den Volksgarten gegangen, da konnte ich zwischen den Rosenstöcken sitzen und die Paläste bewundern, das Parlament und die Hofburg. Da bin ich mir auch fremd vorgekommen, aber bewundert habe ich alles, man kann so viel Pracht nur bewundern, wenn man wie ich die Armut kennengelernt hat.

Olga presste mit Nachdruck das Bügeleisen auf ein Wäschestück.

Ich freue mich, dass es Mira gutgeht, fuhr Anni fort. In der Jugend ist sie schwierig gewesen. Ich habe sie dreioder viermal besucht, als sie noch studiert hat. Wir haben dann in einem Bett im Studentenheim geschlafen mit dem Kopf neben den Füßen der anderen, so ging es irgendwie. Schließlich hat sich Mira einen Schlafsack gekauft und sich unter den Schreibtisch gelegt, damit ich in ihrem Bett schlafen konnte. Sie hat mir Frühstück gemacht in der Früh, wir haben lange gefrühstückt und uns unterhalten. Es ist lustig gewesen, ja.

Warten Sie, unterbrach sich Anni und kramte auf ihrem Tischchen. Sie zog ein Foto aus einem Buch und hielt es Olga vor die Nase. Sehen Sie, meine Tochter und ich vor der Gloriette. Sie ist mit mir im Schönbrunner Garten spazieren gewesen, mit der Straßenbahn ist man in Wien ja gleich im Grünen.

Interessante Haarfarbe, bemerkte Olga, ist das Henna?

Was weiß ich, sagte Anni. Mira hat sich eine Zeitlang die Haare rot gefärbt und vorwiegend schwarze Kleider getragen. Alles hing an ihr, die Blusen, die Röcke. Ich verstehe nicht, wie man als junger Mensch nur dunkle Farben tragen kann, aus Protest womöglich. Damals ist sie auch zu Demonstrationen gegangen. Stellen Sie sich vor, sie hat auf den Straßen Wiens demonstriert und in einem Frauenhaus mitgeholfen, wo man Kunst ausgestellt hat, ein Kunsthaus eben, aber eher für Frauen.

Als ich nach einer Operation in einem Sanatorium auf Erholung gewesen bin, hat sie mir einen langen Brief geschrieben, den habe ich aufgehoben. Briefe hat Mira zwar öfter geschrieben, aber die waren ohne Romantik. Dieser Brief war etwas Besonderes, denn sie hat mir am Ende des Briefes einen Blumenstrauß gezeichnet, als Geschenk. Blumen für Mamica, stand darunter. Das hat mich gerührt, denn Mira ist kein Kind mehr gewesen, sondern eine erwachsene Frau und zeichnet Blumen für ihre Mutter, verrückt, was?

Ein Kind bleibt immer ein Kind, auch wenn es herangewachsen ist, sagte Olga.

Anni strich mit der Hand über die gebügelte Wäsche, die Olga auf dem Bett gestapelt hatte. Schön haben Sie das gemacht!

Na, sehen Sie. Jetzt zeigen Sie mir, wohin ich die Wäsche legen darf.

Habe ich also Glück gehabt mit der Heimhilfe, dachte Anni, als Olga gegangen war. Sie wollte gleich Mira anrufen und ihr alles berichten, aber sie fühlte sich auf seltsame Weise gehemmt, obwohl sie Miras Brief in Händen hielt und ihn gerade noch einmal überflogen hatte. Der Gedanke, dass ihr Mira schriftlich die Freundschaft angetragen hatte, beunruhigte sie. Eine Tochter, die mit der eigenen Mutter befreundet sein will, da kommt doch etwas durcheinander, überlegte Anni. Ihr wäre es lieber gewesen, wenn sie Miras Besorgtheit gespürt hätte. Wie schön ist es doch, wenn sich eine Tochter Sorgen um die Mutter macht!

Damals, im Sanatorium, hatte sich Anni sehr über Miras Brief gefreut. Sie war richtiggehend beglückt gewesen und hätte ihre Freude zeigen wollen, was selten geschah, weil Anni stets glaubte, mit ihrem Glücksüberschwang irgendeinen bösen Geist gegen sich aufzubringen, als ob es gegen die gute Sitte wäre, wenn man seine Freude hinausposaunte und andere damit überfalle, die womöglich gerade vom Pech verfolgt waren. Am liebsten hätte Anni der Zimmernachbarin den Brief gezeigt, aber dann hätte sie ihr auch erklären müssen, dass ihre Freude deswegen so groß sei, weil sich die Tochter gerade von einer seelischen Krankheit erholte und versuchte, alles wieder gutzumachen. Eine seelische Erkrankung mochte Anni nicht erwähnen, denn das führe zu allerlei Vermutungen, hatte sie befürchtet, schließlich könnten die Leute zur Auffassung gelangen, dass so eine Krankheit vererbt sei.

Sie behielt den Brief für sich und las ihn so oft durch, dass sie ihn beinahe auswendig aufsagen konnte, zum Beispiel die Stelle, an der Mira erwähnte, dass sie glaube, Anni sei in letzter Zeit offener geworden, dass sie weniger verhärmt wirke und mehr Interesse an dem zeige, was in der Welt vor sich geht. Oder die Stelle, an der Mira schrieb, dass es schön wäre, wenn Anni mehr von sich preisgäbe und nicht nur in der Pflichtschuldigkeit der Mutterrolle aufginge. Mutterrolle und Pflichtschuldigkeit, das waren schwierige Worte gewesen, aber Anni buchstabierte sie aus, auch wenn sie beim stillen Vor-sich-Hinsprechen einzelne Buchstaben verwechselte, was die Worte noch unverständlicher machte.

Mira schrieb, dass sie versuche, Anni als Mensch zu sehen, nicht nur als Mutter, dass sie versuche, die Frau in der Mutter zu verstehen. Ist ja gut, dachte Anni, aber die Mutter kommt selbstredend an erster Stelle, diese beiden Bereiche dürfe man nicht vermischen. Nur ein Mensch zu sein sei für eine Mutter zu wenig, glaubte Anni. Dann folgte der Absatz, in dem Mira die Gelegenheit wahrnahm, um sich bei Anni für all das zu bedanken, was sie für sie getan hatte, dass sie sie mit dem Wenigen, das sie habe, beim Studium unterstütze, das würde sie ihr nie vergessen. Sie finde, schrieb Mira, dass Anni eine besondere, starke und entschlossene Frau sei, die man nur bewundern könne, und dass sie gerne viel mehr von ihr wüsste. Das hatte sie schwarz auf weiß geschrieben, staunte Anni. Zum Schluss hatte Mira ein paar Zeilen hinzugefügt, in denen sie behauptete, nach mehr Selbstständigkeit und Selbstbewusstsein zu streben, und dass sie Anni bitte, das zu akzeptieren. Sie sei auf der Suche nach einer persönlichen Wahrheit und nicht bereit, sich einem konventionellen Lebensmuster anzupassen. Sie hoffe sehr, schloss Mira, dass Mutter ihre Sätze verstehe und dass sie ihr nicht zu kompliziert vorkommen, sie könnte ihr alles beim nächsten Besuch zu Hause erklären. Anni solle sich gut erholen und den Kuraufenthalt genießen, es folgte der gemalte Blumenstrauß mit Unterschrift.

Zugegeben, damals war Anni die persönliche Wahrheit, nach der Mira gestrebt hatte, noch aufgestoßen. Persönliche Wahrheit, was ist schon eine persönliche Wahrheit, hatte Anni gedacht, eine Wahrheit könne man sich nicht zusammenstellen wie eine Teemischung, sie stehe über den Dingen und über den Menschen. Inzwischen war sie von der Überzeugung ein wenig abgekommen, es könne manchmal wohl mehrere Wahrheiten geben, da falle ihr kein Stein aus der Krone, war sich Anni gewiss.

Über Nacht hatten die Birken hinter dem Nachbarhaus zarte Triebe bekommen. In ein paar Tagen wird alles grün, dachte Anni, das Jahr hat Anlauf genommen, wie wird es wohl werden, ob ich es überleben werde?

Sie wusste nicht mehr, wann sie aufgehört hatte, sich im Frühjahr eine vielversprechende Zukunft vorzustellen. Irgendwann war ihr aufgefallen, dass sie die aufblühende Natur aus einer gewissen Distanz betrachtete. Dabei war ihr der Frühling stets die liebste Jahreszeit gewesen. Er hatte in ihr eine inbrünstige Melancholie geweckt, eine Sehnsucht, die sie leichtfertig und traurig zugleich werden ließ, denn im Grunde, das wusste Anni, war nichts von Dauer. In den Liedern, die sie in der Haushaltsschule gelernt hatte, wurde der Frühling mit Jugend, Aufbruch und Gefahr gleichgesetzt, wobei die Schülerinnen allesamt als Blumen galten. Das gehörte irgendwie zusammen, das Frühjahr, die Blumen und die Mädchen. Jede Schülerin konnte sich aussuchen, welche Blume sie sein wollte, eine Lilie, eine Rose, ein Vergissmeinnicht oder eine Margerite. Anni hatte das Vergissmeinnicht ausgewählt, obwohl sie lieber eine Lilie oder Rose gewesen wäre, aber die Mitschülerinnen waren schneller gewesen, also bemühte sie sich, so genügsam, unscheinbar und demütig zu wirken wie möglich. Wäre sie eine Lilie gewesen, stünde sie für Unschuld, Stolz, Reinheit und Unbeflecktheit, eine Aufgabe, die viel Selbstüberwindung und Disziplin verlangte. Am liebsten hätte Anni einer knospenden Rose geglichen, erinnerte sie sich, die für Beherztheit, Begeisterungsfähigkeit und Leidenschaft stand, eine Blume mit Aussicht auf Dramatik. Anni war es schwergefallen, jene Genügsamkeit aufzubringen oder vorzutäuschen, die einem Vergissmeinnicht zu Gesicht stand, das schamhaft und verborgen unter Sträuchern und Hecken wächst.

Viel interessanter, als eine Blume zu werden, erschien ihr die Herausforderung, jene Frauen nachzuahmen, die ihr in der Mädchenschule als Idol präsentiert wurden, Frauen, die lieber täglich in die Kirche gingen als auf einen Ball. Kot zamaknjena kleči gori v prvem stoli, na oltar ti vpre oči in ponižno moli, diese Verse hatte Anni verinnerlicht und sah sich im Geiste vor dem Altar knien und beten. Sie erinnerte sich, dass sie Mira einmal ihren etwas in die Jahre gekommenen Wegweiser für slowenische Mädchen auf das Bett gelegt hatte, in der Hoffnung, dass sie darin lese. In dieser Broschüre wurden die Mädchen vor allem darin unterwiesen, sich nicht leichtfertig verführen zu lassen. Gebe man sich der fleischlichen Lust hin, begehe man eine Todsünde, stand in dem Büchlein, nur wer zur Lust genötigt werde, dem werde die Sünde verziehen. Mira hatte ihr den Wegweiser auf den Tisch geknallt, so einen Unsinn werde sie nicht lesen, hatte sie gehöhnt. Sie finde es ungeheuerlich, dass man den Mädchen diesen Unsinn aufgetischt hatte, das sei lebensfern und frauenfeindlich. So ist es gewesen, erinnerte sich Anni. Mira war über alle Maßen empört gewesen, aber für Anni hatte das Büchlein den Stellenwert einer Bibel, sie hatte es als Schülerin verschlungen und wollte mit den Anleitungen für ein gottgefälliges Leben vom zwielichtigen Gasthaustreiben zu Hause abrücken.

Anni war sich darüber im Klaren, dass sie Mira das Büchlein heute nicht mit solchem Nachdruck ans Herz gelegt hätte. Man wird ja auch gescheiter, dachte sie, und in Wahrheit hatte sie sich auch nicht an all die Gebote gehalten, da hätte sie eine Heilige oder Märtyrerin werden müssen, wovon sie als Schülerin sehr wohl geträumt hatte. Ein gewöhnliches Frauenleben war eben gewöhnlich und ohne höheren Sinn, wie es im Büchlein stand. Es musste schon mit besonderen, unerreichbaren Auflagen und mit Selbstkasteiung gekrönt werden, daran hatte Anni geglaubt, schließlich würden sich ja auch heute die Mädchen und die Frauen kasteien. Erst vor kurzem hatte sie einen Bericht im Radio gehört, in dem beklagt wurde, wie sehr die jungen Frauen an sich herumdokterten und ihre Körper malträtierten, um irgendwelchen Göttinnen zu gleichen. Das slowenische Mädchen der fünfziger Jahre konnte hingegen auf den falschen Glanz der Welt verzichten, es konnte sich gegen die moderne Welt stellen und so behaupten, etwas Besonderes zu sein.

An den Monat Mai hatte Anni überaus hohe Anforderungen. Sie hatte im Mai geheiratet und im Frühjahr ihre Kinder zur Welt gebracht. Sie hatte sich nach der Hochzeit vorgestellt, dass eine wunderbare Zeit auf sie zukommen würde, dass sich all die Versprechungen aus dem Wegweiser bewahrheiten würden. Die Obstblüte rund um das Häuschen in Bela hatte einen süßlichen Duft verbreitet, der in das eheliche Schlafzimmer wehte, sogar ihr Körper hatte sich inzwischen an die geschlechtlichen Handlungen gewöhnt, denn Kori hatte nicht bis zur Hochzeitsnacht gewartet. Eines Tages nach dem Aufstehen war Anni aufgefallen, dass ihre Brüste spannten und empfindlicher waren als gewöhnlich, ihr Geschlecht sonderte mehr Flüssigkeit ab und brannte ein wenig, es war merkwürdig, mit diesem Brennen und Ziehen zwischen den Beinen herumzugehen. Im Grunde war ihr jeder Geschlechtsakt mit Kori zu hastig gewesen, aber man würde ja genug Zeit haben, um sich aneinander zu gewöhnen, hatte Anni gehofft, außerdem war ihr nicht hundertprozentig klar, wann sie ihre fruchtbaren Tage hatte, obwohl sie mit den Mitschülerinnen im Geheimen die Knaus-Ogino-Methode studiert hatte. Beim Geschlechtsverkehr hatte sie sich stets vor einer möglichen Schwangerschaft gefürchtet und sich dann doch dem Schicksal ergeben, da Kori nur zu Beginn ein paar Mal gefragt hatte, ob er aufpassen solle. Das war die Zeit, als er noch gewaschen zu ihr kam. Im Laufe der Ehejahre vergaß er es meistens, auch nach einem anstrengenden Arbeitstag. Anni hatte ihn ein paar Mal behutsam darum gebeten, aber wie hätte man sich verständlich machen sollen, wenn man gerade zugange war, da war doch Hopfen und Malz verloren.

Der Mai sieht im Alter anders aus, dachte Anni, da freut man sich schon über eine Pflegerin, die einem hilft, sich zu duschen und sich die Haare zu waschen. Sie musste zugeben, dass es ihr gefiel, wenn ihr Sandra die Haare föhnte und mit ihren rundlichen Händen den Rücken einschäumte. Beim Eincremen des Körpers konnte Anni grobe Späße über ihre schlaffe Haut machen, sodass Sandra lachen musste und sich ihr fülliger Bauch auf und ab bewegte. Anni liebte es, wenn es im Bad dampfte und sich die süßlichen Düfte der Seifen und Cremen vermischten, etwas zu blumig und schwer, fand sie, aber es tat wohl. In diesen Momenten stellte sie sich vor, dass sie sich fühle wie die Königin von Saba. Sie wusste, dass dieses Befinden von kurzer Dauer war, denn mit dem Wetter änderten sich auch die körperlichen Zustände, zuweilen schien ihr, dass ein missmutiger Gedanke ausreichte, damit sich irgendwo ein Schmerz bemerkbar machte. Ich habe abgebaut, was habe ich abgebaut, dachte Anni, als sie ins Bad humpelte, um die Körperpflegemittel bereitzustellen.

Sandras Hände, die den Seifenschaum über Annis Körper verteilten, hatten eine besänftigende Wirkung. Anni saß aufrecht auf dem Duschschemel in der Badewanne. Wie schön das ist, dachte sie, Hände auf meiner Haut, die nicht fordern, sondern geben. Eine Seltenheit in ihrem Leben, denn sie hätte, wenn sie sich konzentrierte, fast alle Gelegenheiten aufzählen können, bei denen ihr die Hände anderer etwas geschenkt hatten, ein Wohlbefinden oder gar das Gefühl, geliebt zu werden.

Um den Tag, der so vielversprechend begonnen hatte, in dieser Weise fortzusetzen, wollte Anni nach schönen Dingen kramen, an schöne Vorkommnisse denken, bevor ihr irgendein Schmerz die Sicht auf alles verstellen würde.

Im Schmerz sieht man gar nichts, gar nichts und ein bisschen mehr, fand Anni.

Sie lud das Handy auf, rief Mira an und erzählte ihr von der Pflegerin und der Haushaltshilfe. Dann kam ihr ein Satz über die Lippen, den sie gar nicht aussprechen wollte. Danke, sagte sie zu Mira, dass du dich bemüht hast. Es war Anni, als lernte sie eine neue Sprache, denn zu Hause hatte man ihr beigebracht, dass sich nur Kinder bei den Eltern zu bedanken hatten, niemals umgekehrt. Den Eltern habe man ohne Widerrede zu folgen, in allem, und zwar in jeder Lebensphase. Anni hatte sich lange gegen diesen Gedanken gewehrt, aber später, als ihre Kinder auf der Welt waren, fand sie, dass dieses Gebot Sinn ergab. Nun hatte sie es vergessen, es war ihr einfach entfallen.

Mira schwieg auf der anderen Seite der Leitung. Anni glaubte ihre Verwunderung mit Händen fassen zu können. Was machst du heute?, fragte sie.

Das Versäumte nacharbeiten, mein Schreibtisch quillt über, sagte Mira. Und du?

Es tut mir gerade nichts weh. Außerdem habe ich eine frisch geföhnte Frisur.

Dann musst du dich den Leuten zeigen.

Ich werde ein wenig herumkramen und beten.

Wie du meinst, sagte Mira. Wir sehen uns nächste Woche.

Das versteht dieses Kind nicht, dachte Anni, dass man Gott im gewaschenen Zustand auf eine andere Art begegnet als im ungewaschenen. Das hat sie nie verstanden.

Anni griff nach den Farbstiften und schlug das Heft auf, in dem der Kaplan unverändert über der Schule schwebte.

Sie fand, dass es an der Zeit war, über das größte Wunder in ihrem Leben nachzudenken, über Gott, an den sie sich immer geklammert hatte.

Aus einer Eingebung heraus begann sie das sehende Auge Gottes über der Schule zu malen, den so hatte sie Gott kennengelernt, als Auge, das in ein Dreieck inmitten eines Strahlenkranzes eingefügt war. Sie hatte ihn aber auch als alten Mann mit wallendem Bart kennengelernt, der die Wolken vor sich hertrieb und tagein, tagaus die Peitsche schwang. Diesen mürrischen Gott würde Anni nicht malen wollen, also zeichnete sie sein sehendes Auge und erinnerte sich, wie sie als Kind nichts dagegen gehabt hatte, dass Gottes Auge auf dem Schulweg über sie wachte, denn Gottes Allmacht stellte mühelos die Macht des Waldes in den Schatten, vor der es Anni gegraust hatte. Gott behielt stets den Überblick. Auf Annis Weg in die Schule saß er in den Baumkronen und Wipfeln und blickte auf sie herab. Er summte und grollte oder schlief, wenn ihm danach war. Er zürnte, wenn Anni ausrutschte oder hinfiel. Er ermahnte sie, rasch aufzustehen und weiterzugehen, es sei ja nichts Schlimmes vorgefallen, der Schmerz werde vergehen. Zuweilen, wenn Anni auf dem Heimweg falsch gesungen hatte oder die Strophen der Lieder, die sie in der Schule gelernt hatte, durcheinanderbrachte, glaubte sie, Gott lachen zu hören. Sie stellte sich vor, wie Gott sein riesengroßes Auge zudrückte und schmunzelte. Aber richtig lachen würde Gott nie, weil er immerzu streng sein musste und gar nicht dazu kam, etwas nicht ernst zu nehmen. Gott war todernst, erinnerte sich Anni.

Andererseits hatte sie den alten Gott weniger geliebt

als seinen Sohn. Denn Christus, sein Sohn, und Maria, die auserwählte Kindesmutter, führten Anni erst an die Geheimnisse des Glaubens heran.

Sie hätte diese Mysterien gerne mit Mira geteilt oder sie den Enkelinnen erzählt, sie hätte gerne die unsichtbare Kathedrale, die der Glaube für sie darstellte, zeichnen wollen, aber es klappte nicht. Wie schade, dass ich die Wunder meines Lebens niemandem vermitteln kann, dachte Anni. Kaum etwas ist mir so nahegegangen, mit Ausnahme der Geburt meiner Kinder und der Stürme der Verliebtheit, wie meine lebenslange Beziehung mit Gott. So vieles gab es, dem ich nicht auf den Grund gekommen bin.

Jahrelang hatte Anni versucht, Mira in die Welt des Glaubens einzuweihen, ihr die Anforderungen, die Gott und die Kirche an die Frauen stellten, nahezubringen, aber das war gründlich schiefgegangen. Dem Mädchen musste doch dargelegt werden, wie sie den Verführungen der Welt und der Sünde ausweichen könne, obwohl ihr der wachsende und blühende Körper überall im Wege stand. Anni wusste doch aus eigener Erfahrung, wie es ihr selbst in der Jugend ergangen war, wie sehr sie sich mit dem Geschlechtlichen beschäftigt hatte, sodass sie ständig beichten musste. Der Kaplan hatte sie im Beichtstuhl genau befragt, auf welche Weise sie gesündigt habe, in Worten, Taten oder Gedanken, und Anni hatte stets sowohl als auch gesagt, weil sie zwischen dem Gedachten und Getanen nicht unterscheiden konnte. Diese Gewissensbisse wollte sie Mira ersparen, sie wollte sie vor der Enttäuschung, die sie selbst bei der ersten Kommunion erleben musste, bewahren, denn selten war sich Anni so unwürdig vorgekommen wie an jenem denkwürdigen Tag der Erstkommunion, auf den sie sich so lange vorbereitet hatte. In eine reingewaschene Seele würde Christus, Gottes eingeborener Sohn einziehen, in Form einer Hostie, die Anni bei der Kommunion auf die Zunge gelegt werden würde. Anni hatte am Tag zuvor gebeichtet und wollte kein Staubkorn einer Sünde übersehen, also beichtete sie auch Vergehen, die sie nicht begangen hatte, um Christus im Zustand vollkommener Reinheit empfangen zu können. Sie trug ein blütenweißes Kleid, das ihr Agnes genäht hatte. Die Hostie, die ihr der alte Pfarrer auf die ausgestreckte Zunge legte, schmeckte jedoch nach nichts, nach Papier. Anni schloss die Augen, um den Leib Christi zu spüren, aber sie spürte nur ihre trockene Zunge, die den heiligen Leib zu ertasten versuchte. Sie wurde von Minute zu Minute nüchterner, wo sie doch den Rausch der Hingabe erwartet hatte. Christus hatte sie wohl geprüft und ihre Gedanken erraten. Er hatte sich Anni nicht zu erkennen gegeben, sie war wohl nicht rein genug, sie werde sich bessern müssen, hatte sie gedacht und hätte sich am liebsten die Haut von den Knochen gekratzt. Das wollte Anni Mira ersparen, hatte aber im Gegenteil erreicht, dass sich Mira am Morgen ihrer Erstkommunion geweigert hatte, in die Kirche zu gehen, sie hatte geschrien und geweint, sodass Anni glaubte, der Teufel sei in das Mädchen gefahren.

Später, als Mira schon studierte und in die Krise geraten war, versuchte es Anni erneut. Sie wollte Mira nahebringen, wie sehr einen das persönliche Unglück in die Nähe des Heiligen dränge, wie man darauf vertrauen könne, von Gott geleitet zu werden. Sie wollte Mira trösten und schilderte ihr, wie sie als Neunzehnjährige nicht ein noch aus wusste, nachdem sie das erste Mal mit Kori geschlafen hatte, was einer Todsünde gleichkam, und befürchten musste, schwanger zu sein. Zur gleichen Zeit war eine Mitschülerin im Keller ihres Elternhauses nach einem Abtreibungsversuch verblutet, den sie mit einer Stricknadel allein an sich ausgeführt hatte, aus Angst vor den Konsequenzen der ungewollten Schwangerschaft. Sie sei so verzweifelt gewesen, hatte Anni erzählt, dass sie befürchtete, den Verstand zu verlieren. Aber dann sei etwas Eigenartiges passiert. Frühmorgens auf dem Weg zur Messe bemerkte sie, dass die Muttergottesstatue im Flur der Haushaltsschule Tränen vergoss. Die Statue habe geweint, was vielleicht dem Lichteinfall geschuldet war, aber sie könnte schwören, dass sie Tränen gesehen hatte. Von da an habe sie gewusst, erzählte Anni, dass sie ihr Leben nach Gott ausrichten müsse.

Du glaubst im Ernst an solche Erscheinungen, hatte Mira gefragt. Nicht so wie meine Mutter, hatte Anni geantwortet, denn Agnes hatte stets Geister gesehen, Silhouetten von Verstorbenen, die an Wasserquellen im frühmorgendlichen Dunst oder in der Abenddämmerung ihr Unwesen trieben. Nein, beteuerte Anni, sie fürchte sich nicht vor Geistern und habe noch nie einen Geist zu Gesicht bekommen, nur die Tränen der Muttergottes, die habe sie gefühlt und gesehen. Nie werde sie vergessen, was sie dabei empfunden hatte, Staunen und Furcht, denen eine Art Glückseligkeit folgte, eine Art Vorgeschmack auf das himmlische Glück, obwohl, und das hob Anni hervor, sich das Wunder in der Zeit ihrer größten Verzweiflung zugetragen hatte.

Anni konnte unmöglich vergessen, wie Mira auf sie losgegangen war. Sie explodierte regelrecht und schimpfte sie eine Verrückte. Ob sie noch nie darüber nachgedacht hätte, was die katholische Kirche den Frauen antue. Sie würden zu Außenseiterinnen gemacht, das Einzige, was man ihnen an religiösen Begabungen zugestehe, bewege sich im Bereich des Wahns und der Verführung. Und du, Mutter, hatte Mira geschrien, bist ein Paradebeispiel für diese Verlogenheit. Du glaubst noch immer an Märchen, die sich irgendjemand ausgedacht hat, lebst aber ein Leben, das in diesen Märchen nicht vorkommen darf!

Wie konnte Mira dermaßen aggressiv reagieren, überlegte Anni, wo sie ihr doch das höchste Geheimnis verraten hatte. Wie konnte sie sie derart abweisen. Miras Worte hatten ihr Herz durchbohrt, sodass sie über jeden Vorwurf lange nachgedacht und versucht hatte, ihn zu entkräften. Gewiss, ihr fehlte die Bildung, was ihr einen zusätzlichen Stich ins Herz versetzte. Dass ihr die eigene Tochter in einem so empfindlichen Bereich in den Rücken gefallen war, konnte sie nicht verschmerzen, dabei hätte sie Mira gerne von weiteren religiösen Erfahrungen berichtet, derer sie teilhaftig geworden war. Hätte sie ihr erzählen sollen, dass sie bald nach der Hochzeit, als Kori sie das erste Mal in betrunkenem Zustand gestoßen, um nicht zu sagen geschlagen hatte, die Vision hatte, die Wundmale Christi zu erhalten? Sie hatte furchtbar lange geweint, sich mit brennenden Augen ins Bett gelegt, gebetet und ins Dunkel gestarrt, als sie das Brennen auf den Handflächen und an den Sohlen gespürt hatte, als ob sich glühende Stäbe durch ihre Hände und Füße bohrten. Anni musste zugeben, dass sie damals befürchtet hatte, den Verstand zu verlieren, aber es gab auch Momente, in denen sich ihr Körper während des Betens verkrampfte und versteifte, um dann frei zu schweben, in Glückseligkeit. Anni konnte den Vorgeschmack auf die Ewigkeit fühlen, wie sie ihn ein paar Mal bei der geschlechtlichen Liebe mit Lutz empfunden hatte. Diese Liebe, von der die Menschen hinter vorgehaltener Hand nur Despektierliches berichteten, wurde ständig missverstanden, glaubte Anni. Im Kern, wo man dahinschmelzen müsste, breitete sich Ödnis aus, weil die Beteiligten innerlich abgestumpft waren. Immerhin hatte Anni eine gewisse Übung in Hingabe, obwohl sie ihr nur Unverständnis eingebracht hatte.

Nachdem sie mit Mira schwanger geworden war, kühlten ihre mystischen Erlebnisse ab. Ihre Gebete erreichten nie mehr die lichten Höhen von einst, denn das Ziel ihrer religiösen Versenkung befand sich in ihrem Bauch. Je dicker er wurde, desto handfester wurden Annis Gebete. Sie bat Gott um Kraft für die Bewältigung des Alltags, um ein gesundes Kind, darum, dass Kori ein guter Vater sein würde. Sie hatte lange nicht bemerkt, dass sie schwanger geworden war. Es war ihr manchmal schlecht gewesen, aber sie dachte, das käme vom Essen, dann verspürte sie ein Ziehen im Unterleib, bis sich das Wesen in ihr regte, so sanft, als bewegte sich eine Feder im Wasser. Von da an glaubte sie, dass sich der Geist des Kindes in ihr materialisiert hatte, sie war tatsächlich zur Magd geworden, eine Magd Gottes oder des Kindes, aber das verbat sie sich zu denken. Ihr Ansehen im Dorf war gestiegen, sie erfuhr zum ersten Mal so etwas wie Beachtung, man erkundigte sich, wie es ihr gehe. Die Frauen plauderten länger und ausführlicher mit ihr, das Kaufhaus lieferte die schweren Taschen mit dem Einkauf nach Hause. Anni war eine Person geworden, obwohl sie selbst das Gefühl hatte, nur ein Gefäß zu sein, in dem ein neuer Mensch heranwuchs. Ihren behäbiger werdenden Körper nahm sie in Kauf, sie freute sich und strickte für den Kleinen, denn sie wünschte sich einen Buben, Jäckchen und Höschen und Käppchen. Sie suchte in den Schulunterlagen nach Anleitungen und Ratschlägen für die Zeit der Schwangerschaft, aber nichts Brauchbares fand sich darunter, nur eine Meditation über die Heiligkeit des Lebens, aufgeschrieben und erdacht von einem spätberufenen Mönch.

Zuweilen hatte Anni eine befremdliche Angst, von ihrer eigenen Leibesfrucht aufgegessen zu werden. Sie sehnte sich nach ihrer Mutter und lud sie mehrmals zu sich ein. Agnes kam und betrachtete Annis Bauch, als blickte sie auf etwas, das hinter ihr lag. Anni hätte sich gerne auf Mutters Schoß gesetzt, um von ihr gehalten zu werden, wie auf dem Bildnis der Anna selbdritt, die ihre Tochter und ihren Enkel auf dem Schoß hat. Anni hatte im Stillen das Bildnis der Mütterlichkeit angefleht, aber ein unbedingtes Zutrauen in die Mutterschaft, nach dem sie sich gesehnt hatte, stellte sich nicht ein. Manchmal, wenn ihr Kind im Bauch seine Lage veränderte, fühlte sie eine unbekannte Leere, sie stand vor einer Wand, von der sie nicht wusste, woher sie kam. Einmal sagte sie Mutter zu dieser Wand, die sie nicht einlassen wollte, aber wohin hätte die Wand sie denn einlassen sollen, Blödsinn, dachte Anni.

Die Geburt hatte ihr alles abverlangt. Sie kämpfte, so erschien es ihr jedenfalls heute, um ihr Leben und haderte mit Gott, sie überwarf sich mit ihm, wie sie sich noch nie mit einem Menschen überworfen hatte. Sie schämte sich für ihre Säfte und Ausscheidungen, mit denen das Kind auf die Welt gekommen war. Als die Hebamme das Neugeborene noch blutig und voller Schleim hochhob und Anni zeigte, dachte sie nur an das Geheimnis des Lebens, das sie ausgetragen hatte. Das kann ich niemandem erzählen, dachte Anni, man wird mich für verrückt halten. Wie ich während der Wehen in den Himmel gehoben und auf die Erde geschleudert wurde, wie eine Frucht, die man zum Aufplatzen bringen will. Wie ich fühlte, dass der Körper das erste und das letzte Wort haben wird, dass ich ihn geschaffen habe und dass er uns am Ende wieder besiegen wird. Das ist die Wahrheit, obwohl ich an das Leben im Jenseits glaube, dachte Anni. Kein Wunder, dass man die Frauen in gewissen Alpentälern nach einer Geburt nicht zur Messe zugelassen hatte, weil sie als unreine Wesen galten. Sie mussten den Pfarrer und die Kirchengemeinde um Einlass in die Kirche bitten, da sie sich mit der Geburt gegen den Schöpfergott versündigt hatten, notgedrungen, dachte Anni.

Nach Miras Geburt hatte sie wieder zu Gott gefunden, wenn sich auch ihre Bindung etwas abgekühlt hatte. Sie konnte Gott um Unterstützung bitten, wenn sie das plärrende Kind ratlos machte, sie stellte eine kleine Marienstatue neben das Kinderbett und sang Marienlieder, worauf Mira meistens einschlief oder am Daumen zu nuckeln begann. Seltsam war nur, dass Kori beleidigt tat, obwohl er sich über das Kind freute und es nach der Arbeit verstohlen an sich drückte.

Anni hatte sich Dragica als Taufpatin gewünscht und

Kori gebeten, sie aus der Telefonzelle der Post anzurufen. Dragica war sofort bereit, aus Ljubljana anzureisen. Der Pfarrer fand es allerdings unzulässig, eine nicht kirchlich getraute Frau als Patin zu wählen, schließlich gehe es darum, das Neugeborene in die Glaubensgemeinschaft der Christen aufzunehmen, wie soll das mit einer ehemaligen Partisanin und Kommunistin vonstattengehen. Sie sei keine Kommunistin, mischte sich sogar Agnes ein, aber es half nichts.

Dragica kam dennoch angereist, mit Geschenken für die Kleine. Ihr lebt noch hinterm Mond, sagte sie, was wiederum Agnes nicht gefiel.

Die Taufe fand an einem sonnigen Tag statt, Koris Cousine war als Patin eingesprungen. Nach der Zeremonie ging Dragica mit dem Kind auf dem Arm vor Annis Haus auf und ab und redete zärtlich auf das Neugeborene ein. Auf der Bank an der Hauswand saß Agnes, in sich gekehrt und steif. Sie hatte Mira nach der Taufe nur vorsichtig geküsst und das Kreuzzeichen über ihr geschlagen.

Anni war damals der Unterschied zwischen den beiden Frauen schmerzlich bewusst geworden. Dragica hatte blond gefärbte Haare und zog sich modisch an, neben ihr sah Agnes verbittert und verhärmt aus, ihre grauen Haare trug sie zum immergleichen Knoten gebunden. Man hätte glauben können, dass Agnes einer vergangenen Welt angehörte und ihr Leben in eine archaische Zeit zurückreichte. Aber das war nur der äußere Schein, denn in Wahrheit war sie ausgebrannt und erschöpft. Ihr Leben hatte sie ausgelaugt, als hätte sie stets die falschen Entscheidungen getroffen. Agnes saß da und kommentierte mit kurzen, abgehackten Sätzen das Geschehen, sie ließ sich zu keiner

Heiterkeit hinreißen. Ihre Worte klangen wie Seufzer, die verstummten, noch während sie ausgesprochen wurden. Dragica setzte sich neben Agnes und legte ihr den Arm um die Schulter. Über das Gesicht von Agnes huschte ein flüchtiges Lächeln, das sich sogleich verlor.

Anni fürchtete damals, sich nach Miras Geburt von ihrem Wunsch, einen Beruf auszuüben, verabschieden zu müssen. Sie sah sich zwischen Agnes und Dragica stehen, noch jung, aber schon verunsichert durch die Mutterschaft. Sie wäre, wenn sie es gekonnt hätte, in die Welt hinausgegangen, aber das durfte sie an diesem Tag niemandem erzählen. Im Stillen beneidete sie alle Frauen, die eine weiterführende Schule besuchen und später als Sekretärin oder als gelernte Kraft arbeiten konnten. Štefka zum Beispiel, die im Sägewerk ihres Mannes das Büro leitete, oder Gitti, die Lehrerin geworden war. Unvergesslich der Moment, als Gitti erzählte, dass sie eine Stelle in Diex antreten würde. Sie strahlte so viel Selbstbewusstsein aus, dass es Anni als übertrieben empfand.

Jetzt werde ich eine Braut zeichnen, entschied Anni, jene Braut, die ich wirklich beneidet habe, denn sie hat von ihren Eltern ein Auto geschenkt bekommen, man stelle sich vor, ein eigenes Auto. Sie stand im weißen Kleid mit Schleier und Krönchen neben dem mit einem Blumenbouquet und mit Kränzen geschmückten weißen Wagen, der wie die Braut selbst herausgeputzt war und sie wie eine Nebendarstellerin wirken ließ. Naja, ich will nicht gehässig sein, dachte Anni. Für mich war das damals eine Sensation.

Sie strich über eine Seite im Heft und zeichnete die Braut neben dem Auto, was ihr gehörig misslang. Im

Groben konnte man zwar erkennen, worum es sich handelte, aber Anni zeichnete wie ein Kind, also ähnelte das Auto mit seiner breiten Motorhaube und dem Kühlergrill einem Drachen, und die Braut sah im weißen Kleid wie eine Volksschülerin mit schleierähnlicher Kopfbedeckung aus.

Mit einer weit ausholenden Bewegung schob Anni die Vorhänge im Schlafzimmer zur Seite. Im Rücken des Dorfes herrschte eine auffällige Stille. Niemand ratterte über die Feldwege, nur die Nachbarskatze tapste über die Wiese, als stünde sie unter Wasser. Sie hob beim Gehen jedes Bein höher als nötig und zögerte, bevor sie es wieder aufsetzte.

Gerne hätte Anni Dragica zu deren Lebzeiten ein paar Fragen gestellt. Sie hatte es nie gewagt, aus Rechthaberei oder aus Scheu oder weil es immer andere Dinge gab, die in der knappen Zeit besprochen werden mussten. Dragica hatte sie bestimmt für eine unverbesserliche Kirchgängerin gehalten, fürchtete Anni, obwohl sie inzwischen von ihrem erbarmungslosen Glauben abgekommen war, nur wollte sie das nicht an die große Glocke hängen. Sie sehnte sich nach einem anderen, einem gütigen Gott, denn hätte Anni auf dieser Welt keine Güte erfahren, hätte es ihren Bruder Paul nicht gegeben und wäre ihr nicht hin und wieder geholfen worden, so wäre ihr womöglich der Glaube an Gott abhandengekommen. Wie schade, dachte Anni, dass Dragica still und leise bald nach dem Ausbruch des Krieges in Jugoslawien gestorben ist, nur ein paar Monate nachdem ich von ihrer Krankheit erfahren habe. So vergeht ein Menschenleben, als würde jemand flüchtig an einem Haus vorbeigehen, sich unter den Bäumen aufhalten, alt werden und verschwinden.

Ein einziges Mal konnte Anni Mira und Martin überreden, gemeinsam mit ihr Dragicas Grab auf dem Friedhof Žale in Ljubljana zu besuchen. Sie hatte sogar an Jože, Dragicas Sohn, der mittlerweile in Brüssel lebte, geschrieben, dass sie mit Mira in die Stadt komme, und gefragt, ob sie ihn besuchen könnten. Jože hatte freundlich geantwortet und gebeten, ihm rechtzeitig den genauen Termin mitzuteilen, damit er sich von der Arbeit freinehme. Umständlich, umständlich, erinnerte sich Anni, die in Verwandtschaftsfragen davon ausging, dass alle allezeit aufeinander warteten.

Mira und Martin hatten den Ausflug genossen, und es war Anni, die an diesem Tag pausenlos geredet hatte, als hätte sie das Unterhaltungstalent von Dragica geerbt. Sie wusste sogar über Ljubljana zu erzählen, denn sie hatte im Bildungshaus ein paar Vorträge über die Geschichte der slowenischen Hauptstadt mitgehört und die mehr oder weniger unbekannte Stadt in einem besonders milden Licht gesehen. In Žale hatten sie eine Stunde gebraucht, um Dragicas Grab zu finden. Martin hatte sich über die Dörflerinnen amüsiert, die von einem städtischen Friedhof überfordert waren, aber schließlich hatten sie das Grab gefunden, das eine richtige Gruft war, mit heller Marmorplatte, goldener Gravur und einem bronzefarbenen Behältnis für Blumen, das leer war. Anni hatte einen kleinen Strauß mit Hausnelken, Buchsbaum und Rosenkraut mitgebracht, der schon im Auto auf der Hinterbank seinen unverwechselbaren Duft verströmt und zu welken begonnen hatte. Sie legte ihn auf die Marmorplatte, stand lange davor und begann dann ein Lied zu singen, als ob es das Selbstverständlichste der Welt wäre, den Überresten einer Verwandten ein schmachtendes Liebeslied vorzutragen. So was hat Dragica lange nicht gehört, war Anni überzeugt, da hätte sich ihre Seele schon über die Karawanken zu uns bemühen müssen. Zu dieser Zeit hatte Anni noch daran gezweifelt, dass den Seelen von Sozialistinnen dieselben Rechte auf Seelenwanderung zustünden wie jenen der Katholikinnen, deshalb konnte in ihrer Vorstellung Dragicas Geist nur bis zur Südgrenze der Alpen vordringen.

Anni hob eine hellbraune Pappschachtel aus dem Schrank, die Schachtel mit der Hinterlassenschaft ihrer Mutter Agnes. Zwei silberne Trachtenbroschen lagen auf einem Bündel mit Briefen, eine runde mit Eichenblattmotiven und eine ovale mit einem Aquamarin. Das Silber hatte sich verfärbt und schimmerte schwarz. Anni schob ein fleckiges Portemonnaie zur Seite, das Garn, aus dem es gehäkelt worden war, dürfte ursprünglich hellblau gewesen sein. Ein paar vergilbte Schwarzweißfotos mit den Abbildungen der Großeltern kamen darunter zum Vorschein, die Anni rasch durchblätterte, bis sie eine Farbaufnahme in Händen hielt, auf der Dragica mit ihrem Mann vor dem Eingang der Wohnung in Ljubljana posierte. Sie trug helle Schuhe und jenes blaue, ärmellose Kleid, das Anni so beeindruckt hatte, als sie Dragica in Ljubljana besucht hatte.

Es waren denkwürdige Tage für Anni, an denen vieles zum ersten Mal geschah. Zum ersten Mal fuhr sie ohne Begleitung ihres Mannes in einem privaten Auto über die

Grenze. Abenteuerlich schien ihr die Fahrt mit dem kleinen Fico über den Seesattel und das langsame Hinunterschaukeln in die südliche Ebene. In Annis Tasche verstaut ihr erster Reisepass, der vom mürrischen Zollbeamten an der Grenze auffallend lange gemustert wurde. Das erste Mal fuhr Anni an beflaggten Fabriksgeländen vorbei. Dragica hatte erwähnt, dass ihr Mann so einer Fabrik im Norden Ljubljanas vorstehe, wo sie auch angestellt sei. Die Vorstellung, dass Dragica in einem großen Unternehmen arbeitete, hatte Anni aufgewühlt. Sie erzählte, dass sie auch gerne einen Beruf ausüben würde, aber Agnes habe das immer zu verhindern gewusst. Franjo machte sich lustig über die Kärntner Slowenen, er nannte sie rückständig, deswegen habe es schon im Krieg bei den Partisanen Meinungsverschiedenheiten gegeben. Die Slowenen in Kärnten seien nie besonders fortschrittlich gewesen, die hätten alle noch an Gespenster geglaubt und nicht an die Revolution, behauptete er.

Für mich war Franjo ein Antichrist, sann Anni, obwohl er mir sympathisch war. Ich weiß noch, wie mir durch den Kopf gegangen ist, was wohl die Schwester Oberin zu meinem Ausflug nach Jugoslawien gesagt hätte, bestimmt, dass ich mit einem Gottseibeiuns unterwegs sei und dass ich mich vorsehen solle und so weiter. Sie hätte befunden, dass man auch Dragica nicht trauen dürfe, einer Frau, die als ehemalige Partisanin darin ausgebildet worden war, in der Nacht und aus dem Hinterhalt anzugreifen. In Ljubljana gingen wir sogar ins Kino und sahen uns einen slowenischen Film an, den ersten slowenischen Film meines Lebens, erinnerte sich Anni. Dolina miru, das hätte ich fast vergessen.

Anni starrte auf das Foto. Schwarzweiße Bilder flimmerten auf, Erinnerungssplitter, die Gestalt des schwarzen amerikanischen Piloten namens Jim, der im Film buchstäblich vom Himmel gefallen war, als die Deutschen sein Flugzeug abschossen. Heruntergefallen in das slowenische Kriegsgebiet, ein ausgewachsener schwarzer Engel, dessen Verbindung zum Himmel unterbrochen war. Ach, dachte Anni, was hat mich diese Geschichte beeindruckt. Der Pilot erhob sich in ihrer Vorstellung noch einmal vom Boden, blickte angstvoll um sich und fragte zwei flüchtende Kinder nach dem Weg.

Anni hatte sich damals selbst im Film spielen gesehen, in der Figur der kleinen Lottie, die Deutsch gesprochen hatte und gemeinsam mit ihrem Freund Marko aus dem Waisenhaus geflohen war auf der Suche nach einem Land, in dem es keinen Krieg mehr gab. Beim Zuschauen hatte Anni das Gefühl, sie selbst sei die kleine Lottie, und sie hatte den Tod des Piloten am Ende des Films betrauert. Anni kamen die Tränen, so was, dachte sie, ich bin doch zu alt, um über einen Film, den ich vor einer Ewigkeit gesehen habe, zu weinen.

Sie griff wieder nach dem Heft und öffnete die Dose mit den Farbstiften. Sie wollte Jim zeichnen, von dem sie einmal geträumt hatte, dass er ihr Vater sei, den sie blutend auf der Wiese vor dem Haus gefunden hatte. Er war schwer verletzt und hatte sie nicht erkannt. Sie hatte immer wieder Ati, Ati gerufen und an ihm gerüttelt und war darüber wach geworden, erstaunt, dass Jaki im Traum die Hautfarbe gewechselt hatte.

Na gut, dachte Anni, werde ich eben Jim als meinen Vater malen, und zeichnete einen dunklen Kopf mit angedeuteten Augen und einem geschlossenen Mund, der sie an die Ausstellungsobjekte in der Galerie denken ließ. Sie malte ein paar weitere Köpfe dazu, in der Art, wie sie auf dem Holzboot angeordnet waren, und schrieb darunter Ati – Vater Jim. Danach legte sie sich in der Küche auf den Diwan und sank in einen aufreibenden Halbschlaf, aus dem sie ihr eigenes Gemurmel immer wieder hochschrecken ließ.

Anni hockt hinter einem Gartenzaun, das Geburtshaus zum Greifen nah, die Luft erfüllt vom Sirren der Bienen, die die Frühlingsblumen anfliegen. Ein Pfeifen, ein Peitschenschlag oder ein Zischen schneiden durch die Luft, dann Schüsse. Sie versucht, ihren Atem zu zähmen, der sich in ihrer Brust verknotet hat. Ihr Blut pocht so laut in den Ohren, dass sie befürchtet, der Kopf würde dem Druck nicht standhalten. Instinktiv weiß sie, dass sie mit keiner Bewegung auf sich aufmerksam machen darf. Eine Gruppe von Uniformierten läuft geduckt über die Wiese, die Gewehre im Anschlag. Sie stellen sich an der Wand neben dem Hauseingang auf. Dann huschen ein paar ins Innere, die anderen stürmen zur Scheune. Hinter der Scheune fallen mehrere Schüsse, und Anni glaubt die Mutter im Flur wimmern zu hören. Ihr Herz sticht nun zu, anstatt zu schlagen. Sie springt auf und rennt, die Wiese ist abschüssig, sie erreicht die Haselsträucher am unteren Waldsaum. Sie duckt sich, kauert sich ins schüttere Gras, Ameisen kriechen über ihre Beine, Käfer rutschen in ihren Halsausschnitt, aber sie rührt sich nicht.

Die Soldaten treiben die Mutter aus dem Haus. Sie solle tun, was man ihr befohlen habe, schreit einer und zielt mit dem Gewehr auf Agnes' Kopf. Zwischen dem Wald und dem Hof klafft ein Riss. Dann ziehen die Uniformierten ab, drohend und eilig. Die Wiese ist noch tiefer gerutscht, aber Anni streift die Ameisen und Käfer von ihren Beinen. Sie hört ihre Mutter rufen: Anica, Anica!

Pauli steht mit rotziger Nase neben dem Sparherd in der Küche und lutscht an seinem Daumen. Sie müsse sofort die Nachbarn holen, es sei etwas Fürchterliches passiert, flüstert Agnes. Ihr dürft auf gar keinen Fall ins Freie, auf gar keinen Fall, versteht ihr, fleht Agnes, und Anni nickt. Sie sieht die Mutter über die abschüssige Wiese eilen und erzählt Pauli, um ihn zu beruhigen, die schaurigsten Geschichten. Sie lässt ihn sogar mit Vaters Holztieren spielen. Nach einer langen, bangen Stunde hört sie, dass der Rogaunigbauer mit Pferd und Leiterwagen auf den Hof gekommen ist. Er stellt den Leiterwagen hinter dem Stall ab. Agnes stürzt ins Haus, um Laken und eine Wolldecke zu holen. Was ist passiert?, fragt Anni. Sind sie tot? Ja, sagt Agnes, die Soldaten haben sie hinter dem Stall erschossen, dann hastet sie wieder hinaus.

Die Toten werden auf den Leiterwagen gelegt und mit Fichtenzweigen bedeckt. Anni sieht zwei schmutzige Arme vom Wagen herunterbaumeln, aber was sieht sie wirklich? Die braune Wolldecke und das weiße Laken vielleicht, mit dem die Leichen bedeckt sind, oder wie die Körper der Erschossenen hin und her wackeln?

Ein paar Tage später steht sie mit Pauli am Brunnen, als wieder Schüsse hinter dem Stall fallen. Sie zerrt Pauli in den Keller. Sie legen sich zu den Erdäpfeln auf den nackten Lehmboden und hören die Bewaffneten im Haus randalieren. Die Polizisten suchen nach Dragica, nach der Schwester des Vaters. Dragica, Dragica, hallt es von den Wänden. Gleich darauf reißt ein Uniformierter die Kellertür auf und sieht die Kinder auf dem Boden kauern. Raus, alle raus, brüllt er. Anni rafft sich auf und hebt die Hände in die Höhe. Kartoffel, Kartoffel, sagt sie, weil ihr nichts anderes einfällt an deutschen Wörtern. Der Soldat lässt das Gewehr sinken, raus, in die Küche, brüllt er. Dort kniet Agnes auf dem Boden. Sie hat rote Flecken im Gesicht und schluchzt. Wir haben nichts getan, ich weiß nichts, wiederholt sie und sieht so elend aus, dass sich Anni am liebsten an Mutters statt hinknien würde.

Später wird sie von Stimmen geweckt. Sie steht auf und tapst die Treppe hinunter in den halbdunklen Flur. Schemenhaft erkennt sie, dass ein fremder Mann unter der Treppe Mutter umarmt und küsst. Agnes schiebt ihn hastig von sich. Sie atmet so heftig, dass Anni zu zittern beginnt und ihr Nachthemd hebt, es sich über den Kopf zieht. Nackt steht sie da.

Der Fremde lacht. Zieh dich an und komm mit, aber du darfst niemandem etwas verraten, sagt er. In der Küche sitzt Dragica neben einem Partisan und stellt sich als Stanka vor. Sie ist sehr jung, fast noch ein Mädchen. Ich heiße Stanka, und du bist die Anni, gell? Geh ins Bett, sagt Agnes, morgen reden wir weiter.

Frühmorgens vollstreckt sich das Gottesgericht. Agnes betritt mit einer Gerte die Küche. Ihr Blick ist herrisch und böse. Sie zerrt Anni in die Mitte des Raumes. Heb dein Nachthemd, befiehlt sie, und Anni tut es wieder. Agnes schlägt mit der Gerte auf Annis Hintern und ihre nackten Beine. Sie hält ihre Hand fest umklammert, denn Anni läuft im Kreis, um ihren Schlägen zu entkommen.

Der Schmerz ist höllisch, aber Agnes hört nicht auf, bis dunkle, rote Striemen auf Annis Waden, Hüften und Beinen aufflammen. Sie will mich ins Feuer werfen, denkt Anni, meine Mutter will mich in ein glühendes Holzscheit verwandeln. Sie hat es auf mich abgesehen, sie will mich vernichten. Anni beißt zu, sie beißt Agnes in die Hand, so dass sie augenblicklich aufhört, die Tochter zu schlagen, die zu Boden sinkt und fürchtet, ersticken zu müssen. Anni erbricht sich, ihre Gedanken sind hell und lodernd. Sie ruft nach Vater, Ati, Ati, brüllt sie. Sie würde schreien, bis Mutter oder sie selbst sterben, denn diese Schmach kann nur eine überleben, denkt Anni im Fieberkrampf.

Anderntags fühlte sich Anni matt und lustlos. Sie verspürte kaum Appetit und ließ das Marmeladebrot unberührt auf dem Teller liegen. Olga, die etwas früher kam als erwartet, schlug vor, einen Spaziergang zu machen. Wir gehen durch das Dorf, das wird Ihnen guttun, sagte sie und half Anni in die Schuhe.

Gestern bin ich in den Krieg gekippt, wissen Sie, es ist, als hätte Gott die apokalyptischen Reiter auf mich losgelassen. Von einer Sekunde auf die nächste ist man mitten im Geschehen, schlimmer als das, es geht um alles.

Anni stützte sich auf den Stock und trat vor dem Hauseingang zu den Blumenkisten an den Fenstersimsen, um die Pelargonien zu begutachten. Sie tastete nach den Stängeln und Trieben, man müsste sie gießen, befand sie, und Olga versprach, es nach dem Spaziergang zu tun.

Kennen Sie jemanden aus dem Dorf?, fragte Anni.

Niemanden, sagte Olga.

Das versperrte Haus dort, Anni wies mit der Hand auf das Nebengebäude, gehörte meinem Bruder, genauer gesagt, das Gehöft hatte seine Frau geerbt, und mein Bruder Paul hat dazugeheiratet. Sie haben ursprünglich in dem Häuschen gewohnt, wo ich jetzt lebe, und ein paar Jahre später begonnen, ein neues Haus zu bauen, erzählte Anni. Mein Bruder hat mich aufgenommen, als ich nach dem Tod meines Mannes nicht wusste, wie es weitergehen soll. Seitdem lebe ich in diesem Dorf, obwohl ich mir nie vorstellen konnte, woanders hinzuziehen. Bei uns waren damals die Dörfer wie Republiken, die Leute ließen nur widerwillig jemanden dazukommen, das war so.

Olga erkundigte sich, woran Annis Mann so früh gestorben sei, aber Anni überhörte die Frage.

Das Gute an Jaundorf war, dass es bessere Busverbindungen in die umliegenden Orte gegeben hat. So konnte ich in der Nähfabrik arbeiten. Dort habe ich zu Beginn die Arbeitskleidung, die angefertigt wurde, zusammengelegt und für den Transport verpackt, später habe ich auch genäht, im Akkord, aber meine Hände machten nicht mit, sie waren zu steif, ich war im Vergleich zu den anderen zu langsam, so gab man mir wieder die alte Aufgabe. Glauben Sie mir, ich habe in meinem Leben genug Küchenschürzen und Arztkittel gesehen, und die Schürzen, die man mir zum Abschied geschenkt hat, alle mit einem kleinen Fehler logischerweise, werde ich bis zu meinem Tod nicht auftragen können, sie reichen für zwei Leben.

An Olgas Arm ging Anni schleppend durch das Dorf und hielt immer wieder inne. Sie erzählte die Geschichte der bewohnten und unbewohnten Gehöfte. Dann trat sie an ein leerstehendes Haus und blickte durch das straßenseitige Fenster. Ein Haufen Unrat im Inneren, da müsste aufgeräumt werden, murmelte sie und zupfte und nestelte an den Halmen, die aus einem Riss in der Wand sprießten. Sogar die Wand wächst zu, rief Anni missbilligend, niemand kümmert sich um den Vorgarten, nur gut, dass Starman einmal im Jahr die Wiese hinter dem Haus mäht, wenigstens das.

Nach dem Rundgang ließ sie sich mit einem tiefen Seufzer auf den Gartensessel fallen. So weit bin ich schon lange nicht mehr gegangen, ich danke Ihnen sehr, sagte sie.

Olga goss die Pelargonien und ging mit der Gießkanne in die Küche, um Wasser nachzufüllen. Anni kam noch einmal ins Sinnieren.

Bald werden dreiundvierzig Jahre vergangen sein, seit wir mit Sack und Pack hier angekommen sind, sagte sie, als Olga wieder aus dem Haus trat. Ich bin als Erste vom Beifahrersitz des Lieferwagens gesprungen, ich war so, ich musste immer etwas tun. Paul hatte mir geholfen, den Wagen zu organisieren, er war grünlackiert, hellgrün, die Pritsche war mit unserem Siedlungsgut beladen, es war Samstag, oder Sonntag, vielleicht auch ein Freitag, jedenfalls Anfang April, das weiß ich mit Sicherheit, erzählte Anni. Nach mir sprangen Mira und Stanko aus dem Transporter. Eine Schar Hühner, die wir aufgeschreckt hatten, gackerte aufgeregt im Hof, sodass ich befürchtete, sie würden alle Dörfler herbeirufen, was mir peinlich war. Franz hatte gerade ein Fahrrad bekommen. Er radelte in mörderischem Tempo auf uns zu, bremste abrupt ab und hob das Vorderrad in die Höhe. Das machte er ein paar Mal, sodass auch wir wie die Hühner erschraken.

Das hat ihm offenbar gefallen. Im Häuschen war es nicht besonders warm, obwohl Frieda die gusseisernen Öfen geheizt hatte. Die Ölheizung wurde erst später installiert, nachdem ich jahrelang das Weihnachts- und Urlaubsgeld zusammenlegen konnte. Sie müssen sich vorstellen, wie mein Bruder war. Er hat für uns die ursprüngliche Waschkammer zu einem richtigen Bad umfunktioniert und sich als Installateur und Fliesenleger betätigt. Er konnte einfach alles, mein Bruder, stellen Sie sich vor, er traute sich sogar zu, Wasserrohre zu verlegen. Kein Wunder, dass er später eine Arbeit im Baumarkt gefunden hat, er kannte sich einfach aus. Er war ein besonderer Mensch, obwohl ihn viele für einen Schwächling gehalten haben. Er galt als zu nachgiebig, hatte eben ein goldenes Herz.

Nach dem Mittagsschlaf setzte Anni ihre Brille auf und stöberte wieder in der Pappschachtel von Agnes. Unter Fotos, die Agnes mit ihrer Schwester Ursa und den beiden schon erwachsenen Kindern Anni und Paul zeigten, lag ein mit einem roten Bindfaden zusammengebundenes Papierbündel. Anni faltete ein gelbliches Blatt auseinander, Priznanica, las sie, Lijak 2.8. – 10.8.1947, eine Anerkennungsurkunde für Dragica. Hatte sie also doch an der Jugendbrigade teilgenommen, aber nicht in Ravne! Anni glaubte sich daran zu erinnern, dass Agnes einmal erwähnt hatte, Dragica sei bei der Flussbegradigung in der Nähe von Gorica im Einsatz gewesen.

Das nächste Blatt war ein Brief von Dragica an Agnes, sie hatte in gestochen schöner Schrift geschrieben, Draga Neža! Anni erinnerte sich, dass Dragica die Mutter immer mit dem slowenischen Namen gerufen hatte, Neža,

Nežika. Erst im Gasthaus bekam sie den deutschen Namen Agnes, um die Stammgäste aus Völkermarkt und Umgebung nicht zu irritieren. Pošiljam ti lepe pozdrave iz Gorice, kjer se borimo za priključitev mesta k novi Jugoslaviji. Tukaj je zelo lepo, četudi se povsod kažejo posledice vojne, schrieb Dragica.

Anni strich den Brief glatt. Ihm war ein Bericht beigelegt, poročilo stand handschriftlich am oberen Seitenrand, in dem Dragica ihr Leben als Brigadierin schilderte. Sie berichtete, dass ein Teil ihrer Truppe in einem unbeschädigten alten Haus bei Gorica untergebracht worden sei und dass sie jeden Tag nach Lijak gehen mussten, zu Fuß, nur manchmal wurden sie mit einem Lastwagen gefahren. Sie habe als Aktivistin von der Jugendorganisation Kleider und passendes Schuhwerk bekommen, aber viele Jugendliche, die aus den umliegenden Dörfern stammten, aus armen Familien, hätten keine brauchbaren Schuhe gehabt und mussten in kargen Baracken schlafen, auf Holzpritschen, Mädchen und Buben getrennt. In ihrer Unterkunft nahe Gorica sei es komfortabler gewesen, man habe die Betten kontrolliert, ob die Bettwäsche ordentlich Kante auf Kante lag. Die Brigadiere mussten um fünf Uhr in der Früh aufstehen, sich waschen und sich nach dem Frühstück in Reih und Glied aufstellen. Jeder bekam eine Ration mit Verpflegung, das Trinkwasser wurde in Kanistern geliefert. Das Flussbett wurde händisch, mit Schaufeln und Spitzhacken gegraben, die Erde mit Scheibtruhen weggebracht. Die Stimmung unter den Jugendlichen sei gut gewesen, obwohl sie einen Großteil der Zeit im Wasser stehen mussten. Zuletzt sei das Flussbett so tief wie ein Haus gewesen, dann habe man es betoniert. Dragica schrieb, dass man ihr eine Udarnik-Medaille und eine Auszeichnung überreicht habe. Sie habe auch ein Empfehlungsschreiben bekommen für einen Studienplatz und eine Unterbringung im Studentenheim.

Die Landschaft hier in Slowenien sei sehr schön, schwärmte sie in ihrem Bericht. Ganz anders als zu Hause. Das Vipava-Tal sei weitläufig, mit fruchtbaren Feldern und alten Weingärten, man habe das Gefühl, in Italien zu sein. Triest und die Adria könnte man in einer Tagesfahrt mit dem Fahrrad erreichen, leider habe sie keines, das wäre ihr größter Wunsch, ans Meer zu radeln, schrieb Dragica, obwohl die Grenzen schwer bewacht seien. Sie ziehen sich quer über die Felder und durch Dörfer, sie würde wahrscheinlich nicht über diese Linien kommen, da sie keinen Passierschein habe. Zuweilen vermisse sie die Heimat, aber sie habe beschlossen, in Slowenien zu bleiben und eine Handelsschule zu besuchen. Hier brach der Bericht ab. Auf einer zweiten Seite, die dem Brief beigelegt war, stand quer über das Blatt geschrieben, Smrt fašizmu, svoboda narodu, Tod dem Faschismus, Freiheit dem Volk.

Im Bündel befanden sich weitere Briefe von Dragica sowie Weihnachts- und Neujahrsgrußkarten, mit verschneiten Dörfern und brennenden Kerzen auf ausladenden Tannenzweigen. Draga Neža, las Anni, voller Freude teile ich Dir mit, dass ich die Matura mit gutem Erfolg bestanden habe. Sogar in Slowenisch habe ich eine gute Note bekommen, wovor ich mich am meisten gefürchtet habe, da ich lange brauchte, um die Schriftsprache richtig zu erlernen. Ich merkte erst bei den Partisanen, dass mir der Unterricht in slowenischer Sprache fehlte. Bei der Abschlussfeier war ich sehr traurig, weil niemand aus unserer Familie anwesend sein konnte. Ich bin aber auch traurig darüber, dass du die Hube verlassen musst. Es sind so viele Erinnerungen damit verbunden, auch an schöne Zeiten. So sind sie, die Adeligen, haben kein Gespür für die kleinen Leute. Hier in Jugoslawien sind alle ihre Schlösser verstaatlicht worden, nur ein paar Kilometer entfernt von Dir sieht alles anders aus, denke daran, liebe Neža. Schreibe mir bald, wie es Dir und den Kindern geht.

Anni konnte den Brief nicht aus der Hand legen, so sehr erstaunte sie der zutrauliche Ton, mit dem sich Dragica an Agnes gewandt hatte. Es wäre ihr unmöglich gewesen, die eigene Mutter auf diese Weise anzureden oder gar Gefühle wie Traurigkeit zu erwähnen, darauf hätte Agnes gar nicht reagiert. Beim Gedanken an die Nähe der beiden Frauen fühlte sich Anni um die eigene Mutter betrogen, die meistens nur im Schweigen anwesend war, so dass Anni glauben musste, etwas falsch gemacht zu haben. Es war Anni, als ob sie mit der Hand in eine Falle greife, die zuschnappt und sie nicht mehr loslässt, die Falle der alten Forderungen an Mutter, die Falle des Ungenügens. Mutter, Mutter, dachte Anni, worüber wir nicht reden konnten, wiegt im Nachhinein schwerer als alles Gesagte.

Auf einem Schwarzweißfoto stand Agnes jugendlich und kräftig vor dem Gasthaus, in der Hand ein Serviertablett mit Gläsern. Sie trug ein helles, nach hinten gebundenes Kopftuch und wirkte gelassen, wie Anni sie kaum je erlebt hatte, vor allem nicht mehr nach ihrem schweren

Unfall. Agnes hatte sich in der Gasthausküche einen großen Topf mit kochender Brühe über die Beine geschüttet, als sie ihn vom Herd heben wollte. Sie wurde ins Landeskrankenhaus eingeliefert, wo man nicht nur ihre Verbrennungen behandelte, sondern auch herausfand, dass sie gar nicht sozialversichert war. Die Wirtsleute mussten Strafe zahlen und sie bei der Versicherung anmelden. Als Agnes mit dem Postbus aus dem Krankenhaus nach Bela zurückkehrte, standen Tränen in ihren Augen. Anni erinnerte sich daran, dass sie sie an der Haltestelle abgeholt und an der Hand genommen hatte. Agnes hatte das zugelassen, aber gesagt hatte sie nichts.

Wochenlang musste sie einen Beinverband tragen, sie wurde schon die Frau mit den Mullbeinen gerufen. Nachdem ihre Verbrennungen ausgeheilt waren und sich die Vernarbungen der Haut nicht mehr röteten, dürfte sich jener Verehrer eingestellt haben, der Agnes heiraten wollte. Anni erinnerte sich, dass ihre Mutter sie eines Sonntags aufgefordert hatte, sich sauber anzuziehen, es würde ein Gast kommen und mit ihr reden wollen. Der Gast kam tatsächlich und trug einen hellgrauen Anzug, vielleicht aber auch nur eine graue Hose mit Hemd und eine Trachtenweste. Er hatte gerötete Wangen und graumeliertes Haar, fleischige Lippen, abstoßend fleischige Lippen, wie es Anni schien. Sie hatte ihm die Hand gereicht, die er kurz in seiner behielt, um ihr tief in die Augen zu blicken. Du bist also die Anni, die dickköpfige Anni, sagte er. Wie konnte Mutter behaupten, dass ich stur bin, ärgerte sich Anni, oder hatte der Mann sich das ausgedacht? Agnes lachte auf, ein peinliches, unnatürliches Lachen, erinnerte sich Anni, dann stellte sie Gläser auf den Tisch und schenkte Wein ein, sogar Anni bekam einen Schluck zum Nippen. Pauli hatte sich geweigert, zu erscheinen, er hatte sich rechtzeitig aus dem Haus geschlichen und sich irgendwo versteckt. Als ihn Anni später einmal fragte, ob er sich noch an den brautwerbenden Besucher erinnern könne, wusste ihr Bruder von nichts und hielt die Geschichte für ein Gerücht.

Was ist mit Mutter geschehen?, diese Frage ging in Anni um. Warum war es so schwer, ihr etwas recht zu machen, warum fiel es Dragica so leicht, freundlich zu ihr zu sein, während alle anderen, an die sich Anni erinnern konnte, gereizt und ungeduldig mit Agnes sprachen? Selbst Anni war allzu schnell bereit, vorwurfsvoll an die eigene Mutter zu denken, sie traute ihr nicht über den Weg.

War es, weil ich einmal ein Gespräch mithören konnte, das ich lieber nicht hätte mitbekommen sollen, ein Gasthausgespräch zwischen Mutter und einem Nachbarn, überlegte Anni. Die Situation damals hatte sie in einer Weise beschämt, dass sie nie darüber hatte sprechen können. Der Nachbar war in der Küche hinter Agnes getreten und hatte ihr seine Hand auf den Hintern gelegt. Mit der anderen fasste er ihr grob an die Brust, und Agnes gelang es nur mit Mühe, die aufdringliche Hand wegzuschieben. Sie solle nicht so tun, als wäre sie eine Heilige, hatte der Nachbar gesagt, alle wüssten doch, welche Männer sie über sich lässt. Außerdem trinke sie zu viel, welcher Mann wolle schon eine Frau vögeln, die nach Alkohol riecht, er nicht, er brauche auch keine Geliebte, denn er habe eine tüchtige Frau zu Hause, er habe es nicht notwendig, sich bei Agnes anzustellen.

An diesem Abend, erinnerte sich Anni, war ihr klar geworden, dass man in dieser Gegend als alleinstehende, mittellose Frau damit rechnen musste, schlecht behandelt zu werden. Man solle nicht zimperlich sein und jedes Wort auf die Goldwaage legen, hieß es ständig. Andererseits behielt Anni jedes freundliche Wort, egal von welchem Menschen es ausgesprochen wurde, stets lange in Erinnerung, verwechselte es gerne mit Zuneigung und fürchtete sich davor, dass ein freundlicher Mann etwas im Schilde führen könnte. Habe ich nicht aus diesem Grund geglaubt, unbedingt heiraten zu müssen, um vor Übergriffen geschützt zu werden, und bin doch allein geblieben, dachte Anni.

Auf einem weiteren Foto, das sie aus der Schachtel zog, standen Dragica und Agnes vor einem Zaun, hinter dem sich ein Bauerngarten abzeichnete. Die weiße Stirnwand des Hauses im Hintergrund konnte Anni nicht zuordnen. Die Frauen lachten, jede hatte der anderen den Arm um die Hüfte gelegt. Dragica trug einen Staubmantel und einen eleganten Schal, Agnes wie gewöhnlich eine Arbeitsschürze über einem dunklen Kleid. Das Lachen bohrte sich in Annis Herz, es war ihr, als entdeckte sie wieder die unbekannte Frau, als würde ihr Dragica eine Tür zur eigenen Mutter aufschließen, durch die sie noch nie getreten war.

Neža, Nežika, dachte Anni, ein schöner, zärtlicher Name, der so gar nicht zur Mutter passte. Ihren Tod habe ich nicht verwunden. Ich verstehe nicht, wie es dazu kommen konnte, dass sie auf dem Heimweg nach Bela im Schnee eingeschlafen ist. Es war Anni, als hörte sie die Stimme von Ursas Mann Rok, der an jenem Jännertag ins

Haus trat und ihr erklärte, dass man Agnes tot im Schnee gefunden habe. Ein Jäger habe sie entdeckt, als er etwas Salz für das Wild zur Futterstelle tragen wollte. Agnes sei neben dem Weg im Schnee gelegen, es hatte fast den Anschein, als sei sie friedlich eingeschlafen. Rok schluchzte, es tue ihm leid, wiederholte er, als müsste er sich von allen üblen Gedanken, die er je gegen Agnes gehegt hatte, lossprechen, es tue ihm leid.

Anni sah sich zum Gasthaus rennen, der Schreck jagte ihr voraus und sie ihm hinterher. Man hatte die Tote mit dem Schlitten auf den Hof gebracht. Alle standen herum, weinten und beratschlagten, ob man den Leichnam ins Warme bringen oder lieber auf den Arzt warten sollte, damit er Anweisungen gab, was zu tun sei.

Ich habe mich auf Mutter geworfen, auf den erkalteten Menschen, den ich heiß geliebt habe, erinnerte sich Anni. Wie geht das, sann Anni, wie konnte es geschehen.

Obwohl die Untersuchung ergeben hatte, dass Agnes wahrscheinlich einen Schlaganfall erlitten hatte, mutmaßten die Dörfler, dass sie betrunken eingeschlafen sei. Woher diese Bosheit, dachte Anni, warum konnte man sie nicht in Frieden lassen, und warum habe ich mich geschämt, dass ich meine Mutter auf diese Art verloren habe.

Sie öffnete die Häkelbörse und nahm ein mit einem Blumenmotiv lackiertes Holzetui heraus, in dem sich Nähnadeln in unterschiedlichen Längen befanden sowie farbige, zu kleinen Zöpfen gebundene Stickgarne. Unter dem Etui lagen fleckige Andachtsbildchen der christlichen Märtyrerinnen, die Anni gleich wieder zurücklegte.

Mamica, mamica, flüsterte sie. Die ersten zögerlichen Tränen brannten in ihren Augen, es waren zu wenige, um den Schmerz auszuwaschen. Die Bitterkeit, die Anni jäh empfand, schien unendlich, und dann fiel ihr wieder ein, wie Mira sie eines Tages darauf hingewiesen hatte, dass viel zu viele Frauen in Bela an einer besonderen Krankheit, an der Verzweiflung und an der Ausweglosigkeit ihrer Existenz gestorben seien. Wie sonst solle man sich die zahlreichen Selbstmorde erklären, einmal mit Rattengift oder Tabletten, dann wieder mit einem Kälberstrick. Der Tod dieser Frauen habe keinen Namen. Es kursierten nur Gerüchte, mehr blieb von den Frauen nicht übrig, obwohl sie eine Geschichte hatten, eine Geschichte voller Illusionen und Verzweiflung, eine Geschichte der Gewalt und der Sprachlosigkeit, hatte Mira behauptet.

Anni kramte nach den Andachtsbildchen der christlichen Märtyrerinnen in der Hinterlassenschaft ihrer Mutter und erschrak darüber, wie lange sie bereit gewesen war, in den gefolterten Frauen Idole zu sehen, Idole der Schönheit und ewigen Seligkeit. Anni hatte das Dunkle, Abgründige ihres Glaubens geliebt, es hatte Furcht in ihr erweckt, eine Furcht, die sie mit dem Glauben selbst verwechselt hatte, Glaube oder Furcht, Anni konnte es nicht unterscheiden.

Sie musterte die Abbildungen auf den Gebetskärtchen, die prachtvollen Gewänder der Frauen, die das Werkzeug, mit dem sie zu Tode gequält worden waren, noch in Händen hielten, zuweilen sogar die Körperteile, die ihnen abgetrennt worden waren. Unzählige Male hatte Anni die Legenden der heiligen Margaretha, die mit Fackeln versengt und in Öl gebraten worden sei, gehört und verinnerlicht, Legenden der heiligen Barbara, die in einem Turm eingesperrt, misshandelt und vom eigenen

Vater enthauptet worden sei, der heiligen Katharina, die so lange gerädert worden sei, bis das Rad unter der Folter zerbrach und sie geköpft werden musste, der heiligen Luzia, die von einem Ochsenkarren zu Tode geschleift werden sollte, aber die Tiere hatten sich geweigert, den Karren zu ziehen, wenn sie auch die hundertfache Vergewaltigung der Luzia nicht verhindern konnten, und auch nicht, dass man ihr die Augen ausriss, wie die Legende berichtete. Nun trug Luzia eine Strahlenkrone auf ihrem Haupt und ihre beiden Augen auf dem Tablett, so wie die heilige Agatha ihre Brüste vor sich hertrug, die man ihr, der Legende nach, mit einer Zange abgetrennt haben soll. Nein, dachte Anni, sie würde diese Bildchen nicht zu ihrer Hinterlassenschaft legen wollen, auf gar keinen Fall. Sie schloss Agnes' Schachtel und schob sie in den Schrank zurück.

Der föhnige Freitag ging Anni gehörig auf die Nerven, denn er wusste nicht recht, welche Richtung er einschlagen sollte, ob er glücken oder misslingen wollte. Anni war etwas später aufgestanden als gewöhnlich und hatte sich zum Frühstück einen Heidensterz zubereitet. Das Mehl war nach dem Linden so heiß und gebräunt gewesen, dass es in alle Richtungen stob, als Anni vorsichtig das kochende Wasser darübergoss. In der Küche hatte es gedampft, und sie musste laut fluchen. Starman würde mich auslachen, dachte sie, er würde sich diebisch freuen, mich beim Fluchen erwischt zu haben. Anni, Anni, würde er spotten, du wirst in der Hölle schmoren, wenn du so weitermachst. Soll er mich gernhaben, der Starman, hatte Anni geflüstert und noch einmal laut geflucht, prmojduš.

Zudem hatte Stanko keine Zeit zu kommen. Anni war auf das morgendliche Telefonat mit ihm schlecht vorbereitet gewesen, es war ihr nichts Dringliches eingefallen, kein Arzttermin, keine Ultraschalluntersuchung, zu der er sie chauffieren müsste, nur ein leichter Schwindel machte ihr zu schaffen.

Sie wollte das Wort Langeweile nicht aussprechen, denn zeit ihres Lebens hatte sie behauptet, Langeweile nicht zu kennen. Wie hätte sie zugeben sollen, dass ihr an diesem Morgen schlicht langweilig war, dass ihr Kopf keinen anderen Wunsch hatte, als unterhalten zu werden. Stanko war für Wischiwaschibeschwerden, wie er meinte, nicht zu haben, er habe Termine, Termine, Termine. Schon das Wort Termin erschien Anni wie eine Ritterrüstung, in die jemand schlüpft, um sich den Ansprüchen der Familie zu entziehen. Was mache ich nun, überlegte sie, was mache ich mit dem angebrochenen Tag.

Der Himmel draußen war bedeckt, aber es regnete nicht. Das Wetter schien festgefahren, als könnte es sich auch nicht entscheiden.

Annis Kopf blieb unruhig und summte. Ihre Gedanken neigten dazu, sich zu überhitzen, deshalb versuchte sie sich abzulenken und notierte jede Visite ihrer Pflegerin und der Haushaltshilfen, jedes Telefonat mit den Kindern in einen Tischkalender, damit die Tage eine Struktur bekamen. Außerdem wurde das Wetter aufgezeichnet, heute sonnig, Wolken, Wolken, viel Regen oder wenig Regen stand in der ersten Zeile der Tagestabelle.

An diesem Tag interessierte Anni nicht einmal das Wetter. Der Kopf machte ihr Sorgen. Schon komisch, dachte sie, dass wir ein Leben lang einen Bienenstock auf unseren Schultern tragen, wo die Gedanken aus- und einfliegen, ohne Unterlass. Eigentlich müsste mein Kopf übervoll sein, bis oben hin gefüllt mit Erinnerungen, aber dem ist nicht so. Ich habe das meiste vergessen, futsch und weg. Wenn ich alles behalten hätte, wäre der Kopf schon früher gescheitert, also ist es besser, dass so wenig übrig geblieben ist, fand Anni. Ein übervoller, ermüdeter Kopf lässt nichts mehr zu, außer Verdruss.

Ich könnte auch so eine Hinterlassenschaft anlegen, bevor alles zugrunde geht, eine Schachtel mit Erinnerungsstützen, kam Anni in den Sinn. Das Heft mit den Zeichnungen würde sie als Erstes in die Schachtel legen, dazu die Firmungskerze, die sie aufbewahrt hatte, die Magnesitsteine von Lutz, Fotos von sich im Kreise ihrer Kinder und nahen Verwandten, Fotos aus der Näherei, aus der Küche des Bildungshauses, ihren Ehering, ein paar bestickte Deckchen, mit Mustern und Motiven aus dem Stickkurs, möglicherweise ein Sträußchen aus selbstgefertigten Papierblumen, ein handgeschriebenes Kochbuch mit praktischen Rezepten, ein Sparbuch mit dem Geld für das Begräbnis und ein Sparbuch, damit sich Mira und Stanko nach ihrem Tod etwas Schönes kaufen könnten, ein Schmuckstück zum Beispiel.

Ich sollte einen Lebensfaden häkeln, überlegte Anni, in den ich meine Mädchenhaare aus dem Zopf, den ich mir nach Miras Geburt abgeschnitten habe, hineinflechten könnte, dazu ein paar Roggen- und Weizenkörner, und Stankos Milchzahn, den ich aufbewahrt habe, trockene Rosenknospen und Dornen, welche Dornen, dachte Anni. Die Dankesschreiben ihrer Patenkinder aus Uganda und Madagaskar, denen sie Geld für den Schulbesuch an eine

Hilfsorganisation überwies, würde sie dazulegen und die Muscheln aus Portorož, das Goldkettchen, dass ihr Kori zur Hochzeit geschenkt hatte, und den ältesten Rosenkranz, den sie besaß. Das Küchenwerkzeug, mit dem sie jahrzehntelang hantiert hatte, würde sie nicht in die Schachtel legen. Ist auch nicht interessant, fand Anni, so eine Schachtel ist keine Küchenlade, aber ein paar Souvenirs aus den Orten, die sie besucht hatte und die ihr in besonderer Erinnerung geblieben waren, erschienen ihr geeignet. Wien zum Beispiel. Anni würde das Miniriesenrad dazupacken, oder die Ansichten einiger Städte an der Adria. Überhaupt das Meer. Das Meer kann man nicht in eine Schachtel packen, auch nicht als Foto, dachte Anni, das Meer muss man gesehen haben, wie einen hohen Berg oder einen mächtigen Fluss, eine Ebene, die sich bis zum Horizont und darüber hinaus erstreckt, den Schnee. Den Schnee kann man auch nicht in eine Schachtel packen, er ist ein Sinnbild für alles, was vergeht, auch wenn man in frostigen Zeiten glaubt, sie dauerten ewig. Am vergänglichsten sei das Glück gewesen, fand Anni. Es war leicht und schwerelos, obwohl es Gewicht hatte. Immerhin konnte sie sich an einzelne Glücksmomente erinnern, wie schön es für sie war, wenn die Welt in ihren Kopf hineinströmte. Die Adria würde sich bis ans Ende der Tage in ihr aufhalten, wie Anni sie damals gesehen hatte, als sie das erste Mal nach Istrien gereist war, mit zwei Frauen aus der Näherei. Sie hatte sich jeden Abend auf einen Felsen ans Meer gesetzt und war so lange geblieben, bis sie das Brausen in sich selbst gehört hatte.

Eine Zeitlang war sie mindestens einmal im Jahr nach Wien gefahren, auch daran erinnerte sich Anni jetzt wieder, und wie sie sich am Beginn jeder Reise stets zurückgelehnt hatte, zufrieden darüber, den richtigen Zug erwischt zu haben. Danach vergewisserte sie sich, dass das Jausenbrot griffbereit war, und schloss für einen Moment die Augen. Der Zug passierte die Stadtgrenze von Klagenfurt und fuhr über das Zollfeld, als Anni die Augen wieder aufschlug und bereit war für den Landschaftsfilm, der nicht nur an ihr vorbeiziehen, sondern durch sie hindurchströmen sollte. Spätestens nach Friesach begann sie das Gespräch mit den Mitreisenden zu suchen, was ihr nur manchmal gelang, da die Jungen kein Interesse am Geplauder mit einer älteren Frau hatten. Den anderen, die zuhören wollten, erzählte Anni, dass sie ihre Tochter in Wien besuche und wie lange sie sie nicht gesehen habe. Blieben die Mitreisenden einsilbig, konzentrierte sich Anni auf die Abfolgen des Ein- und Aussteigens und beobachtete, wie sich die Menschen mit ihrem Gepäck zu den Waggontüren drängten oder in angespannter Körperhaltung hereinkamen und sich nach einem freien Platz umsahen.

Mit der Dauer der Fahrt hatte sich die Fremde fester um sie geschlossen. Anni suchte Halt in der vorbeirauschenden Gegend, an den Waldkuppen und Wiesenhängen, den Äckern und Feldwegen, bis sie sich im blinden Winkel der Abteilfenster verloren. Sobald der Zug die Wiener Peripherie passierte, stand Anni auf, hob ihren Koffer von der Gepäckablage und stellte sich in den Gang, um nach dem Eintreffen am Bahnhof rasch aussteigen zu können. Sie liebte es, abgeholt zu werden, und hätte am liebsten das Aussteigen ein paar Mal wiederholt, nur um sich über Miras und Martins Winken zu freuen.

Später in Martins Auto, nachdem Anni die Erlebnisse auf der Zugfahrt geschildert hatte, wurde es wieder beschwerlicher. Mira fragte sie nach Stanko und seiner Familie aus, was es Neues in Jaundorf gebe, aber Anni hatte damit zu tun, in der Stadt anzukommen, die nicht und nicht in sie einfließen wollte. Im Gegenteil, sie donnerte über sie hinweg. Autos und Busse, Passanten, Glasscheiben und Lichter, Tore, Einfahrten und schmutzige Fassaden verstellten ihr den Blick. Bis sie in der Tiefgarage des Hauses, in dem Mira und Martin wohnten, angekommen waren, blieb Anni einsilbig.

Die Wohnung ihrer Tochter verunsicherte sie. Auf den ersten Blick wirkte sie zwar behaglich, aber auch respektgebietend. Anni fühlte sich gehemmt, nach irgendwelchen Gegenständen zu greifen oder zwanglos durch die Räume zu wandeln. Sie musste sich in Anwesenheit von Mira und Martin, so war es jedenfalls ihr Gefühl, zusammennehmen und die Hände ruhighalten. Zu Hause wäre sie schnurstracks in die Küche gegangen, um sich ein Glas Wasser einzuschenken, hier geduldete sie sich und wartete auf Anweisungen. Sogleich wurden ihr Hauspantoffel gebracht und ihr Mantel im Garderobeschrank verstaut. Danach sollte sie ins Gästezimmer gehen und dort ihr Gepäck abstellen. Ob sie einen Tee wolle, fragte Mira für gewöhnlich. Lieber ein Glas Wein, sagte Anni, der die exotischen Teemischungen ihrer Tochter suspekt waren. Martin öffnete eine Flasche Rotwein, stellte für sich und Mira jedoch auch Teetassen auf den Tisch. Sie prosteten sich zu und besprachen die Besuchswoche, dann zog sich Martin in sein Arbeitszimmer zurück, um sich für den Unterricht vorzubereiten.

Mira und sie blieben meistens in der Küche sitzen. Anni hatte dann Zeit, Mira zu betrachten, ihr dabei zuzusehen, wie sie Essen zubereitete, wie sie seit ihrem letzten Besuch gealtert war, wie ihre ehemals brünetten Haare ergrauten. Sie trug einen korrekten Haarschnitt, der ihr Gesicht etwas streng und müde wirken ließ, wie Anni fand. Irgendetwas liegt ihr auf der Seele, dachte sie, eine hübsche Frau, mit einem Anflug von Bitterkeit. Hin und wieder geschah es, dass sich die Frauen schweigend gegenübersaßen und jede in eine andere Richtung blickte, bis nach einer Schrecksekunde Anni das Gespräch wieder aufnahm. Oft klagte Mira über zu viel Arbeit, und Anni warf ein, dass sie sowieso nicht lange bleiben wolle, was Mira betreten verstummen ließ. Sie hörte auf der Stelle zu jammern auf und machte Anni ein paar Vorschläge, was sie in den folgenden Tagen gemeinsam unternehmen könnten. Auf diese Weise kam Annis Glück wieder in Fahrt, aber sie musste Geduld haben und durfte nichts überstürzen.

Sie würde wieder Spaziergänge im Schönbrunner Garten bis zur Gloriette machen, von wo sie über die Stadt blicken und im Café ein Stück Torte verspeisen könnte. Sie würde den Ausflug über die Höhenstraße zum Cobenzl genießen, den Blick auf Wien vom Wienerwald aus und die Heurigen in Grinzing. Im Übrigen verstand Anni die Schwärmerei der Wiener für ihre Kaffeehäuser nicht, in ihren Augen wirkten die Gasträume abgewohnt, verraucht, geradezu abgerissen. Höchste Zeit, dass man die Polstermöbel erneuert und die Wände ausmalt, fand sie, nein, in solchen Lokalen fühlte sie sich nicht wohl, das war ihr zu schludrig. Gerne würde sie noch einmal mit der Straßenbahnlinie 5 zum Praterstern fahren, im Andenken an eine Begebenheit, die ihr nicht aus dem Sinn ging.

Das erste Mal war sie gemeinsam mit Mira in die Straßenbahnlinie 5 gestiegen. Sie hatten unmittelbar hinter dem Fahrer Platz genommen, und Anni hatte gefesselt auf die Fahrbahn und die matt glänzenden Gleise geblickt, die geradeaus durch die Kaiserstraße führten. Die Häuser glitten in Form einer Fassadenschlucht an ihr vorbei. Sie schloss die Augen, und als sie aufblickte, standen einige vereinzelte Bäume neben dem Trottoir, als Überbleibsel der Natur, zwischen Wand, Beton und Asphalt gedrängt.

Ich habe noch nie so lange Straßen ohne Bäume gesehen, wie lebt man in so einer Stadt, hatte Anni gefragt.

Man gewöhnt sich, sagte Mira.

Am Praterstern hatte Mira Anni an der Hand gepackt, um sie über die kreisförmigen Kreuzungen Richtung Park zu lotsen. Wir haben es gleich geschafft, sagte Mira und wies Richtung Allee, durch die sie im Schatten der Kastanienbäume spazieren wollten, auf das Lusthaus zu, dessen Zeltdach nach einiger Zeit zwischen buschigen Baumkronen auftauchte. Anni konnte damals noch schmerzfrei gehen, ihr gefielen die Radler, Jogger und Fiaker in der Hauptallee, es gefiel ihr, auf ebenem Boden im Schatten der Bäume zu wandeln.

Der Ausflug hatte ihr so große Freude gemacht, dass sie es in dieser Woche noch einmal mit dem Prater versuchen wollte, denn es langweilte sie, halbe Tage in Miras Wohnung zuzubringen. Sie verspürte keine Lust, zum wiederholten Male die Küche und das elegante Geschirr zu inspizieren, diverse Schranktüren zu öffnen, die Kleider von Mira und Martin zu bestaunen oder in den vollen Bücherregalen zu stöbern, also machte sie sich auf den Weg.

Wieder schritt sie die Kastanienallee entlang und bückte sich hie und da nach einem abgefallenen Laubblatt. Sie hob aber auch eine achtlos weggeworfene Plastikflasche auf und entsorgte sie in einem der Abfalleimer neben dem Gehweg.

Auf einem Spielplatz in der Praterwiese tummelten sich Kinder im Vorschulalter. Sie jauchzten beim Rutschen vom Spielturm, schaukelten auf Pferdewippen, behütet von Müttern und Begleitpersonen, die in der Nähe standen oder vereinzelt auf den Parkbänken saßen. Anni ließ sich auf einer nieder, die von einem Baum beschattet wurde. Auf der gegenüberliegenden Seite des Spielplatzes fiel ihr eine dunkelhäutige Frau auf, die auf einer Holzbank ohne Rückenlehne saß und ihrem Kind in der Sandkiste zuschaute. Sie war hochgewachsen und trug ein farbiges, grafisch gemustertes Tuch zu einem Turban gebunden. Eine Kette aus gelben, schwarzen und roten Perlen schimmerte auf dem großzügig um den Körper drapierten Kleid.

Anni war von der Erscheinung der Frau völlig gebannt. Ihre nahezu schwarze Haut, ihre aufrechte Haltung, der ernste, aufmerksame Blick, den sie auf das Kind gerichtet hatte, die souveräne Art, wie sie auf der Bank saß, nahmen Anni den Atem. Eine Welle von Bewunderung überkam sie. Sie erstarrte und hatte doch das Gefühl, aufspringen und etwas unternehmen zu müssen, sich auf die Knie zu werfen, alles auf einmal. Die nächste Welle bestand aus purer Zärtlichkeit, wie sie Anni kaum je bei der Betrachtung eines unbekannten Menschen empfunden hatte. Sie hätte die Arme öffnen und sie in die Höhe strecken oder irgendjemanden umarmen wollen. Heilige Madonna von Częstochowa, Mutter Gottes, flüsterte sie, was geschieht mit mir. Dann aber überkam sie ein tiefes Bedauern, dass ihr die Schönheit, die sie gerade wahrgenommen hatte, im nächsten Moment entzogen würde. Wozu, dachte Anni, wozu das. Sie hätte weinen können. Der Kloß, der ihr im Hals saß, bewegte sich nicht. Im Oberbauch spürte sie ein Pulsieren, was ist das, rätselte sie, ich werde doch nicht ohnmächtig. Noch nie hatte sie so wenig gewusst wie in diesem Augenblick. Sie hätte nicht sagen können, was sie begriffen hatte, alles und nichts zugleich. Es ist vorbei, flüsterte sie, wie sie damals geflüstert hatte, im Flur der Haushaltsschule, nahe am Weinen.

Das Riesenrad fuhr hinter den Baumkronen bedächtig im Kreis und hielt wiederholt inne, die Baumschatten wanderten unmerklich. Anni saß auf einmal in der grellen Sonne und musste blinzeln. Sie versuchte die dunkelhäutige Frau im Blick zu behalten und merkte, dass sie nun auch von ihr gemustert wurde. Sie sieht mich an, dachte Anni, was mache ich bloß. Ich muss sie ansprechen, ich muss ihr erzählen, was gerade vorgefallen ist, dachte Anni und erhob sich. Der Kloß im Hals war inzwischen nicht mehr zu spüren. Anni winkte der Frau zu, damit sie ihr nicht davonlaufe oder sich in Luft auflöse. Sie beeilte sich in ihre Richtung, dober dan, guten Tag, sagte sie und senkte den Kopf. Die Frau blickte misstrauisch. Entschuldigen Sie, fuhr Anni fort, ich muss Ihnen unbedingt etwas sagen, kann ich mich setzen? Die Frau rückte etwas zur Seite und blickte zu ihrem spielenden Kind. Anni ließ sich auf der Bank nieder. Sie sind so schön, sagte sie, so schön. Wissen Sie, ich unterstütze seit Jahren Kinder in Afrika, damit sie die Schule besuchen können, wissen Sie. Aber was ich Ihnen eigentlich sagen wollte, ich bin noch nie in Afrika gewesen, habe nur im Bildungshaus, in dem ich gearbeitet habe, viel über Afrika gehört und gesehen, auch über die Sklaverei. Ein Professor hat dort einen Vortrag gehalten und erzählt, wir Slawen seien auch einmal Sklaven gewesen, daher unser Name, wissen Sie.

Die schwarze Frau blickte jetzt entgeistert, aber Anni konnte ihren Redefluss nicht unterbrechen.

Wo leben Sie in Wien? Wann sind Sie nach Wien gekommen?

Die Frau rief nach dem Kind, das in der Sandkiste den Kopf hob. Sie rief in einer Sprache, die Anni nicht verstand, und machte ein paar ungeduldige Handbewegungen. Dann erhob sie sich und sagte auf Wiedersehen zu Anni.

Auf Wiedersehen, auf Wiedersehen, murmelte Anni. Was habe ich jetzt falsch gemacht, warum geht die Frau davon?

Das Kind rannte auf seine Mutter zu, die es an der Hand nahm und in Richtung Hauptallee zog, aber es drängte zurück zum Spielplatz. Anni machte ein paar schnelle Schritte auf den Kleinen zu und hielt dann inne. Das Kind schrie aus vollem Hals und entwand sich der Hand seiner Mutter, es rannte in Richtung Sandkiste. Anni konnte nicht anders, als ihre Hände nach ihm auszustrecken und es einzufangen. Am liebsten hätte sie es an sich gedrückt, aber da stand auch schon die Frau vor ihr und stieß sie weg, dann hob sie das Kind auf und trug es davon. Anni war verblüfft, enttäuscht und gekränkt zugleich. Sie blickte der Frau nach, die versuchte, das zappelnde Kind zu beruhigen. Annis Beine zitterten, ob vor Schreck oder aus Enttäuschung, war ihr nicht klar. Sie setzte sich nochmals auf die Bank. Dabei wollte ich ihr nur meine Bewunderung zeigen, warum musste ich mich dazu hinreißen lassen, dachte sie. Es ist wohl so, dass mir der Weg zu den anderen versperrt bleibt. Als ob mir Gott den Mund verknotet hätte, bringe ich nur falsche Sätze heraus.

Die Sonne stand jetzt weit im Westen, aber Anni hatte plötzlich Mühe, sich zu orientieren. Sie wischte sich mit dem Ärmel die Wangen ab. Am besten, ich gehe dorthin zurück, wo ich mich auskenne, beschloss sie, zurück nach Jaundorf, dort kann ich mit Paul und Frieda Karten spielen und in der Sonne sitzen, solange ich will. Dort gehöre ich hin, obwohl mir gar nichts gehört. Wenn einem nichts gehört, wohin gehört man dann? Sie erhob sich und suchte nach der nächsten Haltestelle.

Mira und Martin machten besorgte Gesichter, als Anni endlich zurück in die Wohnung kam. Sie fühle sich gänzlich entkräftet und habe genug von der Stadt, sagte sie. Ich fahre morgen nach Jaundorf zurück.

Martin wollte sie überreden, noch zu bleiben, du hast doch Zeit, wiederholte er mehrfach, du bist jetzt in Pension, du kannst tun und lassen, was du willst.

Anni schwieg und wartete auf eine Reaktion von Mira. Sie wäre damals womöglich geblieben, erinnerte sie sich jetzt, wenn ihre Tochter sie darum gebeten hätte, aber Mira hatte nur auf den Tisch gestarrt und nichts gesagt.

Dann hatte sie eine Flasche Rotwein geöffnet. Lass uns ein Glas zum Abschied trinken, hatte sie gemurmelt. Vielleicht kann ich dann besser schlafen.

Gerne wäre Anni losgeworden, was ihr in diesem Moment auf der Zunge lag, dass sie das Gefühl habe, vor den Trümmern ihrer erzieherischen Bemühungen zu stehen, dass sie trotzdem immer noch fest daran glaube, ihre Tochter in die richtige Richtung lenken zu können, aber im nächsten Moment wurde ihr klar, dass das sinnlos und unangebracht wäre, also hielt sie den Mund.

Martin chauffierte sie am nächsten Tag zum Bahnhof. Mira hatte Anni ein Jausenpaket eingepackt und sie vor der Abreise fest umarmt, was Anni etwas versöhnt hatte.

Das Zugabteil war verwaist, am frühen Vormittag fuhren kaum Reisende in den Süden. Der Schnellzug brachte Anni aus der Stadt und folgte seiner Route durch das Wiener Becken mit den Weingärten und Industriesiedlungen. Anni blickte mit leeren Augen ins Freie. Die Landschaft wollte sich dieses Mal nicht mit ihr verbinden, sondern verharrte auf der anderen Seite des Zugfensters.

Martin hat recht, ich sollte mich mit dem Gedanken anfreunden, dass ich in Pension bin, und Ruhe geben und nicht ständig überlegen, was ich alles auf den Kopf stellen möchte. Die Kinder gehen ihre eigenen Wege, sie brauchen mich nicht mehr, also was solls.

Anni hatte sich lange auf den Ruhestand gefreut, denn die Arbeit in der Küche, das frühe Aufstehen und die späten Abenddienste waren ihr von Jahr zu Jahr schwerer gefallen. Sie konnte zwar, wenn es spät wurde, im Bildungshaus übernachten, es gab ein kleines Appartement für

Bedienstete, aber die immergleichen Abläufe und Handgriffe machten ihr keine Freude mehr, obwohl sich die Gäste des Hauses nicht selten für das gute Essen und die freundliche Bedienung bedankten. Anni konnte sich an Tage erinnern, an denen sie glücklich den Salat gewaschen, die Erdäpfel geschält, die Zwiebeln gehackt, die Marinaden zubereitet oder den Braten mit Suppe begossen hatte. Sie liebte es, auch wenn es nicht gerne gesehen wurde, sich zu den Besuchern ins Foyer oder an die Bar zu gesellen, um sich mit ihnen ein wenig über das Wetter oder die Seminare zu unterhalten. Es interessierte sie, was die Menschen beschäftigte, was sie im Bildungshaus suchten. Diese Gespräche hatten sie stets mit Zuversicht erfüllt, denn sie glaubte, dass die Menschen nicht zur Gänze verloren gingen, solange sie sich um ihr seelisches Gleichgewicht sorgten. Sie konnte sich anfänglich nicht genug über die, wie sie fand, geradezu sanftmütige Sprache wundern, die unter den Seminarteilnehmerinnen und den Vortragenden herrschte. Es wurde nicht nur gepredigt und belehrt, sondern ermuntert. Man sprach über das eigene Wohlergehen, über Themen, die an Annis Weltverständnis rüttelten, sogar über Gefühle. In Anni löste dieses Reden Empfindungen aus, die ihren Ansichten im Wege standen. Gefühle, wie solle das gehen mit diesen Gefühlen.

Auf Annis überstürzter Heimreise damals hatte sich überdies noch etwas Denkwürdiges zugetragen. Während der Zugfahrt war ihr das heimatliche Jaundorf abhandengekommen. Mit einem Mal wusste sie nicht mehr, wohin sie reiste. Sie hatte den Eindruck, dass sich das Dorf aus ihrem Kopf verabschiedet hatte, es lag in weiter Ferne, es blieb gesichtslos und unnahbar. Anni fürchtete das erste

Mal in ihrem Leben, ins völlig Unbekannte zu reisen. Das hatte sie geradezu verstört, sie konnte diesen Zustand nicht und nicht verstehen. Das kommt davon, wenn man sich den eigenen Gefühlen hingibt, dachte sie, denn die spielen bisweilen verrückt.

Sie saß allein im Abteil, sie konnte niemanden fragen, sich mit nichts ablenken, bis ihr die rettende Idee kam, das entrückte Jaundorf wieder aufzubauen. Sie würde es in seiner ursprünglichen Form wiederherstellen. Sie würde von Haus zu Haus, von Hof zu Hof gehen und nach dem aussortierten Werkzeug fragen, nach abgedienten Möbeln, sie würde sich darum kümmern, dass das Dorf eine Geschichte bekäme. Das wäre doch eine Aufgabe, da hätte ich was zu tun, dachte Anni. Sie würde den Bauern nahelegen, die verwitterten Bildstöcke an den Feldwegen wieder instand zu setzen, sie würde sich als Malerin anbieten, einen heiligen Georg mit dem Drachen oder einen heiligen Florian mit einem brennenden Haus zu Füßen würde sie schon hinbekommen. Zur Not auch die heilige Maria, die mit Kind und Krone über einer Wolke schwebt. Sie würde es jedenfalls versuchen. Sie würde den Bauern und deren Nachkommen raten, wieder Fichten-, Tannen- und Lärchenholz als Baumaterialien zu verwenden, sie würde die Wohnstuben nach Kachelöfen absuchen, sie würde die Menschen bitten, die alten Speicher nicht abzureißen, die Holzdachstühle auszubessern und die Fresken an den Hauswänden zu belassen.

Diese Überlegungen hielten Anni stundenlang gefangen. Sie konnte nicht genug von ihren Plänen bekommen. Endlich würde sie ihr Idealdorf zusammenstellen können, ein perfektes Dorf, wie sie ein Leben lang von einem idealen Ort und einem idealen Menschen geträumt hatte, der sie sein wollte, während sie sich letzten Endes doch nur klein, unterlegen, unbedeutend und gering vorgekommen war.

Über ihren Fantasien war Anni kurz vor Klagenfurt eingenickt, sodass sie, als der Zug ruckartig bremste, hochschreckte und einen Moment lang nicht wusste, wo sie war. Es gelang ihr in letzter Sekunde, den Zug zu verlassen. Benommen stand sie auf dem Bahngleis und wollte ihren Augen nicht trauen, als sie Paul erblickte, der ihr entgegenkam.

Paul, fragte sie, bist es wirklich du?

Mira hat angerufen und gesagt, dass du heute kommst, da habe ich mir gedacht, dass ich dich abholen könnte. Paul grinste und nahm Anni den Koffer aus der Hand.

Anni wäre ihm am liebsten um den Hals gefallen. Dass du mich abholst, wiederholte sie wieder und wieder und ging neben Paul durch die Bahnhofshalle zum Ausgang.

Pauls Kombi war vollgepackt mit kurzen Paneelen, Farbkübeln und einer Rolle Kupferrohr. In einer Plastikbox lag ein mit Wandfarbe befleckter Werkmantel neben Klebebändern, Bohrern und Dispersionsrollern in unterschiedlichen Größen. Bis auf den sauberen Nebensitz glich der Innenraum seines Autos einer Baustelle.

Starman renoviert sein Bad, ich helfe ihm dabei, sagte Paul zur Erklärung, aber Anni hätte das gar nicht gebraucht. Sie wusste, dass sich Paul vielerorts unverzichtbar machte, nicht nur in ihrem Herzen. Ach, Paul, du bist mir einer, sagte sie, dass du mich abholen kommst!

So habe ich damals mit Paul nach Hause gefunden, erinnerte sich Anni. Frieda hatte Reisfleisch gekocht. Wir haben gegessen, und ich habe von Wien erzählt und dass ich das Dorf fast verloren hätte. Später hat Paul beim Kartenspiel gewonnen, zwanzig Schilling, damals viel Geld. Ich habe die Spielschulden bezahlt und bin in mein Haus gegangen. In der Nacht gab es ein Beben, das uns aus den Betten riss, es hallte im Berg nach, bis es wieder still wurde.

Ich werde mein Dorf zeichnen, bevor ich die Koffer und Möbel packe oder bevor es mich packt, aus heiterem oder verhangenem Himmel, beschloss Anni. Ich werde ein paar Zeichnungen hinterlassen, über die irgendwer lachen wird. Man wird sie für Kinderzeichnungen halten, was mir nicht unrecht ist.

Anni zeichnete das Dorf, das bloß aus ein paar niedrigen Gebäuden mit Giebeldach bestand, die ihrem Geburtshaus ähnelten. Sie selbst stand vor dem Eingang, in einer ärmellosen Werkschürze, und hielt Mira an der einen und Stanko an der anderen Hand. Über den Häusern zog Anni eine dünne blaue Linie. Eine Schwalbe flog daran vorbei. Tränen tropften aus Miras Augen. Sie hatten die Form von Flugsamen. Warum nur, überlegte Anni, warum ist mir das eingefallen.

Sie blickte von ihrer Zeichnung auf. Draußen begann es zu regnen, ein Regen, der sich nach dem ersten Anlauf wieder zurücknahm und unschlüssig tröpfelte. Ich hätte nichts dagegen, wenn sie mich heute an einen anderen Ort brächten, dachte Anni, in ein verlassenes Haus am Hauptplatz von Eisenmarkt, das wäre mir am liebsten.

Dort würde ich tagein, tagaus auf einer Bank neben dem Haustor sitzen und die Menschen beobachten, wie sie an mir vorübergehen. Ich müsste nichts mehr tun, nur grüßen und zuweilen jemanden zu mir auf die Bank einladen. Man würde sich an mich und mein Dasitzen gewöhnen, so sehr, dass man mich bald mit einem Denkmal verwechselte. Niemand würde meinen Tod bemerken, das würde mir gefallen, dachte Anni und schloss das Heft.

Simone Buchholz
Unsterblich sind nur die anderen
Roman
st 5368. 264 Seiten
(978-3-518-47368-9)
Auch als eBook erhältlich

Who wants to live forever?

Drei Männer verschwinden spurlos auf der MS Rjúkandi, einer Nordatlantikfähre. Zwei Frauen machen sich auf den Weg, um nach ihren verschollenen Freunden zu suchen.

In unnachahmlicher Lakonie erzählt Simone Buchholz von Freundschaft und Liebe, von der Endlichkeit des Lebens und der Unendlichkeit des Ozeans und von Iva und Malin, die sich plötzlich in einer Parallelwelt ohne Ausgang wiederfinden, in der alles, was sie im Leben für wichtig hielten, plötzlich nicht mehr zählt.

»Ein modernes Märchen für Erwachsene.
Intelligent, sehr witzig, rätselhaft, schön, spannend
und ein bisschen Sex – was will man mehr.«
Eva Menasse, ZDF – Das Literarische Quartett

»Sehr beglückend zu lesen.«
Christiane Lutz, Süddeutsche Zeitung

suhrkamp taschenbuch

Weitere Informationen erhalten Sie unter www.suhrkamp.de
oder in Ihrer Buchhandlung.